magellan

Sarvenaz Tash

# Die *(beinahe)* größte Liebesgeschichte des Universums

*Für Amy und Katie,*
*die sich mit einem Geek angefreundet haben,*
*als es am allerwichtigsten war.*

*Und für Bennett,*
*der die Liebe in eine völlig neue Stratosphäre*
*katapultiert hat.*

Sarvenaz Tash

# Die (beinahe) größte Liebesgeschichte des Universums

Aus dem Englischen von
Sandra Knuffinke und Jessika Komina

magellan

1. Kapitel

# Einmal im Timelord-Leben

Ich weiß, wir sind schon ewig befreundet, Roxana. Ich kann mich an höchstens fünf Jahre meines Lebens ohne dich erinnern. Aber …«

Hier käme jetzt das nächste Panel. Und in einer perfekten Welt würde ich Roxy selbst bitten, mir dabei zu helfen. Manchmal zeichnet sie irgendwas, bloß ein paar Striche, und auf einmal kommt mir ein Geistesblitz, und ich weiß genau, wie es weitergehen muss. Ich brauche ihre Hilfe. Wie soll ich ihr sonst sagen, dass ich in sie verliebt bin?

Auf jeden Fall soll es legendär werden. Und gleichzeitig romantisch. Wie die schnulzige Lovestory in einem Superheldenfilm. Wie Spider-Mans Kopfüberkuss im Regen. Aber bloß weil man weiß, wie etwas rüberkommen soll, heißt das noch lange nicht, dass man es auch so hinkriegt. Da kann man jeden Schriftsteller fragen.

Auf meinem Nachttisch vibriert mein Handy, länger, als ich gewohnt bin. Ein Anruf statt einer Nachricht? Auf dem Display leuchtet Roxanas hastig hingeworfenes Selbstporträt auf, und in meinem Magen brodelt plötzlich undefinierbare Panik, während vor meinem inneren Auge eine LED-Laufschrift vorüberzieht: **Oh Gott wenn sie anruft muss ihr was passiert sein ist sie tot sie ist tot oder schlimmer oh Gott sie hat einen Freund und will ihn heiraten ...**

Ich versuche, mich zusammenzureißen – auf keinen Fall darf sie mir anhören, dass ich völlig am Rad drehe, aber wie sich rausstellt, komme ich sowieso nicht zu Wort.

»GrahamGrahamGraham, du glaubst es nicht! Er kommt!!« Sie klingt komplett außer Atem, so wie meine Stiefschwester nach einem Spiel, und ich habe absolut keinen Schimmer, wovon sie redet. Aber grinsen muss ich trotzdem. Wahrscheinlich tritt einer der Stars aus irgendeiner dieser unzähligen britischen Serien, die sie sich stundenlang am Stück reinziehen kann, demnächst in einem Broadway-Musical auf oder so. Da sollte ich vielleicht mal meinen Kontostand checken und sehen, ob ein Ticket drin ist. Also schnappe ich mir mein Tablet und öffne die Bank-App.

»Wer ...«, fange ich an, aber sie lässt mich nicht ausreden.

»ROBERT ZINC!«

Mitten im Passwort höre ich auf zu tippen. »Kommt?« Wohin? Wohl kaum nach Long Island. Oder auch nur an die Ostküste. Oder überhaupt an irgendeinen Ort, der auf einer Landkarte zu finden ist. Zinc hat sich seit dem

3. November 1995 nicht mehr sehen, interviewen oder fotografieren lassen. Nicht mal vor fünf Jahren, als dieses Reboot der »Chroniken von Althena« rauskam. Nicht mal vor sechs Monaten, als die Filmrechte verkauft wurden, die Hauptdarsteller gecastet und das Ding gedreht.

»Zur Comic-Con. *New York*. Guck ins Forum! Na los, guck ins Forum!«

Ich lasse mich vor meinen Laptop plumpsen und fange an zu tippen: »z-men.net.« Der neueste Post bestätigt genau das, was Roxy mir gerade erzählt hat.

Ich flipp aus. Robert Zinc, der Schöpfer meiner absoluten Lieblingsreihe, der J. D. Salinger der Comic-Szene, taucht plötzlich wieder aus der Versenkung auf. Hat sich zu einem fünfundvierzigminütigen Live-Interview bereit erklärt. Offen für sämtliche Besucher der New Yorker Comic-Con, die in genau drei Wochen und gerade mal eine Stunde Zugfahrt von hier stattfinden wird. Roxy und ich haben natürlich längst unsere Tickets fürs Wochenende, aber …

»Die Session ist am Freitag«, eröffnet mir Roxana nun mit Grabesstimme. »Fünfzehn Uhr.«

»Meinst du nicht, deine Eltern lassen dich ausnahmsweise mal die Schule schwänzen?«, frage ich. »So eine Chance kriegt man nur einmal im Leben … Die kriegt sogar ein Timelord nur einmal im Leben!«

»Klar. *Ich* weiß das. Und du auch. Aber wie soll ich das Maman und Baba verständlich machen?« Sie holt tief Luft. »Na ja, ich werd's jedenfalls versuchen. Darauf kannst du wetten.«

Unterdessen klicke ich mich wie besessen durch die NYCC-Website, obwohl ich mir ziemlich sicher bin, dass die Tickets für Freitag längst ausverkauft sind. (Sind sie.) Egal, darum kümmere ich mich später. Jetzt muss ich mir erst mal den Kopf darüber zerbrechen, wie wir es in diese Session schaffen.

Drei schlichte Sätze: »Robert Zinc, Urheber der Kultreihe ›Die Chroniken von Althena‹, hat für ein exklusives Interview mit Solomon Pierce-Johnson zugesagt, dem Regisseur der in Kürze anlaufenden ›Althena‹-Verfilmung. Die Eintrittsbändchen für die Session sind ab Freitagmorgen um neun Uhr am Javits-Center erhältlich. Es gibt ein Bändchen pro Besucher.«

»Na klar«, murmele ich vor mich hin, mein Hirn kurz vor der Überhitzung. Wenn irgendwer inzwischen Gedankenhologramme erfunden hätte, würde jetzt vor mir in der Luft eine leere Excel-Tabelle erscheinen. »Tickets um neun Uhr morgens heißt, dass wir uns Donnerstagabend dafür anstellen müssen. Wahrscheinlich spätestens um neun.« Zugegeben, ich habe so was noch nie gemacht, aber ich weiß trotzdem, wie es läuft bei der Ticketvergabe für die richtig begehrten Events. Wenn der Termin so frühmorgens liegt, stellen sich die Hardcore-Fans dafür an, sobald am Abend vorher die letzte Session zu Ende ist. Und mal ehrlich, wer, der zur Comic-Con geht, ist kein Hardcore-Fan?

Roxy seufzt und stößt dann ein kleines, sarkastisches Lachen aus. »Na klar, kein Problem. Meine Eltern werden mich nicht nur am Freitag die Schule schwänzen lassen, sondern mir auch noch erlauben, mich am Donnerstag auf der Straße rumzutreiben. In New York City. Die ganze Nacht. Klingt wie der Auftakt zu einer neuen Fantasy-Serie.« Roxys Eltern sind extrem streng beziehungsweise, wie sie selbst es gern ausdrückt, extrem persisch.

»Uns fällt schon was ein, Roxy. Ganz bestimmt«, tröste ich sie, während sich in meinem Gedankenhologramm ein neues Fenster für das Problem »Roxy am Freitag zur NYCC bringen« öffnet.

Ich höre, wie sich ihr Atem langsam beruhigt, dann lacht sie abermals, und diesmal klingt es schon etwas weniger angespannt. »Okay, Graham«, sagt sie. »Ich weiß zwar nicht, warum, aber irgendwie glaube ich dir.«

Mein Herz macht einen Hüpfer angesichts ihres bedingungslosen Vertrauens in mich und im nächsten Moment verwandelt sich das virtuelle Dokument vor mir in eine Sirene, inklusive zuckendem Blaulicht.

Comic-Con? Robert Zinc? Ein Wochenende mit praktisch allem, was wir beide lieben, jeder für sich wie auch als Team? Da ist sie: die ultimative Gelegenheit, ihr meine heimliche Liebe zu gestehen.

Mein Gedankenhologramm explodiert zu Konfetti. Denn vielleicht, wenn die Geste nur groß genug, nur perfekt genug ist, wird meine Liebe bald alles andere als heimlich sein. *Ich*, Graham William Posner – bleich, schlaksig, kurzsichtig, ständig in Fantasiewelten versunken –, könnte das Mädchen meiner Träume erobern.

2. Kapitel

# Jeder Geek hat seinen Preis

Wie erwartet finde ich problemlos Tickets für den Comic-Con-Freitag auf eBay. Na ja, solange man es nicht als Problem betrachtet, dass Roxy und ich dafür ganz schön unsere Bankkonten plündern müssen. Entsprechend meinem Plan, sie nach allen Regeln der Kunst zu erobern, biete ich ihr an, sie einzuladen, aber sie wirft mir nur einen irritierten Blick zu und erinnert mich daran, dass sie ja wohl weder Geburtstag hat noch sonst irgendwas. An dem Punkt wird mir klar, dass ich die Sache geschickter angehen muss, wenn sie zu etwas führen soll. Ich muss alles so aufziehen, dass Roxy, wenn der Moment da ist, zwar überrascht ist, aber nicht so perplex, dass sie komplett die Krise kriegt. Ungefähr so, wie laut meinem Lieblingsschreibratgeber das Ende einer Geschichte sein sollte: unvorhersehbar, aber auch unausweichlich.

Am Montag sitzen wir bei unserem wöchentlichen

Comic-Treffen in Roxanas Garten. Das meiste Laub an den Bäumen ist schon rot und golden verfärbt, und der Wind wird frischer, je weiter es auf Ende September zugeht, aber ein paar Wochen bleiben uns wohl noch, in denen wir hier gemütlich auf der Veranda sitzen und die Nüsse und getrockneten Früchte naschen können, die Roxys Großmutter uns immer rausbringt, egal, wie sehr wir protestieren. Heute schaffen wir allerdings nicht viel. Stattdessen bequatschen wir ausführlich, was wir Robert Zinc fragen könnten, wenn es am Ende der Session die Gelegenheit dazu geben sollte und wir das Glück hätten dranzukommen.

»Wie wär's mit dem Klassiker: ›Woher kriegen Sie Ihre Ideen?‹«, scherze ich.

»Sehr einfallsreich«, schnaubt Roxana sofort. »Ganz abgesehen davon, dass du die Antwort darauf schon kennst, weil das eine der zwanzig Fragen ist, die er in seiner Karriere überhaupt beantwortet hat.«

Ich grinse.

»›Was, glauben Sie, macht Althena heute?‹«, schlägt Roxana vor.

»Nicht übel«, stimme ich ihr zu. »Obwohl ich das Gefühl habe, dass die Frage schon so ziemlich von copper670 beantwortet wurde.« Ich hege seit einiger Zeit den Verdacht, dass sich hinter einem der User im Z-men-Forum Zinc selbst verbirgt – inkognito natürlich. Die Person schreibt nämlich haufenweise Fan-Fiction, die ich aber nur noch Zinc-Fiction nenne, einfach weil die Sachen hundertprozentig den Stil des Originals treffen.

»Tja, um diese Debatte ein für alle Mal zu beenden, gibt es nur eine Frage, die wir ihm stellen können: ›Sind Sie copper670?‹« Roxy knallt aufgeregt ihren Stift auf den Tisch und kümmert sich nicht mehr um ihr erst halb ausgemaltes Panel.

»Womit ich unsere Wette gewonnen haben werde, das ist dir hoffentlich klar. Und was kriege ich dann?« Ich schenke ihr ein triumphierendes Zahnpastalächeln.

Sie guckt kurz runter auf ihr Skizzenbuch und streicht sich mit der Hand über den Hinterkopf. Anfang des Sommers ist sie mit einem Foto von Mia Farrow aus »Rosemaries Baby« zum Friseur gegangen und hat sich ihre bis dahin taillenlangen Haare abschneiden lassen. Der schlichte Schnitt betont ihre großen Augen und den schlanken Hals, und sie sieht einfach verdammt heiß damit aus, besonders wenn sie sich beim Nachdenken mit der Hand über den kurz rasierten Teil streicht, was bei unseren Comic-Treffen ziemlich oft vorkommt.

Jetzt schürzt sie verschmitzt die Lippen und ein Funkeln tritt in ihre Augen. »Wenn du gewinnst, lassen wir Jail-O sterben.«

Ich kann nur knapp ein Keuchen unterdrücken. Jail-O ist eine ihrer Lieblingsfiguren aus unserer Reihe, aber ich habe schon seit Jahren meine Probleme, ihn in die Handlung einzubauen. Ein Typ, der sich in eine Gefängniszelle verwandeln kann, um Schurken einzubuchten, bietet eben leider nur ein begrenztes Repertoire an Möglichkeiten.

»Oder wie wär's damit: Wenn ich gewinne …« *Dann*

*darf ich dich küssen*, würde ich am liebsten sagen, und plötzlich wird es ganz still um uns, bis nur noch der sanfte Wind zu hören ist, der ein paar Ahornblätter zwischen uns aufwirbelt. Ich starre in ihre großen dunklen Augen, aus denen mir in Gold- und Kupfertönen der Herbst entgegenstrahlt. Fast strecke ich die Hand aus und streiche ihr selbst über die schwarzbraunen Haare. Der Moment scheint perfekt.

Aber nein, ich kneife und starre Roxana nur an – anscheinend eine Sekunde zu lange, denn sie senkt verwirrt den Blick. Und anstatt dass alles wunderschön und romantisch und genau richtig ist, macht sich ein seltsames Unbehagen zwischen uns breit, so als hätten wir gerade einen wichtigen Teil der Geschichte übersprungen. Wieder einer dieser Momente im Leben, bei denen ich mir wünschte, man könnte sie noch mal überarbeiten wie ein Comic-Panel.

»Ich finde, Jail-O sterben zu lassen, ist ja wohl ein ziemlich guter Deal, Posner. Und wenn ich gewinne, machen wir ein dreibändiges Spin-off über ihn.« Dann setzt sie ihren Stift wieder aufs Papier und schraffiert weiter das Cape von Rewinder.

Und der Moment ist verflogen.

Die ganze folgende Woche kann ich an nichts anderes denken – es fühlt sich an, als hätte ich alles, was die Popkultur mich jemals über Romantik gelehrt hat, über den Haufen geworfen, indem ich diese eine Gelegenheit nicht genutzt habe. Doch nach einer angemessen langen Phase der Selbstzerfleischung (drei volle Tage) beschließe ich, die Sache zum Anlass zu nehmen, unseren Besuch auf der Comic-Con erst recht großartig zu gestalten. Ich sitze im Garten und starre auf den Zaun zwischen unserem und Roxanas Haus – auf das Tor, das mein Dad auf mein Drängen hin dort eingebaut hat, als ich neun war, damit wir uns leichter besuchen konnten – und fange an zu planen. Ich drucke das Veranstaltungsprogramm und Übersichtspläne des Javits-Centers aus, dann setze ich eine Liste mit dem wenig bescheidenen Titel »Was Roxana liebt« auf, in der Hoffnung, davon so viele Punkte wie möglich in unser Comic-Con-Wochenende zu quetschen. Wer weiß, wenn alles glattgeht, steht danach vielleicht auch mein Name auf dieser Liste. Ich habe extra noch mal alle vierundzwanzig Bände der »Chroniken von Althena« gelesen und mir die romantischsten Stellen rausgeschrieben – all die Sachen, die Charlie Noth zu Althena sagt, als er sich in sie verliebt. Besonders gut gefällt mir: »Ich weiß nicht, wie du in Wirklichkeit aussiehst. Aber du musst das Schönste sein, was ich nie gesehen habe.« Vielleicht kann ich ja irgendwo mal eine eigene Version davon einfließen lassen.

Freitagmorgen wird es Zeit, Phase zwei einzuleiten und sich dem Herzstück des Plans zu widmen: der Robert-Zinc-Session. Noch vor der Schule radele ich zum Haus meines besten Freundes Casey Zucker. Als ich ankomme, biegen seine Eltern gerade aus der Einfahrt, auf dem Weg zur Stony-Brook-Uni, an der sie beide unterrichten. Ich winke ihnen zu.

Casey ist in seinem Zimmer und schmiert sich einen

riesigen Klumpen durchsichtigen Glibber in die Haare. Dann fährt er so lange mit den Fingern hindurch, bis er schwarze, senkrecht abstehende Stacheln auf dem Kopf hat, der dadurch ein bisschen an einen mittelalterlichen Morgenstern erinnert. Casey hat vor ungefähr sechs Monaten Haargel für sich entdeckt. Und ich würde mal grob schätzen, dass es noch mal sechs Monate dauert, bis er kapiert, dass er nicht unbedingt eine Tube pro Woche davon braucht.

»NYCC. Zinc. Pass auf, ich hab 'nen Vorschlag.« Ich halte mich nicht mit Förmlichkeiten auf.

»Oh Mann. Hör bloß auf, Alter.« Casey geht zu seinem Schreibtisch, setzt sich und haut kurz auf die Tastatur, woraufhin sich der Monitor einschaltet. Sofort erscheint eine Tabelle auf dem riesigen Bildschirm, deren Felder mit winziger Schrift gefüllt sind. »Mein Plan stand schon seit Wochen und jetzt bringt mir diese Session alles wieder durcheinander. Kann sein, dass ich eine Jim-Lee-Signierstunde *und* das Meet & Greet mit Joss Whedon dafür sausen lassen muss.«

»Tjaaa«, fange ich an, während ich mich an seine Kommode lehne und sein Bücherregal voller säuberlich geordneter, in Schutzfolie gehüllter Comics betrachte. »Vielleicht auch nicht.«

»Ist nicht optimal«, fährt Casey fort, »das ist mir selber klar. Aber ... ich muss sowieso lernen, ein bisschen flexibler zu werden. Glaube ich.« Seufzend klickt er auf irgendwas in der Tabelle und löscht es.

»*Oder* du könntest einfach deinen ursprünglichen

Zeitplan beibehalten, an dem du monatelang gefeilt hast«, versuche ich es abermals.

Endlich kreiselt Casey mit seinem Schreibtischstuhl zu mir herum, eine Augenbraue hochgezogen. »Okay. Was ist hier los?«

Dafür, dass er Jahrgangsbester ist, hat er manchmal eine erstaunlich lange Leitung.

»Ich hab ein Angebot für dich«, sage ich. Er guckt mich weiter an, und ich weiß, dies ist der Moment, in dem ich meine Karten auf den Tisch legen muss, wenn ich eine Chance bei ihm haben will. »Du stellst dich mit mir für Robert-Zinc-Bändchen an und dann darf ich deins Roxana geben. Und dafür …« Casey schnaubt schon drauflos, aber ich lasse mich nicht beirren, »kriegst du meinen Giant-Size-›X-Men‹-Band Nummer eins, Zustand null.«

Quer durch sein Zimmer starren wir uns an. Mein Angebot ist gut. Nein, es ist fantastisch. Der ›X-Men‹-Band war ein Geschenk meines Dads, und ich habe extra noch mal den aktuellen Wert gecheckt, bevor ich heute zu Casey gefahren bin. Inzwischen ist das Ding locker über tausend Dollar wert.

»Erstens: ›Zustand null‹ ist ja wohl ein bisschen übertrieben«, sagt Casey schließlich. »Der bringt's höchstens auf eins bis zwei.«

Jetzt ist es an mir zu schnauben. »Entschuldige mal, aber muss ich dir das gute Stück wirklich noch mal präsentieren? Ist ja interessant, dass dich ausgerechnet jetzt dein fotografisches Gedächtnis im Stich lässt.«

»Zweitens: Du hast sie wohl nicht alle«, fährt Casey fort, ohne meinen Einwand zu beachten, »wenn du ernsthaft denkst, dass ich mir Zinc entgehen lasse.« Er schaltet seinen Rechner zurück auf Stand-by, dann steht er auf und sucht nach seinem Rucksack.

Ich seufze. Dabei war ich mir so sicher, dass er auf mein Giant-Size-»X-Men«-Angebot anspringen würde. »Okay, was willst du dann?«

»Gar nichts«, erwidert Casey wie aus der Pistole geschossen. »Ich will zu Robert Zinc.«

Ich sehe zu, wie er sorgfältig zwei Schulbücher in seinen Rucksack packt und den Reißverschluss zuzieht. Aber so schnell gebe ich nicht auf.

»Irgendwas muss es doch geben, wofür du dich umstimmen lassen würdest«, sage ich. Jeder Geek hat seinen Preis – das hat mir mein Dad, der UG (Ur-Geek), schon vor langer Zeit beigebracht.

Caseys dunkle Augen bohren sich in meine, und kurz bin ich überzeugt, dass er sein lang ersehntes Ziel erreicht und ein Gedankenlese-Serum erfunden hat. Denn auch er bringt jetzt den UG ins Spiel. »Die Obi-Wan-Figur von deinem Dad.«

Einen winzigen, verrückten Moment lang stelle ich mir tatsächlich vor, wie ich mir in einer Nacht-und-Nebel-Aktion die Figur schnappe und sie Casey übergebe. Aber das hier ist nun mal das echte Leben und nicht »Ocean's Eleven«.

»Die erbe ich in ungefähr sechzig Jahren. Frag mich dann noch mal.« Aber ich weiß jetzt schon, dass ich sie niemals hergeben würde, nicht mal dann. Diese Obi-Wan-Figur von 1978 mit doppelt ausziehbarem Laserschwert in ihrer ungeöffneten Originalverpackung ist meine Zukunft. Außerdem würde mich der Geist meines Dads jede Nacht heimsuchen, wenn ich seinen Obi-Wan einfach so weggeben würde. »Wie wär's stattdessen mit …«, auf einmal habe ich eine Eingebung, »meinem kompletten ›Legends Awakened‹-Set?«

Rein vom Wert her ist das natürlich nichts gegen Obi-Wan. Dafür gehört das Set aber zu den wenigen Sachen, die Casey nie bekommen hat, als wir noch klein waren, obwohl er sie unbedingt haben wollte – und wie. Diese Pokémon-Booster-Boxen kamen genau zu der Zeit raus, als seine Eltern beide ein Jahr unbezahlten Urlaub genommen hatten, um an ihren wissenschaftlichen Veröffentlichungen zu arbeiten. Eigentlich war es ein gutes Jahr für uns, in dem wir Computer spielen und dabei so viel Süßkram wie nur möglich in uns reinstopfen konnten, ohne dass uns ständig irgendwelche Eltern auf die Pelle rückten. Andererseits bekam Casey damals kein einziges Geburtstagsgeschenk von seinem Wunschzettel, zum einen, weil Mr und Mrs Zucker zu viel zu tun hatten, und zum anderen, weil sie ziemlich knapp bei Kasse waren.

Casey legt seine Handflächen aneinander und blickt darauf, als fände sich dazwischen die Lösung für unser Problem. Ein Fünkchen Hoffnung glimmt in mir auf, dass ich ihn jetzt vielleicht doch am Haken habe, und ich klopfe mir innerlich auf die Schulter für diesen späten Geniestreich.

»Zusammen mit den Giant-Size-›X-Men‹?«, fragt er.

»Ja. Geht klar«, stimme ich eilig zu, erleichtert, dass das Verhandeln ein Ende hat.

Nur dass Casey immer noch zögert und auf seine Hände starrt, die er inzwischen aneinanderreibt wie ein waschechter Comic-Schurke.

»Ach, komm schon, Case«, bettele ich in der Hoffnung, damit an seinen bis dato nicht in Erscheinung getretenen Sinn für Romantik zu appellieren. Er hat schon vor einem Monat nicht allzu beeindruckt gewirkt, als ich ihm gestanden habe, dass ich in Roxy verliebt bin. Um genau zu sein, hat er bloß gebrummt, ich solle mich endlich konzentrieren, sonst würden wir unseren Warcraft-Raid verlieren. Aber ich lasse nicht locker. »Ich muss es Roxy endlich sagen und das wäre die Gelegenheit. Du weißt doch, wie viel Robert Zinc ihr bedeutet.«

Seine Augen werden schmal. »Und du weißt, wie viel Robert Zinc *mir* bedeutet.«

»Und du weißt, wie viel *mir* Roxana bedeutet …« Was soll's? Ich hätte es wissen müssen. Solche Argumente ziehen bei Casey nun mal nicht.

Dachte ich zumindest.

»Okay, ich bin dabei, wenn du noch was obendrauf legst«, sagt er, und als er endlich wieder zu mir hochguckt, sehe ich ein Funkeln in seinen Augen.

Ich hole tief Luft. »Und was?«

»Den ›X-Men‹-Band, ›Legends Awakened‹ und … ein Date mit Callie.«

Meine Kinnlade kracht fast auf den Boden. »Mit Callie? Callie … McCullough?«, frage ich verwirrt. Als würden wir beide noch eine andere Callie kennen als meine Stiefschwester.

»Genau die«, sagt Casey, der sich jetzt seinen Rucksack über die Schulter schlingt und zur Zimmertür geht.

»Wie soll ich das denn anstellen?«

Casey zuckt mit den Schultern. »Die Einzelheiten überlasse ich dir. Aber das sind meine Bedingungen. Nimm sie an oder lass es bleiben.«

Völlig perplex folge ich ihm nach draußen. Vielleicht lag ich ja falsch, was Caseys Sinn für Romantik angeht. Vielleicht hat nicht nur jeder Geek seinen Preis, sondern auch seinen heimlichen Schwarm. Worauf schon allein die Tatsache schließen lässt, dass Casey ein Date mit einem realen Mädchen in dieselbe Kategorie einordnet wie ein paar Sammelkarten und einen Comic-Band (egal, wie wertvoll). Vielleicht ist er einfach genauso hoffnungslos verknallt wie ich.

Das ist zumindest meine eigene Entschuldigung dafür, dass ich sofort zu überlegen anfange, wie ich meine superbeliebte, sportliche, ein Jahr ältere Stiefschwester dazu kriege, mit jemandem auszugehen, der in ihren Augen nichts ist als ein uncooles kleines Würstchen. Den ganzen Weg zur Schule zerbreche ich mir den Kopf darüber.

## 3. Kapitel

# Der Masterplan

Was willst du, Graham?« Callie wirft mir über ihre Frühlingsrollen hinweg einen giftigen Blick zu. Ihre Mutter Lauren hat auf dem Nachhauseweg von der Arbeit Abendessen mitgebracht. Mein Dad ist erst vor fünf Minuten reingeschneit. Selbst gemachtes Essen ist im Hause Posner/McCullough eher die Seltenheit, und die Tatsache, dass »Number One Chinese Kitchen« auf dem Weg zu Laurens Büro liegt, führt dazu, dass auf meinem Ernährungsplan öfter »gebratene Nudeln mit knuspriger Ente« steht, als gut für meine Arterien sein kann.

»Gar nichts«, sage ich und lade hastig eine fettige Portion auf meine Gabel.

»Wieso starrst du mich dann so an?« Sie hat noch ihr lila Fußballtrikot an, das sich geradezu spektakulär mit ihren roten Haaren beißt. »Bist du in mich verknallt oder was?«

»Uärks«, rutscht es mir heraus.

Streng genommen sind Callie und ich natürlich nicht miteinander verwandt, aber die Vorstellung ist trotzdem hochgradig abartig.

Ihr Bruder Drew neben ihr grinst hämisch. Drew und ich sind in derselben Jahrgangsstufe und damit enden unsere Gemeinsamkeiten auch schon. Wir hatten noch nie auch nur ein einziges Fach zusammen, weil ich überall in den Fortgeschrittenenkursen bin, wohingegen Drew … na ja, sagen wir einfach, Drew ist ein hervorragender Football-, Lacrosse- und Baseballspieler, aber ein nicht ganz so hervorragender Schüler. Ich bin nicht sicher, ob er jemals auch nur eine Seite Hausaufgaben abgegeben hat, aber fairerweise sollte ich wohl dazusagen, dass ich ihn erst seit der vierten Klasse kenne. Vielleicht hat er vorher ja mal Bestnoten für ein Fingerfarbenbild kassiert und beschlossen, dass ihm das als Gipfel seiner akademischen Laufbahn reicht.

Ich muss mich korrigieren. Die McCulloughs und ich haben noch eine Gemeinsamkeit: Verrückterweise haben wir alle rote Haare, obwohl meine ein bisschen mehr Richtung Rotbraun gehen. In der ersten Zeit nach Dads und Laurens Hochzeit hat Roxana uns immer nur die Weasleys genannt, aber nach ein paar Monaten hat sie damit aufgehört, weil selbst eine Zehnjährige sehen konnte, dass rote Haare noch lange keine Grundlage für eine echte Familie sind.

Ich starre auf das Logo auf unseren Essensschachteln. Es zeigt ein Rautezeichen gefolgt von einem hochgereckten Daumen, weswegen Roxy und ich den Laden gern den »Hashtag-Like-Chinesen« nennen.

Roxana. Robert Zinc. Casey. Callie. Diese Gedankenkette werde ich wohl so schnell nicht mehr los. Irgendwie muss ich das Ding ins Rollen bringen.

»Ich war heute bei Casey«, sage ich in die Runde, damit zumindest schon mal sein Name gefallen ist.

Eine Weile sagt niemand etwas darauf, bis mein Dad sich endlich mit einem »Und, was treibt er so?« erbarmt.

*Pläne schmieden, wie er deinen Obi-Wan in die Finger kriegt*, will ein boshafter Teil von mir antworten, dann aber entscheide ich mich doch für ein schlichtes »Nichts Besonderes«. Leider fällt mir danach nichts Sinnvolles mehr ein.

Dad lächelt und nickt. Von den anderen scheint keiner auch nur bemerkt zu haben, dass ich etwas gesagt habe.

»Wie war das Training?«, fragt Lauren Callie und Drew.

»Unsere neue Stürmerin ist ziemlich gut«, sagt Callie. »Mit der sollten wir Harborfields am Wochenende locker schlagen.«

»Na, wenigstens ihr«, brummelt Drew. »Die Schläger-Technik von unseren Neuen dieses Jahr ist für den Arsch.«

»Nicht solche Ausdrücke, bitte«, tadelt Lauren sanft, was ein ziemlich starkes Stück ist, so derbe, wie wir sie alle oft bei ihren spätabendlichen Telefonkonferenzen fluchen hören.

Ich klinke mich aus und erweitere in Gedanken meine »Was Roxana liebt«-Liste um ein paar Punkte, anstatt mir weiter Sportgeschwafel anzuhören, von dem ich sowieso nur die Hälfte verstehe.

- John-Hughes-Filme
- Weiße Schokolade
- Micron-Marker in allen sechs Federgrößen
- Das komplette Programm von BBC America
- Robert Zinc
- Robert Zinc
- ROBERT. ZINC.

Oh Mann, ich muss mir echt was einfallen lassen, um mit diesem Callie/Casey-Problem weiterzukommen. Mein erster Versuch war ein totaler Schlag ins Wasser, aber ich bleibe dran, so viel steht fest. Es geht nicht anders.

Bevor ich mich schlafen lege, räume ich schon mal meine Giant-Size-»X-Men« und die Pokémon-Karten ins oberste Regal meines Kleiderschranks, damit ich sie gleich nach der NYCC an Casey rüberreichen kann. Wichtig ist jetzt erst mal, ihm zu vermitteln, dass ich mein Wort halte, auch in Bezug auf Callie … wie auch immer ich das anstelle.

Ich überlege schon, ob ich meine Stiefschwester bestechen kann, indem ich mit ihr die Zimmer tausche. Sie meckert nämlich ständig über ihren zu kleinen Kleiderschrank und meiner ist ein gutes Stück größer. Ich werfe einen wehmütigen Blick hoch zu meinen gestapelten Brett- und Computerspielen, den Kisten voller Comics.

Mann, Mann, Mann, was tut ein Geek nicht alles im Namen der Liebe …

In der nächsten Woche sehe ich Casey kaum. Dies ist das erste Schuljahr, in dem wir keinen einzigen Kurs zusammen haben, außerdem lernt er gerade ständig für den College-Vorauswahltest. Casey liebäugelt nämlich mit einem Stipendium. Stony Brook ist zwar ein ziemlich gutes College und dank der Jobs seiner Eltern müsste er nicht mal Studiengebühren zahlen, aber Casey träumt eben von einem Platz an einer Eliteuni – das war schon immer so. Er setzt alles daran, so viele finanzielle Zuschüsse zu ergattern, wie sein abnorm großes Gehirn ihm verschaffen kann.

Ein weiterer wichtiger Punkt auf meinem Plan ist, dafür zu sorgen, dass Roxana am Comic-Con-Freitag nicht zur Schule muss.

Meiner Erfahrung nach – die sich darauf beschränkt, mir neue Handlungsstränge für »Die Freaks von der Magus High« auszudenken – sind die einfachsten Pläne oft die besten. Und da das hier schließlich keine Geschichte ist, die ich selbst schreibe und in der man dem Helden alle fünf Sekunden ein neues Hindernis in den Weg werfen muss, um die Spannung zu erhalten, wüsste ich nicht, warum der einfachste Plan nicht funktionieren sollte.

Roxana könnte ihren Eltern erzählen, dass am Freitag nach der Schule die Generalprobe für das Schultheaterstück ist und das Orchester dafür natürlich auf jeden Fall seine Star-Bratschistin braucht. Dadurch könnte sie von sieben Uhr morgens bis halb acht abends von zu Hause wegbleiben, ohne dass die Afsaris Verdacht schöpfen. Nur dass sie, statt zur Schule zu fahren, eben morgens den Zug in die Stadt nimmt, dort den unvergesslichsten Tag ihres Lebens verbringt und abends mit dem Sechs-Uhr-Zug wieder zurückfährt.

»Kinderspiel«, sage ich und schiebe mir eine Krokette in den Mund. Wir sitzen gerade in der Schulcafeteria und gehen noch mal unseren Plan durch. »Denk nur dran, dass das Taxi, mit dem du zum Bahnhof fährst, dich nicht direkt vor der Haustür abholen darf.«

»Das geht schon klar.« Felicia, Roxanas beste Freundin, wirft ihre langen, seidig schwarzen Haare zurück. »Mein Bruder hat angeboten, uns am Bahnhof abzusetzen.«

Ich starre sie an. »Uns?«, frage ich. Seit wann interessiert sich Felicia Obayashi für die Comic-Con?

Sie grinst mich an und spießt elegant ein Salatblatt auf ihre Plastikgabel. »Na, was denkst du denn? Du hast es irgendwie geschafft, dass unsere Miss Superbrav die Schule schwänzt, ihre Eltern anlügt und einen Tag in New York City verbringt – das kann ich mir ja wohl kaum entgehen lassen.« Sie dreht sachte das Handgelenk, und das Salatblatt scheint sich vor meinen Augen zusammenzufalten und gelangt in ihren Mund, ohne das rosa schimmernde Zeug auf ihren Lippen auch nur im Geringsten zu verschmieren. Ich habe Felicia schon seit Jahren in Verdacht, dass sie über geheime Gedankenkontroll-Jutsus verfügt, und zwar nicht nur, weil sie japanischer Abstammung ist, sondern weil ich seit jeher meine

Zweifel daran habe, dass ein einzelner Mensch auf rein unübernatürliche Weise so hübsch, klug, begabt und beliebt auf einmal sein kann.

»Äh … für die Comic-Con braucht man aber ein Ticket …«, fange ich an.

Felicia mustert mich nahezu mitleidig. »Hach, Graham, ich weiß ja nicht, ob das schon bis zu dir durchgedrungen ist, aber es wissen tatsächlich auch andere Leute, wie das Internet funktioniert. Jedenfalls stelle ich es mir ganz witzig vor, Roxana mal voll in ihrem Element zu erleben. Abgesehen von den ganzen heißen Typen in Spandex. Von denen dürfte es da doch einige geben, oder?«

»Äh ja, klar.« Unbehaglich rutsche ich auf meinem Platz hin und her. Ich hatte gar nicht bedacht, dass noch irgendwer außer Roxana und mir und hin und wieder Casey dabei sein könnte. Keine Ahnung, wie ich Felicias Anwesenheit mit meinen Plänen vereinbaren soll. Ich meine, ich habe nichts gegen sie oder so. Felicia war für mich einfach immer so was wie die geheimnisvolle Wildcard in Roxys Leben. Die beiden spielen seit der vierten Klasse zusammen im Schulorchester, obwohl Felicia auf der sozialen Leiter eine Sprosse über Roxy zu stehen scheint und mindestens zehn über mir. Ich weiß, dass sie schon mehrmals einen Freund hatte, und ich glaube, sie war in der Neunten *und* der Zehnten auf dem Abschlussball. Irgendwie war mir immer klar, dass es Dinge geben muss, die Roxana nur mit ihr bespricht und nicht mit mir, als Jungen. Und das hat mich auch nie wirklich gestört bis zu diesem Sommer – als ich auf einmal gemerkt habe, dass ich nicht bloß ihr Kumpel sein will, sondern ihr *Freund*. Felicia muss gewisse Einblicke haben, was das Thema angeht. Die Frage ist nur, ob ich diese Einblicke überhaupt wollen würde. Oder ob Roxana nicht vielleicht bis über beide Ohren in irgendeinen Footballer aus der Zwölften verknallt ist, mit dem ich eh nie im Leben mithalten könnte.

»Denk nur dran«, rät Roxana Felicia mit einem kleinen Blitzen in den Augen, »dass da auch ziemlich viele stinknormale Typen in Spandex rumlaufen. Mit anderen Worten: Das Verhältnis von heißen zu ganz und gar nicht heißen Typen in engen Kostümen könnte ein bisschen von dem abweichen, was die Superhelden-Filmindustrie einem vorgaukelt.«

Sie steckt sich den Rest ihres Gurke-Feta-Pitas in den Mund und grinst dann mich an.

»Stimmt«, sage ich und erwidere ihr Grinsen. »Du musst dir eher so was wie Chris Pratt und Seth Rogen vorstellen, bevor die beiden Personal Trainer hatten.«

Ich bin bloß paranoid. Roxana würde niemals was mit so einem Highschool-Klischeetypen anfangen. Ich *kenne* sie. Wie sie jetzt dasitzt, mit einem winzigen Fetakrümel im Mundwinkel – ich würde so gern die Hand ausstrecken und ihn wegwischen.

Aber Felicia ist schneller und deutet an Roxy gewandt diskret auf ihren eigenen Mundwinkel. »Okay, kapiert«, sagt sie dann. »Na ja, eins ist jedenfalls sicher: ›Roxy macht blau‹ lass ich mir auf keinen Fall entgehen.«

Roxana wirft ihr einen nervösen Blick zu, kontert jedoch: »Gut, dann weiß ich wenigstens, dass ich den 61er Ferrari meines Dads besser zu Hause lasse.«

»Wieso das denn? Den lassen wir einfach so lange rückwärtslaufen, bis der Kilometerzähler wieder an der richtigen Stelle steht«, steige ich darauf ein.

»Na, wenn das kein Spaß wird.« Sie knüllt die Alufolie ihres Sandwichs zusammen und starrt eine Weile darauf, bevor sie wieder zu uns hochsieht. »Aber jetzt mal im Ernst, Leute. Ich darf auf keinen Fall beim Schwänzen und Lügen erwischt werden.«

Felicia verdreht die Augen. »Das wissen wir. Entspann dich mal.« Sie steckt sich elegant eine Kirschtomate in den Mund, kaut und schluckt, bevor sie weiterredet. »Graham würde nie zulassen, dass du Ärger kriegst. Das heißt, wenn er die Planung übernimmt, bist du auf der sicheren Seite.«

Okay …

Felicia guckt mich nicht mal an und verhält sich auch sonst nicht, als hätte sie gerade etwas sonderlich Bedeutungsvolles von sich gegeben. Aber ich kann nicht behaupten, dass ich nicht ein winziges bisschen geschmeichelt bin, weil sie offensichtlich eine so hohe Meinung von mir hat. Vielleicht weiß sie wirklich irgendwas, was Roxy ihr im Vertrauen erzählt hat … und vielleicht komme ich ja sogar ganz gut dabei weg.

## 4. Kapitel

# Die Geeks erobern New York

Der Vorteil dabei, den UG zum Dad zu haben, besteht darin, dass er einen nicht nur für die Comic-Con die Schule schwänzen lässt, sondern sogar noch zum Bahnhof bringt, wenn man vorhat, die ganze Nacht für Tickets anzustehen. Lauren hebt zwar kurz die Augenbraue, als sie mir und meinem riesigen Rucksack um sieben Uhr abends an der Haustür begegnet, aber selbst sie sagt nichts außer »Sei vorsichtig«. Callie rät mir, mich nicht von einer Horde wild gewordener Nerds niedertrampeln zu lassen, aber ich glaube nicht, dass sie allzu traurig wäre, wenn das wirklich passieren würde. Drew blinzelt mich nur mit leerem Blick an, bevor er mich aus seinem Kopf löscht und weiter irgendwas in sein Handy tippt, was nur eine weitere grammatikalische Perle an seine aktuelle Freundin sein kann.

Caseys Eltern sind ziemlich entspannt, was solche Aktivitäten angeht, wahrscheinlich weil sie wissen, dass ihr Sohn in Bezug auf Schulkram pingeliger ist, als sie es je sein könnten.

Er hat sich so gut wie möglich auf diesen Tag vorbereitet, indem er mit all seinen Lehrern geredet und seine Hausaufgaben schon im Voraus erledigt hat. Deshalb wundere ich mich, warum er auf der Autofahrt zum Bahnhof so abwesend wirkt. Er redet kaum ein Wort mit mir oder meinem Dad, nicht mal als Dad fragt, ob Casey ihm vielleicht ein Autogramm von Peter Mayhew besorgen kann. Am Ende gibt Dad mir das Geld für das Autogramm und das Foto, das er signiert haben möchte: eine Aufnahme von Chewbacca und Han Solo.

Am Bahnhof kaufen wir uns Tickets, steigen in den Zug und gehen bis ans Ende des Abteils, wo man sich auf den rot-blauen Bänken gegenübersitzen kann. Wir fahren den Pendlermassen entgegen, von denen die meisten auf dem Weg aus der Stadt nach Hause sind, darum ist unser Zug relativ leer.

Ich warte ein paar Stationen ab, bevor ich Casey das Mayhew-Foto gebe und das Schweigen breche. »Okay, Case, was ist los?«

»Was?«, fragt Casey, ohne mich auch nur anzusehen.

»Och, gar nichts«, sage ich. »Nur dass du das letzte halbe Jahr dieses Wochenende geplant hast und gerade in etwa so begeistert aussiehst, als wärst du auf dem Weg zum Tanztee im Altenheim. Also, was ist los? Was ist passiert?«

Er seufzt Richtung Fenster und sein Atem hinterlässt

einen kleinen beschlagenen Fleck auf der Scheibe. »Ich war heute bei Mrs Buchanan«, murmelt er.

»Und?« Jetzt bin ich verwirrt. Ich kann mir beim besten Willen nicht vorstellen, dass Casey ein unangenehmes Gespräch mit unserer Beratungslehrerin gehabt haben soll. Er kriegt nie wegen irgendwas Ärger. Im Ernst, *nie*. Nicht mal wegen unabsichtlichem Schwänzen oder verpeiltheitsbedingtem Zuspätkommen.

»Na ja … wegen der Jahrgangsrangliste.«

»Ach so, klar.« Ich habe meinen Rang gestern gesagt bekommen, genau wie Roxana. Mrs Buchanan meinte, dass ich im Moment Nummer elf in unserem Jahrgang bin. Roxana ist Nummer neun. Auf der Busfahrt nach Hause hat sie mich erbarmungslos wegen der zwei Plätze aufgezogen, die sie besser ist als ich, hauptsächlich, indem sie ununterbrochen »Number nine, number nine, number nine« skandiert hat, wie die Beatles in »Revolution 9«. Casey muss auf Platz eins sein … oder Moment mal – etwa nicht? Ich sehe ihn an und mit einem Mal wird mir alles klar. »Du bist nicht auf …«

Er schüttelt den Kopf und zeichnet mit dem Finger eine Zwei an die beschlagene Scheibe.

»Ist nicht dein Ernst«, sage ich baff. »Wer ist denn dann auf Platz eins?«

»Keine Ahnung.« Casey dreht sich mir zu, die dicken Brauen zu einem finsteren Stirnrunzeln zusammengezogen. »Benji Conners vielleicht? Oder Ethan Kramer? Ich weiß einfach nicht, wie das sein kann. Ich hab einen Durchschnitt von 102,1.«

Ich stoße einen Pfiff aus. Casey hat so viele Extra- und Fortgeschrittenenkurse belegt – einen davon sogar schon in der Neunten –, dass sein Notendurchschnitt dadurch völlig utopische Dimensionen angenommen hat. Witzigerweise bin ich mir ziemlich sicher, dass sein Mathematikerhirn arg an der Vorstellung zu knabbern hat, dass sein Schnitt mehr als hundert Prozent betragen soll.

Ich versuche nicht mal, Casey darauf hinzuweisen, dass er ja immerhin noch Jahrgangs*zweit*bester ist und wahrscheinlich trotzdem noch mit Kusshand an jedem Elite-College genommen werden wird. Casey Zucker ist nun mal der Inbegriff eines Perfektionisten. Auf den Gebieten, die ihm etwas bedeuten – was so viel heißt wie: in allen schulischen Fächern –, *muss* er einfach der Beste sein. Einmal hat er mir sogar gestanden, wie schade er es findet, dass er komplett unsportlich ist, denn sein Wettkampfgeist würde sich im Sport mit Sicherheit auszahlen. Bei unseren freitagabendlichen »Magic«-Runden schadet er ihm jedenfalls nicht.

»Du kannst dich ja immer noch hocharbeiten«, sage ich in dem Wissen, dass dies das Einzige ist, was er jetzt hören will.

Er nickt fieberhaft. »Aber hallo. Ich muss nur zuerst rausfinden, wer überhaupt auf Platz eins ist, damit ich eine Strategie ausarbeiten kann. Die olle Buchanan wollte nicht damit rausrücken«, fügt er grimmig hinzu.

Nach ein paar weiteren Minuten grüblerischen Schweigens erwähne ich, dass ich ihn die ganze Woche über fleißig Callie angepriesen habe. Was ich für mich behalte, ist, dass meine Anstrengungen hauptsächlich darin bestanden haben, ein-, zweimal beim Abendessen seinen Namen fallen zu lassen, ohne dass sie darauf reagiert hat. Aber keine Reaktion ist immer noch besser als eine negative, stimmt's? Außerdem bin ich überzeugt, dass man in dieser Sache nur langsam, Schritt für Schritt, ans Ziel gelangen kann. Oder zumindest rede ich mir das selbst ein, denn ein Plan, der über diese mikroskopisch winzigen Trippelschrittchen hinausgehen würde, ist mir bis jetzt noch nicht eingefallen.

Als wir die Penn Station erreichen, ist Casey jedenfalls schon mal deutlich besser gelaunt, vielleicht weil sein Hirn längst an einer Lösung für das Jahrgangsbesten-Problem arbeitet. Nachdem wir uns nach draußen gedrängelt haben, vergewissern wir uns vorsichtshalber noch mal auf Google Maps, ob wir auch in die richtige Richtung laufen, und machen uns dann auf den langen, schnurgeraden Weg von der Seventh zur Eleventh Avenue.

Unterwegs begegnen wir haufenweise Touristen mit Kameras und Einkaufstüten und auch ein paar gestresst wirkenden New Yorkern im Business-Outfit. An der Ecke zur Eighth Avenue wartet ein Grüppchen Mädels im College-Alter, alle mit winzigen Miniröcken und himmelhohen Absätzen, zusammen mit uns an der Ampel.

Auf Höhe der Ninth Avenue sichten wir den ersten Spider-Man, und kurz darauf, als hätte er bloß die Vorhut für die Kavallerie dargestellt, setzt ein stetiger Strom Kostümierter mit Comic-Con-Pässen um den Hals ein, die uns entgegenkommen. An der Tenth Avenue sind wir von erhitzten Gesichtern und Spandex umgeben, so weit das Auge reicht, und hören aufgeregtes Geplauder über die Erlebnisse des Tages. Casey entspannt sich sichtlich. Das hier sind unsere Leute.

»Nächstes Jahr müssen wir echt schon am Donnerstag hin«, sage ich.

»Erst recht, wenn ich durch die Vorauswahl fürs College bin«, stimmt Casey mir zu. »Lotterleben, ich komme!«

Ich schnaube. Das berüchtigte Lotterleben in der Abschlussklasse bedeutet für Casey vermutlich genau das: nicht einen, sondern ganze *zwei* Tage schwänzen, um zur Comic-Con zu gehen.

Als wir uns dem Javits-Center nähern, fällt mir auf, dass viele unserer Brüder in Spandex nicht allein hier zu sein scheinen. Im Gegenteil, sie treten zunehmend in Pärchen auf, Händchen haltend, lachend, glücklich und geborgen in ihrem ganz eigenen Nerdiversum. Wie sehr ich mir wünschte, Roxana und ich könnten auch dazugehören. Entschlossen ziehe ich die Riemen meines Rucksacks fest und straffe die Schultern. Dies ist meine Chance, und ich muss alle meine Kräfte mobilisieren, um sie zu ergreifen. *Alle meine erbärmlichen menschlichen Kräfte*, denke ich, als ich einen Wolverine und eine Jean Grey sehe, die sich, jeder bewehrt mit einer von Wolverines Klauenhänden, einen Showkampf liefern.

Die Robert-Zinc-Bändchen werden morgen früh um neun vor diesem Gebäude vergeben. Langsam erkenne ich eine Warteschlange, die seitlich vom Haupteingang wegführt. Die Leute haben sich häuslich eingerichtet – einige haben Campingstühle, Decken oder sogar Zelte dabei. Die meisten sitzen auf dem Boden. Ich hole tief Luft. Ein winziger Teil von mir hat die ganze Zeit gehofft, Casey und ich würden zu den Ersten gehören, aber wenn das hier wirklich die Zinc-Schlange ist – was immer wahrscheinlicher wird, den Kostümen nach zu urteilen –, ist das nicht der Fall. Nicht mal annähernd.

»Robert Zinc?«, frage ich einen Typen, der ein löchriges schwarzes T-Shirt unter einer verblichenen senfgelben Lederjacke trägt, obwohl ich die Antwort längst weiß. Er ist als Charlie Noth verkleidet, der etwas verwahrloste Science-Fiction-Autor, der in den »Chroniken« auf die geheimnisvolle Außerirdische Althena trifft.

»In der Tat«, antwortet er. Ich nicke, und wir verfolgen die Schlange zurück, die bis ganz um die Ecke des Gebäudes reicht, und mein Herz klopft mir mit jedem Wartenden, an dem wir vorbeigehen, lauter in den Ohren. Was ist, wenn wir die ganze Nacht hier rumhängen und am Ende doch kein Bändchen bekommen?

## 5. Kapitel

# Nerd und Totschlag

»Einhundertzwei«, verkündet Casey, als er wieder an den halben Quadratmeter Ziegelwand tritt, der für die nächsten paar Stunden unser Zuhause sein wird. Casey ist bis nach vorne zurückgelaufen, um zu zählen, wie viele Leute vor uns in der Schlange stehen.

Ich atme erleichtert auf. »In den Saal müssen mindestens zweihundertfünfzig passen.«

»Auf jeden Fall«, stimmt Casey mir zu.

Ich habe meinen Schlafsack ausgepackt, der mir momentan zusammengerollt als Sitzkissen dient. Casey holt seinen auch aus dem Rucksack und legt ihn neben mich, um es sich auf dem Beton so gemütlich wie möglich zu machen. Es ist ziemlich kalt hier am Rand von Manhattan, und vom Hudson River weht ein scharfer Wind herüber, der schon mal einen Vorgeschmack auf den New Yorker Winter gibt. Ich habe jetzt schon meinen zweiten

Pulli übergezogen. Casey läuft noch immer im T-Shirt rum. Er friert eigentlich nie, was vermutlich an der schützenden schwarzen Haarschicht liegt, die geschätzte fünfundneunzig Prozent seiner Körperoberfläche bedeckt.

Als Nächstes holt er einen Stapel Karten aus dem Rucksack, und ich stelle erstaunt fest, dass es ein ganz normales Kartenspiel ist statt seines gewohnten »Magic«-Decks. »Poker?«, fragt er.

Ich werfe ihm einen skeptischen Blick zu. »Im Ernst jetzt?«

»Ich versuche bloß, ein bisschen unseren Horizont zu erweitern«, erklärt er, während er bereits anfängt zu mischen. Ich zucke bereitwillig mit den Schultern und er teilt aus.

Nach ein paar Minuten decke ich eine Pikkönigin auf und kann nicht länger an mich halten. »Ist irgendwie langweilig ohne eine coole Hintergrundgeschichte, oder?«

Casey blinzelt auf die Karte. »Vielleicht ist sie ja in Wirklichkeit eine finstere Zauberin, die sich nur als Königin tarnt?«

Ich mustere den spitzen Stab und den reich verzierten Umhang der Königin. »Also, ich sehe da keine Tarnung. Ihre Untertanen wissen alle genau, dass sie eine Zauberin ist.« Ich betrachte sie wieder. »Aber was ihnen nicht klar ist, ist, dass der Pikkönig und Pikbube beide ihre Marionetten sind und nur dazu da, dem Ganzen den Anstrich einer Monarchie anstelle eines totalitären Staats zu geben.«

»Nicht schlecht«, kommentiert Casey und treibt den Einsatz in die Höhe, indem er noch ein paar Vierteldollarmünzen in die Mitte wirft.

Wir gewinnen jeder eine Runde, sind jedoch ziemlich bald gelangweilt von dem doch ziemlich nüchternen Spiel und gehen daher lieber zu einer Beschäftigung über, die uns mehr liegt.

»Eisbär oder Hai?«, fange ich an. »Wer gewinnt in einem Kampf?«

»Kommt aufs Spielfeld an. An Land?«, nuschelt Casey, der sich gerade einen spätabendlichen Snack in Form einer Banane reinzieht.

»Nee, natürlich nicht, wäre ja wohl ziemlich unfair für den Hai.«

»Der Eisbär kann doch auch nicht so lange unter Wasser bleiben.«

»Aber der kann zumindest schwimmen. Also, sie sind beide im Wasser.«

Casey denkt kurz nach. »Der Eisbär. Pure Körpermasse.«

»Möglich«, erwidere ich. »Der Hai kann dafür von unten angreifen und sich viel schneller bewegen.«

»Darum hab ich ja extra gefragt, ob sie an Land sind! Und wenn der Eisbär auf einer Eisscholle steht und der Hai drumrum schwimmt? Dann wäre der Eisbär im Vorteil und könnte von oben mit seinen Monsterpranken auf den Hai eindreschen.«

»Kann sein«, räume ich ein. »Aber nur so lange, bis der Hai die Eisscholle rammt und der Bär ins Wasser fällt. Bär weiß nicht mehr, wo vorne und hinten ist, Vorteil Hai, Ende.«

»Alter, wie stark müsste ein Hai denn bitte sein, um eine Eisscholle zu rammen, damit ein Eisbär runterfällt? Dabei würde der sich ja wohl den Kiefer brechen!« Casey isst seine Banane auf, stemmt sich hoch und geht zur Straße, um die Schale in den Mülleimer zu werfen.

»Ich weiß noch was«, sagt er, als er zurückkommt. »Wer gewinnt: Sean Bean als Boromir oder Sean Bean als Ned Stark?«

»Du meinst wohl eher, welcher Sean Bean würde als Erster den Abgang machen und welcher als Zweiter?«, witzele ich, bevor ich genauer darüber nachdenke. »Boromir war ein großer Krieger, der in vielen Schlachten gekämpft hat.«

»Genau wie Ned Stark«, merkt Casey an, während er seinen Schlafsack auseinanderrollt. Dann kriecht er hinein und legt seinen Rucksack als Kissen ans Kopfende.

»Aber Boromir hat eine komplette Armee hinter sich.«

»Nichts da, Mann gegen Mann.«

»Von mir aus. Trotzdem hat er viel mehr Kampferfahrung. Er denkt von morgens bis abends über nichts anderes nach als Kriegsstrategien.«

»Ned hat ein Schwert aus valyrischem Stahl.«

»Eis?«, frage ich. »Ach, komm. Das ist doch nur für Zeremonien und so Zeugs. Nie im Leben würde er das im Kampf benutzen.«

»Und wenn der Ring in der Nähe ist? Könnte Boromir dann widerstehen?«

»Nee, nee«, wehre ich ab. »Wenn Mann gegen Mann gekämpft wird, ist überhaupt nichts anderes in der Nähe. *Deine* Regel.«

»Ich glaube trotzdem, dass du Ned unterschätzt.«

Ich denke eine Sekunde darüber nach. »In einer Welt, in der es zwei Sean Beans gibt, würden die beiden vielleicht einfach im selben Moment sterben. Das ist ähnlich, wie die Ströme zu kreuzen.«

»Hmpf«, macht Casey. »Vielleicht. Jedenfalls wäre es ein ziemlich ausgeglichener Kampf.«

»Stimmt«, gestehe ich ihm zu. Dann rolle ich ebenfalls meinen Schlafsack auseinander und benutze wie Casey meinen Rucksack als Kopfkissen. Wahrscheinlich ist es sowieso besser, unsere Sachen so nah wie möglich bei uns zu behalten. So eine Schlange aus Comic-Con-Supernerds ist doch bestimmt ein gefundenes Fressen für Taschendiebe.

Wir spielen unser Spiel noch eine Weile weiter, lassen den zehnten gegen den elften Doctor antreten, Kirk gegen Picard und Dumbledore gegen Gandalf. Irgendwann döst Casey ein, und ich bleibe allein mit meinen Gedanken zurück, die natürlich sofort wieder zu Roxana wandern. Ich habe Dumbledore aus reiner Gefühlsduselei über Gandalf triumphieren lassen, denn Roxy und ich haben uns damals übers »Harry Potter«-Lesen angefreundet.

Dad und ich sind noch sechs Monate in unserem alten Haus wohnen geblieben, nachdem Mom tot war. Ich glaube, länger hätte er es auch nicht ausgehalten, jeden

Tag all die Zimmer zu sehen, in denen sie gekocht, gelacht und gelebt hat – Zimmer, die voller Erinnerungen an sie steckten, wie sie sich kurz hinlegte, immer länger schlief, starb. Dad war überzeugt, dass ein Umzug helfen würde, ich aber hatte furchtbare Angst davor, an einem Ort zu leben, an dem sie nie gewesen war, machte mir riesige Sorgen, dass ich ohne die gewohnten Wände und Fußböden als Hintergrund ihr Gesicht vergessen würde. Leider ist der Widerstand, den ein Achtjähriger leisten kann, ziemlich begrenzt. Und so packten wir kurz darauf in einem großen, fremden Haus unsere Umzugskartons aus, meilenweit entfernt von Casey. Wir konnten nicht mal mehr auf dieselbe Grundschule gehen.

Als ich eine Kiste nach der anderen durch unseren Garten ins Haus schleppte, bemerkte ich ein dunkles Augenpaar, das mich durch die Zaunlatten beobachtete. Ich dachte mir nichts dabei, bis die Besitzerin der Augen mir etwas zurief.

»Was glaubst du, in welches Haus dich der Sprechende Hut stecken würde?«, fragte sie ohne Einleitung oder Erklärung. Jetzt reichte der Zaun ihr plötzlich nur noch bis unters Kinn – anscheinend hatte sie sich einen Hocker geholt und war daraufgeklettert. Sie hielt eine gebundene Ausgabe von »Harry Potter und der Stein der Weisen« hoch und lächelte mich an. Das war wahrscheinlich das erste Mal seit Monaten, dass jemand mich anlächelte, ohne dass ich mich gleich bemitleidet fühlte.

»Ich hab nur das erste gelesen«, antwortete ich. »Darum weiß ich nicht, ob ich das beurteilen kann.«

Den Grund, warum ich bis dahin nur den ersten Band gelesen hatte, verriet ich nicht. Dass Mom und ich kurz vor ihrer Diagnose mit dem »Stein der Weisen« angefangen hatten und sie danach zu schwach gewesen war, um mit dem nächsten Band weiterzumachen. Dass ich mich seither geweigert hatte, ohne sie weiterzulesen, als verliehe mir das ein Druckmittel gegenüber irgendeinem Gott der Literatur. Als könnte sie schlicht nicht sterben, solange wir noch den Rest der Reihe vor uns hatten. Als könnte meine Mom, die Bücher über alles liebte, nicht gehen, bevor sie nicht herausgefunden hatte, wie die Geschichte endete.

»Ich darf noch nicht weiter lesen als Band drei«, sagte das Mädchen dann. »Aber man weiß bestimmt auch nach dem ersten genug, um sein Haus aussuchen zu können, meinst du nicht?«

Ich starrte sie an. Ihre langen dunklen Haare flatterten über die Zaunlatten wie eine zerfetzte Piratenflagge.

»Ravenclaw«, sagte ich schließlich. »Ich glaube, da würde ich landen.«

Ein breites Grinsen erschien auf ihrem Gesicht. »Ich auch! Weißt du, alle anderen sagen immer Gryffindor, nur weil das eben Harrys Haus ist, aber die achten alle gar nicht auf die Begabungen. Ich bin übrigens Roxana.«

»Graham«, erwiderte ich, nur um dann festzustellen, dass es ein ziemlich eigenartiges Gefühl war, eine richtige Unterhaltung mit einem Mädchen in meinem Alter zu führen. Ich konnte mich nicht erinnern, dass ich das schon einmal getan hätte.

»Sollen wir die Bücher zusammen lesen? Du könntest ja zumindest erst mal so weit lesen, wie ich bin.«

»Okay«, antwortete ich, selbst erstaunt über meine spontane Antwort. Eigentlich hätte ich mir doch Gedanken darüber machen sollen, wie das werden würde. Ob mich das traurig machen würde, weil ich die ganze Zeit an meine Mom denken musste.

Doch bevor ich auch nur die Gelegenheit bekam, einen Rückzieher zu machen, sagte Roxana auch schon: »Bin gleich drüben. Ach so, wenn das okay ist, natürlich.« Sie wirkte kurz besorgt. »Meine Mom sagt, ich darf die Leute nicht immer so überrumpeln.«

»Ja, ist okay«, erwiderte ich.

Mit einem letzten Flattern ihrer langen Haare verschwand Roxana hinter dem Zaun und rannte durch den Garten zurück ins Haus. Ungefähr eine Minute später hörte ich ein Klopfen an unserer Tür.

Und dann lief alles genauso, wie sie gesagt hatte. Wir lasen die Bücher zusammen. Wir lasen haufenweise Bücher zusammen, hauptsächlich Fantasy-Reihen. Wir wuchsen jeder im Garten des anderen auf, im Leben des anderen. Und ich weiß bis heute nicht, was ich gemacht hätte, wenn sie nicht da gewesen wäre, als mein Dad plötzlich ankündigte, er würde wieder heiraten, und die McCulloughs bei uns einzogen. Das war ein ziemlich großer Einschnitt für einen Zehnjährigen mit nur noch einem Elternteil, aber ich steckte alles verhältnismäßig gut weg. Weil Roxy es leichter machte.

Wenn ich mit ihr zusammen bin, kommt mir alles

leichter vor. Wäre da nur nicht dieses beängstigende Gefühl, das sich im Laufe der letzten Monate ganz allmählich in mir eingenistet hat. Plötzlich will ich mehr. Ich will sie berühren, mich ihr durch etwas verbunden fühlen, das mehr als bloß Freundschaft ist. Ich will ihre Lippen auf meinen fühlen. Ich habe noch nie ein Mädchen geküsst, nicht so wirklich, Sandkastenromanzen zählen ja nicht – und es gibt nur eine, mit der es sich richtig anfühlen würde: meine Schreibpartnerin und beste Freundin.

Mit den Gedanken bei ihr schlafe ich schließlich ein, und als um halb acht meine Armbanduhr piepst, wird mir klar, dass ich von ihr geträumt habe.

Auch Casey ist schon wach und macht sich auf die Jagd nach Bagels. Als ich aufstehe und mich strecke, merke ich, wie steif mein Rücken ist. Ich greife nach hinten und versuche, mir selbst die schmerzenden Schulterblätter zu massieren, während ich die Leute um mich in Augenschein nehme.

Die Schlange geht hinter uns noch ewig weiter. Ich kann das Ende nicht mal mehr sehen. Doch trotz der vielen Leute ist es relativ ruhig auf der Straße. Alles, was ich höre, ist das monotone Herumschwadronieren irgendeines Typen, der gerade verkündet: »Also, ich finde ja, Zinc wird extrem überschätzt. Die Reihe fällt doch nach Band dreizehn total ab.«

Verärgert suche ich die Schlange ab und finde schließlich den Übeltäter: so ein riesiges Muskelpaket, sicher schon über dreißig, mit verspiegelter Sonnenbrille und einer ausgeblichenen Trucker-Kappe mit Papa Schlumpf darauf. Gerade lässt er sich lautstark darüber aus, dass der Handlungsstrang mit Althenas Ex, der auf ihrem Heimatplaneten zurückgeblieben ist – und die Rolle des großen Gegenspielers einnimmt –, doch wohl total unnötig ist. Womit er natürlich vollkommen danebenliegt.

Casey kommt mit zwei Sesambagels in der Hand und einer hochgezogenen Augenbraue zurück, gerade rechtzeitig, um noch den Schluss der Tirade aufzuschnappen.

»Alter, ich weiß«, stöhne ich.

Doch ein paar dürftige Argumente später scheint auch dem Typen die Munition auszugehen. Vielleicht liegt es daran, dass es noch so früh ist, aber die Stille, die sich daraufhin über alles legt, wirkt angespannt, als warteten alle auf den Startschuss.

Casey und ich essen, ohne viel zu reden. Dann rollen wir unsere Schlafsäcke zusammen, packen unsere Sachen wieder ein und treten ungeduldig von einem Fuß auf den anderen. Ich kann es kaum erwarten, endlich das Kostüm in meinem Rucksack anzuziehen. Bis jetzt habe ich in der Schlange noch niemanden mit meiner Althena-Version gesichtet.

»Hi, ihr zwei!«

Roxana und Felicia sind da. Ich grinse und stoße erleichtert den Atem aus, obwohl mir gar nicht aufgefallen war, dass ich ihn angehalten hatte.

»Ihr habt's geschafft!«, sage ich und gucke auf die Uhr. Es ist halb neun. »Haben deine Leute auch keinen Verdacht geschöpft?«, wende ich mich an Roxana.

»So weit alles ruhig«, erwidert sie. »Wie war eure Nacht?«

»Kalt und hart«, brummt Casey.

»Ach wo, so schlimm war's gar nicht«, sage ich schnell, als ich Roxys sorgenvoll geweitete Augen sehe.

»Hey, vordrängeln gilt nicht!«, werden wir ruppig unterbrochen. Wir drehen uns zu einem hageren Typen mittleren Alters um, der Roxana und Felicia finster mustert. Felicia knipst ihr strahlendstes Megawatt-Lächeln an.

»Wir wollen uns nicht vordrängeln«, sagt sie freundlich. »Wir quatschen nur ein bisschen mit den beiden, bevor es losgeht.«

Der Typ guckt immer noch ziemlich mürrisch. »Ihr könnt quatschen, wenn die Sache hier vorbei ist. Wir haben alle heute hier gepennt, da könnt ihr jetzt nicht einfach so aufkreuzen.«

»Ja. Wie gesagt …«, setzt Felicia stur von Neuem an, aber Roxana berührt sie sachte am Arm und flüstert ihr zu, sich besser nicht mit unausgeschlafenen Nerds anzulegen.

Lauter fügt sie dann hinzu: »Ist okay. Wir stellen uns schon mal am Eingang an, dann treffen wir uns drinnen, ja? Direkt an der Tür.«

Ich nicke. »Wird hoffentlich nicht allzu lange dauern, die Bändchen zu bekommen.«

»Wir warten auf euch«, sagt Roxana, bevor sie Felicia am Handgelenk packt und sie entschlossen in Richtung einer weiteren Warteschlange auf der anderen Seite des Gebäudes zieht. Felicia sieht tatsächlich aus, als wäre sie drauf und dran, ihr Wortgefecht mit dem grummeligen Typen fortzuführen.

Ein paar Minuten später hören wir schwach eine Stimme, die am vorderen Ende der Schlange Anweisungen ruft. Wir spitzen die Ohren, und ich stelle mich auf die Zehenspitzen, als würden die zwei Zentimeter zusätzlich zu meinen eins dreiundachtzig dazu führen, dass ich plötzlich über die Köpfe von hundertzwei Leuten hinweggucken kann.

Vor und hinter mir erhebt sich Gemurmel. »Was? Was hat er gesagt?« Die Leute werden unruhig, und alle wenden sich nach vorne, in der Hoffnung, dass die Vordermänner irgendwas durchblicken lassen.

»Ach so, unsere Tickets«, sagt Casey schließlich, als er ein paar Leute vor uns erspäht, die ihre laminierten Comic-Con-Pässe hochhalten.

Ich nicke und gehe in die Hocke, um meinen Rucksack zu öffnen. Und in diesem Moment bricht die Hölle los.

Ich höre, wie sich eine große Glastür öffnet, spüre das Trampeln Hunderter Füße rings um mich. Es ist, als hätte sich ein lang erwarteter Startschuss gelöst. Und ich scheine ihn verpasst zu haben. Ich stehe da wie der letzte Volltrottel und starre mit offenem Mund auf die Massen von Menschen, die auf einmal von allen Seiten auf die Tür zustürmen.

»Verdammt«, keucht Casey. Wir werfen uns unsere Rucksäcke über die Schulter und rennen los, aber wir haben definitiv eine volle Sekunde zu spät geschaltet.

Aus einem Meer von Leuten kann ich gerade eben so einen völlig überforderten NYCC-Mitarbeiter an der Tür erkennen, der irgendwas ruft, was ich nicht verstehe. Die Leute schieben sich an ihm vorbei – und mitten unter ihnen, wie mir nicht entgeht: Papa Schlumpf. Der Mitarbeiter dreht sich um und schreit ihnen etwas hinterher, kann aber wegen der Menge, die sich direkt vor ihm drängt, seinen Posten nicht verlassen. Und natürlich hört sowieso kein Schwein auf ihn.

Ein paar Sekunden später tauchen noch ein paar Typen in blaugrünen Mitarbeiter-T-Shirts auf und versuchen, die Leute wieder in eine Reihe zu dirigieren.

»An die Wand, na los, an die Wand. Zurück in die Schlange«, brüllt einer von ihnen, als er an uns vorbeikommt und uns unsanft wieder in die Reihe schubst.

Nach einer Weile finden Casey und ich uns zwar in einer Art Warteschlange wieder, aber wir sind längst nicht mehr so weit vorne wie am Anfang. Zwischen uns und der Tür erstreckt sich ein Kontinent aus Leuten. Verzweifelt gucke ich mich nach Grummel Griesgram oder irgendjemand anderem um, der in unserer Nähe gestanden hat und bezeugen könnte, dass wir weiter nach vorn gehören. Aber ich erkenne niemanden wieder.

Die Comic-Con-Leute sorgen noch immer laut rufend für Ordnung und zeigen sich vollkommen unbeeindruckt angesichts der Welle von Nerd-Zorn, die sich bereits über sie zu ergießen beginnt. Ein dickes Fell ist in diesem Job wohl Einstellungsvoraussetzung.

Casey und ich starren uns an, unfähig zu begreifen,

was gerade passiert ist. Ich bin total perplex und kurz vor einem Panikanfall. Und dann, zwanzig Minuten später, völlig am Boden zerstört.

Es stehen noch ungefähr vierzig Leute vor uns, als die Nachricht zu uns durchdringt: Die Bändchen sind vergeben.

Das war's dann wohl mit Robert Zinc. Das war's dann wohl mit meinen Plänen, Roxy gleich nach dem Treffen mit ihrem Lieblingskünstler in ein lauschiges Eckchen zu entführen und ihr endlich *die* drei kleinen Worte zuzuflüstern.

So ein Reinfall.

## 6. Kapitel

# Mist, überstimmt!

»Tut mir leid«, stoße ich hervor. Roxana wirkt furchtbar enttäuscht, und mein Gesicht muss den Ausdruck in ihrem widerspiegeln – nur um ein Vielfaches multipliziert. »Tut mir so leid.«

Ihre Miene wird ein bisschen sanfter. »Graham, das ist doch nicht deine Schuld. Mein Gott, du hast die letzte Nacht auf Asphalt geschlafen.«

»Du sagst es, verdammt noch mal«, fährt Casey laut dazwischen. »Ich glaub's einfach nicht, diese … *Drecksäcke*. Wie kann so was einfach so durchgehen? Wieso? Können die überhaupt noch in den Spiegel gucken nach ihrer asozialen Aktion? Sind das vielleicht die Zuschauer, die Robert Zinc in seiner Session sitzen haben will?« Ich wittere die Anfänge eines ausgewachsenen Nerd-Kollers, aber ich bin selber zu geknickt, um Casey davon abzuhalten, mitten im Javits-Center auszuticken.

»Das ist echt mies«, fällt Felicia mit ein, obwohl sie als Einzige von uns nicht kurz vor dem Nervenzusammenbruch zu stehen scheint angesichts der Tatsache, dass Robert Zinc sich im selben Gebäude befindet wie wir und wir ihn trotzdem nicht sehen dürfen.

»Vielleicht haben wir ja Glück und können uns irgendwie reinschleichen«, sage ich halbherzig.

»Ja, vielleicht«, entgegnet Roxana mit einem kläglichen Lächeln. Sie weiß genauso gut wie ich, dass da nichts zu machen sein wird. Die New Yorker Comic-Con ist normalerweise eine tipptopp geölte Maschine und nach dieser Panne werden sie bei der Zinc-Session natürlich erst recht genau kontrollieren.

»Na ja, jedenfalls ist heute immer noch Roxanas großer Tag. Also, lasst uns unsere Kostüme anziehen«, versucht Felicia, die Stimmung zu retten, und hebt ihre riesige Tasche. »Und um elf hab ich dann eine Überraschung für euch.«

Ich bin so baff über die erste Hälfte ihrer Äußerung, dass die zweite gar nicht mehr richtig zu mir durchdringt. »Du hast ein Kostüm dabei?«

»Na ja, man muss sich ja den Gepflogenheiten anpassen.« Sie grinst. »Und außerdem sehe ich in dem Teil super aus.«

Casey mustert sie ungläubig.

»Die Klos sind da vorne die Rolltreppe runter«, sage ich und gehe vor. Unten angekommen, teilen wir uns vor den Herren- und Damentoiletten auf, aber Casey bleibt an der Tür stehen.

»Kein Kostüm dieses Jahr«, verkündet er.

Jetzt ist es an mir, ihn ungläubig zu mustern. »Soll das etwa heißen, Felicia Obayashi wird gleich auf der NYCC in einem Kostüm rumlaufen und Casey Zucker nicht?«

»Mein Zeitplan ist einfach zu voll dieses Jahr, und ich hab ausgerechnet, dass mir das Kostüm dabei nur im Weg wäre, wenn man erstens die aerodynamischen Faktoren im Gedränge berücksichtigt und zweitens die ganzen Leute, die einen immer anquatschen und fotografieren wollen.« Er wirft einen Blick auf seine Uhr. »Wo wir gerade dabei sind, in zwanzig Minuten fängt Lacey Grotowskis Signierstunde an.«

»Da komme ich mit«, sage ich fest. »Und ich glaube, Roxana will eine Skizze von ihr. Bin gleich wieder da.«

Zum Glück finde ich sofort eine leere Kabine und springe eilig in mein Kostüm. Ich gehe als eine Version von Althena, die an einen Achtzigerjahre-Science-Fiction-Film angelehnt ist, von denen sie sich so irre viele angesehen hat. Ich bin Mad Max und, ja, ich trage eine schwarze Kunstlederhose, die ich bei Hot Topic gekauft habe, und auch wenn sie ein bisschen widerspenstig beim Anziehen ist, bin ich der Meinung, dass sie gar nicht mal so schlecht an mir aussieht. Möglicherweise habe ich vor dem Spiegel in der Umkleide sogar erst mal eine knallharte Rockerpose inklusive rausgestreckter Zunge und Teufelshörnern hingelegt. Ich bin mir sicher, dass sich irgendwo ein gelangweilter Sicherheitstyp scheckig gelacht hat.

Der Hose folgen ein Gürtel, eine schwarze Lederjacke

mit nur einem Ärmel und eine billige Beinschiene, die ich im Netz bestellt habe. Dann trete ich aus der Kabine, um mich im Spiegel zu begutachten.

Gar nicht übel. Das Einzige, was mich – abgesehen von rund zwanzig Kilo Muskelmasse – von Mel Gibsons Mad Max unterscheidet, ist ein hellgrünes linkes Ohrläppchen. Das ist nämlich der einzige Teil von Althena, den sie nicht verändern kann und in dem sie ihr wahres Ich trägt, egal, wie wer sie gerade aussieht. Also schmiere ich mir eilig ein bisschen grüne Schminke aufs Ohr, werfe einen letzten prüfenden Blick in den Spiegel und mache mich auf den Weg nach draußen.

Die Mädels sind natürlich noch nicht fertig und Casey guckt schon wieder ungeduldig auf die Uhr. Ich will ihm gerade sagen, dass er sich entspannen soll, weil Roxana mindestens genauso heiß darauf ist wie er, möglichst viel zu sehen, als sie auch schon auftaucht, wodurch sich die Sache eh erledigt.

Als ich Roxy sehe, muss ich grinsen – das erste Mal, dass mir nach der Robert-Zinc-Pleite tatsächlich danach zumute ist. Ich weiß nicht, wie sie das in der kurzen Zeit hingekriegt hat, aber sie ist als eine der bekanntesten Althena-Versionen verkleidet, wie sie direkt in Band eins vorkommt, bei ihrer allerersten Begegnung mit Charlie Noth. Roxy trägt eine blonde Wuschelperücke, ein kurzes schwarzes Kleid mit Netzärmeln und dazu eine dünne, löchrige schwarze Strumpfhose und ein Nietenhalsband. Außerdem hat sie sich einen dicken schwarzen Balken über die Augen gemalt, ein bisschen wie eine

Banditenmaske, und natürlich ist ihr linkes Ohrläppchen grün. Als Kind, bevor Althena zum ersten Mal auf die Erde kommt, hat sie Ausschnitte aus »Blade Runner« gesehen, und irgendwer hat ihr weisgemacht, dass hier alle so rumlaufen wie Daryl Hannah in ihrer Replikanten-Rolle. Zum Glück kommt sie aber ausgerechnet an Halloween auf die Erde und wird von allen für ihr tolles Kostüm beglückwünscht, unter anderem von einem auf den ersten Blick von ihr verzauberten Charlie Noth. Was der Startschuss für vierundzwanzig fantastische Bände ist – jeder einzelne so fantastisch wie das Mädchen, das jetzt vor mir steht.

»Oh, äh, h-hallo. Hi. Wie geht's? H-hi«, stammele ich.

Roxy grinst, da sie sofort die erste Zeile erkennt, die Charlie je zu Althena sagt, und ich muss zugeben, dass mir Charlies hängende Kinnlade sehr gelegen kommt, um meine eigene damit zu überspielen. Roxana sieht einfach phänomenal aus.

»Ich grüße Sie. Guten Abend. Was geht, Alter?«, antwortet sie mit Althenas Text. »Super Kostüm.« Letztere Bemerkung kommt von ihr selbst.

»Deins aber auch.«

»Kann's losgehen?«, fragt Felicia, die jetzt ebenfalls von der Damentoilette kommt. Sie ist als Wonder Woman verkleidet – hätte ich mir ja denken können.

»Auf zu Lacey?«, fragt Roxana.

»Los geht's!«, stimme ich ihr zu, und wir machen uns auf den Weg zur Zeichnermeile.

»Aber nicht vergessen: Um elf bitte alle mit mir

mitkommen«, zwitschert Felicia, die in ihren blauen Sternchen-Hotpants und den kniehohen roten Stiefeln schwungvoll losstapft.

»Was?«, frage ich. Ich habe keine Ahnung, wovon sie redet.

»Ich hab uns alle für was angemeldet. Ist 'ne Überraschung«, erklärt sie. »Also können wir uns jetzt gerne für diese Lacey Dingsbums da anstellen, damit sie irgendwas signieren kann, aber um elf gehört ihr für eine Stunde mir.«

Casey starrt auf ihren Rücken, und ich weiß genau, was er gerade denkt: dass Felicia, so hübsch und klug sie auch sein mag, den Verstand verloren haben muss, wenn sie allen Ernstes glaubt, seinen bis ins letzte Detail ausgefeilten Zeitplan einfach so umschmeißen zu können.

Erst mal aber stellen wir uns für ein Autogramm von Lacey Grotowski an, was über vierzig Minuten dauert. Endlich vorn angekommen, kauft sich Casey den ersten Band von Laceys neuer Reihe und lässt ihn sich signieren.

»Und, ist der gut?«, fragt er Lacey todernst, als er ihr den Band reicht.

Sie wirft ihm einen verdutzten Blick zu, lächelt aber dann. »Na, das hoffe ich doch«, erwidert sie gutmütig, während sie mit Goldstift ihren Namen auf das Cover schreibt. Casey nickt bloß.

Als Roxana dran ist, kauft sie sich ebenfalls den ersten Band und kramt dann ein rotes Skizzenbuch aus ihrem Rucksack. »Kann ich vielleicht auch eine Skizze bekommen?«

»Klar«, sagt Lacey. »An was hattest du denn gedacht?«

»Althena«, antwortet Roxana.

Lacey blättert durch das Buch und sieht sich die zehn, zwölf anderen Skizzen an, die Roxana bereits darin gesammelt hat: Alle von unterschiedlichen Künstlern und alle zeigen unterschiedliche Versionen von Althena.

»Wow!«, staunt Lacey. Dann deutet sie auf ihren rechten Oberarm, wo sie ein großes Tattoo hat, und ich erkenne darin das stilisierte E in einer Art Goldfischglas. Es ist das Emblem von Ezula, Althenas Heimatplaneten. »Da bist du bei mir genau an der richtigen Adresse.«

Roxana lächelt.

»Ja, ich weiß«, antwortet sie, bevor sie mir einen verstohlenen Blick zuwirft. Sie kann es kaum erwarten, sich endlich selbst ein »Althena«-Tattoo stechen zu lassen, sobald sie achtzehn ist und nicht mehr die Erlaubnis ihrer Eltern dafür braucht.

»Seid ihr später bei Zinc?«, fragt Lacey, und mein Herz zieht sich zusammen, als sich die Katastrophe wieder in den Vordergrund meines Bewusstseins drängt. Ohne darüber nachzudenken, drehe ich mich zu der ruhigen Ecke auf der Zeichnermeile um, die auf meinem Plan des Javits-Centers mit einem roten Herz markiert ist. Dort hatte ich Roxy meine Liebe gestehen wollen. Ich schlucke.

»Hätten wir sein sollen«, antwortet Casey stellvertretend für uns alle. »Aber dann hat so ein Idiotenhaufen die Schlange gesprengt, in der wir die ganze Nacht gewartet haben.«

»Oh Mann, das ist ja echt mies!«, empört sich Lacey. »Ich hasse es, wenn so ein Scheiß passiert.«

Casey nickt.

»Ich kann leider auch nicht dabei sein. Ich hab genau zu der Zeit noch eine Signierstunde.«

Sie wendet sich wieder an Roxana und tippt auf das Skizzenbuch.

»Irgendeine spezielle Version von Althena?«, fragt sie, während sie nach einem Post-it greift, um sich den Auftrag zu notieren.

»Ich lasse mich überraschen«, sagt Roxana grinsend.

»Klasse!«, erwidert Lacey. »Ich suche was Tolles aus, versprochen. Bleistift, Tusche oder in Farbe?« Sie deutet auf eine Preisliste neben sich: dreißig Dollar für Bleistift, fünfzig Dollar für Tusche und achtzig Dollar für Farbe.

Roxana zögert kurz, dann aber antwortet sie entschieden: »Tusche, bitte.«

Lacey schreibt sich alles auf. »Ist es okay, wenn du dein Buch um vier wieder abholen kannst?«

»Absolut. Danke!«, sagt Roxana, bevor wir uns von Lacey verabschieden.

»Perfektes Timing«, quietscht Felicia mit einem Blick auf die Uhr. »Alle mir nach!«

»Felicia, wo –«, setzt Roxana an, doch Felicia gibt ihr keine Gelegenheit, ihre Frage zu beenden. Sie stürmt einfach vorneweg und verschwindet in einer riesigen Menschentraube.

Roxana rennt ihr hinterher, und mir bleibt nichts anderes übrig, als den beiden zu folgen. Casey murmelt irgendwas darüber, dass er sowieso in diese Richtung wollte, als er zu mir aufschließt.

Wir bahnen uns einen Weg zwischen Superhelden, Zauberern und Schnauzbart tragenden Klempnern hindurch und fahren mit der Rolltreppe eine Ebene tiefer. Dann marschiert Felicia einen langen Gang hinunter, an dessen Ende, wie ich weiß, gerade ein paar Panels stattfinden. Für was für eine Comic-Con-Veranstaltung könnte Felicia sich wohl interessieren – Flechtfrisuren für Fortgeschrittene? Finde den passenden Lidschatten zu deinem Cape? Ich muss zugeben, dass ich nun doch ein bisschen neugierig bin, als wir uns den hinteren Räumen nähern, dann aber bleiben wir plötzlich auf der Hälfte des Gangs stehen.

»Da sind wir«, verkündet Felicia und deutet auf ein Schild neben einer Doppeltür.

»SPEEDDATING« steht dort.

»Ich bin online darauf gestoßen und hab uns gleich angemeldet«, fügt sie fröhlich hinzu, als sie uns ans Ende der langen Warteschlange vor der Tür führt.

Lachend drehe ich mich zu Roxana um, in der Erwartung, dass sie mit einfällt. Stattdessen sehe ich, wie sie die Leute in der Schlange eingehend – und ziemlich interessiert – mustert.

»Äh, Felicia«, sage ich. Mir wird gerade echt mulmig. »Das ist doch jetzt nicht dein Ernst, oder?«

»Das wird super!«, erwidert Felicia, die meinen Tonfall entweder überhört oder beschlossen hat, ihn zu ignorieren.

»Ist doch ’ne witzige Aktion.« Roxana grinst. »Coole Idee, Felicia.«

Ich starre sie mit offenem Mund an und wende mich dann Casey zu, meinem letzten Verbündeten. Ist ja wohl klar, dass wir bei dem Quatsch nicht mitmachen, und vielleicht finden wir zusammen irgendwas in seinem Programm, wodurch auch Roxana aus dem Rennen ist.

Doch auch Casey ist gerade ziemlich auf die Wartenden fixiert, ganz besonders auf ein zierliches rothaariges Mädchen, das als Prinzessin Zelda verkleidet ist. Mann, was hat er nur immer mit den Rothaarigen?

Als er schließlich Anstalten macht, sich völlig widerstandslos in die Schlange einzureihen, versuche ich es doch noch mal bei Felicia. »Hör mal, du willst doch nicht im Ernst irgendwen von denen da daten, oder?«, frage ich mit einer Geste auf die kostümierten Gestalten um uns.

Jetzt nimmt auch Felicia die Leute genauer in Augenschein, und in mir regt sich kurz die Hoffnung, dass sie vielleicht doch noch einen Rückzieher macht. Dann aber lächelt sie bloß. »Wieso denn nicht? Vielleicht muss ich einfach mal meinen Horizont erweitern. Roxana sagt sowieso immer, ich soll mir einen Nerd suchen. Sie meint, die sind total lieb und tragen einen auf Händen.«

Echt? Das hat Roxana gesagt?

Aber das hatte bestimmt nichts mit mir zu tun, oder? Sonst hätte Felicia sie doch wohl kaum mit hierhergeschleppt, um *andere* Nerds kennenzulernen.

Vielleicht war es doch nicht so besonders schlau von

mir, dass ich mich die ganze Zeit davor gedrückt habe, mit Felicia über die Sache zu reden.

Doch als die Schlange sich schließlich in Bewegung setzt, wird mir klar, dass es zu spät ist, um noch die Flucht zu ergreifen.

## 7. Kapitel

# Speedhating

Ein Mädchen mit einem Klemmbrett kommt und hakt unsere Namen ab. Wir werden alle in den riesigen Konferenzraum und dort an eine Stelle gelotst, wo ein Blatt Druckerpapier mit dem Wort »Teenies« an der Wand hängt. Vor uns stehen mehrere lange Reihen aus Cafeteria-Tischen mit daran befestigten Bänken.

Unheil, nimm deinen Lauf.

Ich werfe Roxy einen nervösen Blick zu und sie grinst ebenso nervös zurück.

»Erinnert ein bisschen an die Große Halle von Hogwarts«, bemerkt sie mit einer Geste in Richtung der Tischreihen.

Ich nicke. Und eine einzige, wahnwitzige Sekunde lang überlege ich, ob das hier vielleicht meine Chance ist. Soll ich die drei Minuten nutzen, um ihr zu sagen, was ich für sie empfinde? Ist es vielleicht einfach Schicksal?

Oder hat Felicia in ihrer unübertroffenen Genialität das alles womöglich genau so geplant?

Im nächsten Moment jedoch werden meine Hoffnungen zerschmettert. Das Mädchen mit dem Klemmbrett teilt uns in farblich gekennzeichnete Gruppen ein. Ich bin orange, Roxana ist lila und Casey und Felicia landen in Blau. Insgesamt gibt es sechs Teenie-Gruppen, zwei davon für gleichgeschlechtliche Pärchen und der Rest für alle anderen. Wir werden zu unseren jeweiligen Tischen geführt und ich setze mich widerstrebend auf die Jungenseite. Roxana ist ganz am anderen Ende des Raums. Sie sitzt mir zugewandt, und ich kann nur die Rückseiten der Jungs sehen, die gleich ein *Date* mit ihr haben werden. Denn genauso ist es. Das besagt ja allein der Titel der Veranstaltung.

Ich starre auf das orangerote Papierherz vor mir auf dem Tisch und wünsche mir kurz, ich könnte es nehmen und an die Stelle meines eigenen setzen. Verliebt sein ist so kompliziert – ich glaube, mir war nie klar, wie verrückt und intensiv sich dadurch alles anfühlen kann, und zwar nicht unbedingt im positiven Sinn. »Als wolltest du mit deinem Herz in der Hand eine Backsteinwand einschlagen. Blutig. Hässlich. Schmerzhaft«, hat Charlie Noth es einmal beschrieben.

Eine Minute später nimmt ein ernst guckendes Mädchen mit einem Brillengestell in Magentapink und einer lila Strähne im Haar mir gegenüber Platz. Sie hält einen kleinen Stapel Zettel umklammert, den sie eingehend studiert.

»Okay, ihr Lieben. Also, der Ablauf ist folgendermaßen.« Das Klemmbrett-Mädchen steht ganz vorne, mit einem Mikrofon und etwas, das aussieht wie ein riesiger Zeremoniengong. »Jeder von euch wird heute in seiner Gruppe zwanzig Leute kennenlernen. Ihr habt drei Minuten mit jeder Person. Wenn ihr den Gong hört, rücken alle auf der linken Tischseite einen Platz weiter nach rechts. Drei Minuten. Gong. Aufrücken. Und immer so weiter, bis die Stunde um ist. Alles klar?« Auf ihre Frage folgt nervöses Schweigen, was sie jedoch zufriedenzustellen scheint. »In der Mitte liegen Papier und Stifte, falls irgendwer Telefonnummern austauschen will. Jetzt aber erst mal fröhliches Flirten!« Sie greift nach einem Hammer, schlägt auf den Gong und es … na ja, *gongt*.

Sofort bricht im Raum ein Schwall von Geplauder los.

»Okay, gleich vorweg: ›My little Pony‹«, geht das Mädchen mir gegenüber in die Vollen. »Was fällt dir dazu ein?«

»Äh …«

»Guckst du die Serie?«

»Äh … ich hab ein paar Folgen gesehen«, antworte ich. Was sogar der Wahrheit entspricht. Ich war einfach neugierig wegen des Kultfaktors.

»Was heißt ›ein paar Folgen‹?«, hakt sie misstrauisch nach.

»Hm, so … drei? Ungefähr?«

Sie verdreht genervt die Augen, dann wirft sie einen Blick auf den obersten ihrer Zettel, blättert weiter, liest den zweiten und guckt dann wieder mich an.

»Kennst du dann überhaupt die Figuren?«

»Du meinst mit Namen?«

»Name, Aussehen, Funktion in Ponyville und so weiter.«

»Äh … heißt eins von denen nicht … Dingsbums-Sparkle?«, versuche ich es.

Sie schüttelt den Kopf. »Okay. Du bist also schon mal kein Brony.« Kurz guckt sie zu mir hoch. »Sorry, aber das mit uns wird nichts.«

Dann widmet sie sich wieder ihren Zetteln, holt einen Stift raus und fängt an, sich Notizen zu machen auf etwas, was mir verdächtig nach einem »My little Pony«-Fragenkatalog aussieht. Sie wirkt ziemlich vertieft, sodass es mir unhöflich vorkäme, sie zu unterbrechen, aber im nächsten Moment macht es auch schon BONG.

Ohne von ihren Zetteln aufzusehen, rutscht das Mädchen einen Platz weiter, und mir gegenüber nimmt eine extrem zierliche Blondine Platz. Die mich wenigstens schon mal anlächelt. »Hi«, sage ich.

Ihr Mund bewegt sich, und es sieht aus, als würde sie auch »Hi« sagen, aber ich höre rein gar nichts.

»Tut mir leid, ist so laut hier drin.« Ich hebe selbst ein bisschen die Stimme, damit sie mich über dem Hintergrundlärm auch versteht. »Ich bin Graham.«

Ihr Mund öffnet sich wieder, und diesmal sieht es aus, als käme eine ganze Menge Wörter heraus, aber genau wie das Mal zuvor höre ich keinen Ton.

»Tut mir leid, was hast du gesagt?«, frage ich und beuge mich ein Stück zu ihr vor.

Ich weiß auch nicht, irgendjemand muss sie auf stumm geschaltet haben. Nicht eine einzige Silbe von dem, was sie sagt, dringt zu mir rüber. Inzwischen ist es mir schon peinlich, dass ich so oft nachfragen muss, also fange ich ab einem gewissen Punkt an, einfach nur noch zu nicken. Sie strahlt. Und als der Gong das nächste Mal ertönt, schiebt sie mir etwas über den Tisch zu, bevor sie weiterrückt. Ich gucke hinunter. Es ist ein Zettel, auf dem »Penny« steht, gefolgt von ihrer Telefonnummer.

»Tut mir leid, ich steh nicht auf Rot«, poltert eine laute Stimme, und als ich hochsehe, sitzt mir gegenüber ein hübsches, aber ziemlich einschüchterndes Mädchen mit gepiercter Lippe, das auf meine Haare starrt.

»Äh, okay …«, setze ich an.

Sie starrt weiter. »Aber schöne Augen hast du. Kannst du mal die Brille abnehmen?«

Sie hat etwas dermaßen Feldwebelhaftes an sich, dass ich keine Sekunde zögere, sondern einfach gehorche. Sie beugt sich zu mir vor und mustert blinzelnd mein Gesicht.

»Echt schön. Wie würdest du die Farbe nennen?«

»Äh … Blau?«

Sie legt nachdenklich den Kopf schief. »Eine Art Sturmblau vielleicht. Ziemlich ungewöhnlich.« Sie bedeutet mir, die Brille wieder aufzusetzen. »Die ist auch cool. Hat so was Clark-Kent-Mäßiges.«

Ich werde beinahe rot. Die Brille mit dem schwarzen Rahmen ist neu und hat eine ordentliche Stange Geld gekostet. Aber genau aus dem Grund habe ich mein altes

Drahtgestell auch ausrangiert: weil Roxana ein kleines bisschen in Clark Kent verschossen ist.

»Trotzdem, tut mir leid. Die roten Haare sind ein totales No-Go.«

BONG.

Ein Mädchen, das als SpongeBob verkleidet ist, setzt sich mir gegenüber und brabbelt die ganzen drei Minuten durch, ohne mir auch nur eine einzige Frage zu stellen.

BONG.

Ein muskulös wirkendes Mädchen eröffnet mir, dass es Ringerin ist und sich nur für Jungs interessiert, die über eins neunzig groß sind und mehr als hundert Kilo wiegen.

BONG.

Ein hübsches, dunkelhaariges Mädchen mit einem netten Lächeln stellt sich mir als Louisa vor und schüttelt mir sogar die Hand. Dann aber verzieht sie sofort bedauernd das Gesicht.

»Tut mir leid«, sagt sie.

»Lass mich raten, du stehst auch nicht auf rothaarig.«

Sie lacht. »Nein, Quatsch. Das Problem ist nur … ich bin schon in jemand anderen verliebt.«

Na, endlich mal eine, mit der ich etwas gemeinsam habe.

»Er sitzt da drüben am lila Tisch«, sagt sie und dreht sich unauffällig um. »Ich dachte, ich könnte ihn hiermit vielleicht ein bisschen eifersüchtig machen.«

Auch ich gucke zum lila Tisch rüber und sehe sofort

Roxana. Gerade sitzt ihr ein dunkelhaariger Typ gegenüber, und sie lacht über irgendetwas, was er gesagt hat. Na toll.

»Tut mir leid. Ich weiß, wie bescheuert das klingt«, sagt Louisa, die natürlich denkt, dass meine wenig begeisterte Miene ihr gilt.

Ich schüttele den Kopf. »Nein, überhaupt nicht! Im Gegenteil, ich weiß ganz genau, was du durchmachst.«

»Wirklich?« Ihr Gesicht hellt sich auf. »Ist das nicht schrecklich?«

»Kann man wohl sagen.«

»Aber irgendwie auch total aufregend«, sagt sie. »Ich meine, ich war noch nie verliebt.«

»Ich auch nicht. Aber jetzt verstehe ich auf einmal Popsongs viel besser. Ist schon echt irre.«

»Genau!«, ruft Louisa. »Warum läuft im Radio auf einmal der Soundtrack zu meinen Gedanken?«

»Als ob einem das helfen würde.«

Sie lächelt.

BONG.

»Tja, da muss ich jetzt wohl durch«, seufzt sie, als sie einen Platz weiterrückt und mir noch schnell viel Glück wünscht, bevor sie sich lustlos ihrem neuen Gegenüber zuwendet.

»Dir auch.«

An dem Mädchen, das nun vor mir sitzt, fällt mir eines sofort auf. Es befindet sich an ihrem Handgelenk, ist aus silbernem Papier und es steht »ZINC« darauf.

Mit aufgerissenen Augen starre ich sie an.

»Hi«, sagt sie. Sie ist dunkelhäutig, mit einem Hauch von Sommersprossen auf der Nase, und ihr schwarzes Haar hängt ihr zu einem dicken Zopf geflochten über die Schulter. Eine leuchtend rote Strähne schimmert darin.

»Äh …«, fange ich an, bevor mir klar wird, dass ich nichts zu verlieren habe. »Hi, ich bin Graham. Gibt es irgendwas, was ich tun kann, damit du mir dieses Bändchen da gibst?«, komme ich direkt auf den Punkt.

Sie prustet los vor Lachen. »Okay, Humor hast du jedenfalls schon mal.«

»Ich mein's ernst«, entgegne ich.

»Ach so, schade«, sagt sie. »Dann hast du sie wohl einfach nicht mehr alle.« Sie mustert mich irritiert. »Du solltest vielleicht wissen, dass ich die ganze Nacht für dieses Ding angestanden habe.«

»Ja, ich auch«, brumme ich missmutig.

»Ohhh.« Mitleid tritt in ihren Blick. »Bist du einer von denen, die abgedrängt worden sind, als sie die Tür gestürmt haben?«

Ich nicke.

»Diese Idioten«, schimpft sie. »Ich konnte meinen Platz nur verteidigen, weil ich ohne Rücksicht auf Verluste die Ellenbogen eingesetzt habe. Einer der Vorteile, wenn man in New York City aufgewachsen ist.« Sie tätschelt ihren Ellenbogen, als wäre der ein Vollblut, das gerade ein Rennen für sie gewonnen hat. »Das ist ja echt mies, tut mir leid.«

Ich zucke mit den Schultern.

»Vielleicht postet ja irgendwer ein Video von der Session. Es gibt da so ein Forum für alles, was mit Zinc zu tun hat, falls du ein echter Fan bist – z-men.net.«

Gegen meinen Willen muss ich lächeln. Wenn auch nur schwach. »Kenn ich, da bin ich auch angemeldet.«

Ihre Miene hellt sich deutlich auf. »Ach nee, was ist denn dein Nickname?«

»TxtPos.«

»Oh, hey, dann weiß ich, wer du bist!« Sie grinst. »Du hast ein paar Prequel-Kapitel über Charlie Noth geschrieben, stimmt's? Darüber, wie er seinen ersten Roman veröffentlicht.«

Ich bin völlig baff. »Ja, genau.« Mir ist noch nie jemand begegnet, der meine Sachen gelesen hat.

»Die waren echt gut.« Ihr Blick ist jetzt wesentlich munterer. »Ich fand die Idee mit der Binnengeschichte super, also, dass du dir sogar überlegt hast, wovon das Buch handeln soll.«

Wow. Und dann auch noch jemand, der mir Komplimente dafür macht.

»Danke«, sage ich.

Sie wirft einen Blick auf das Bändchen an ihrem Handgelenk. »Verdammt. Langsam tut's mir wirklich leid, dass ich dir das hier nicht geben kann. Jetzt, wo ich weiß, dass du ein echter Fan bist und so.«

Ich lächele sie an. »Danke. Dass es dir leidtut, meine ich.«

»Ich bin übrigens Amelia.«

BONG.

»Ach so, und im Forum bin ich Earhart5921«, fügt

sie noch im Aufstehen hinzu. »Vielleicht sehen wir uns ja mal da?«

»Ja, wieso nicht?« Ich lächele ihr zu.

Das nächste Mädchen ist eine kurvige Blondine, genau wie das danach. Es sind Zwillinge. Und ihre Antworten gleichen sich fast genauso wie ihr Äußeres. Ich habe ein seltsames Déjà-vu-Gefühl, als ich mit der zweiten rede.

BONG.

Klein. Groß. Verrückt gefärbte Haare. Langweilige Haare. Kostüm. T-Shirt. Mir ist schon ganz schwindelig vor Möglichkeiten, die außerdem sowieso alle egal sind, weil nun mal keins dieser Mädchen Roxy ist.

Irgendwann, endlich, tritt wieder die Organisatorin mit dem Klemmbrett ans Mikro, um zu verkünden, dass die Stunde um ist.

Ich hebe langsam meinen Rucksack auf und vermeide dabei tunlichst jeden Blickkontakt mit Penny oder Amelia oder irgendeinem der anderen Mädchen, mit denen ich gerade drei intensive Minuten verbracht habe. Als ich die Tür des Konferenzraums erreiche, sind Casey und Felicia schon draußen und unterhalten sich angeregt. Was ein ziemlich ungewohnter Anblick ist, denn ich bin nicht sicher, ob ich die beiden jemals miteinander habe reden sehen.

»Hey!«, sagt Felicia, als sie mich sieht. »Wie war's bei dir?«

Ich zucke mit den Schultern, und mein Blick fällt auf ihre Hand, in der sie mindestens fünfzehn Zettel mit Telefonnummern hält. »Oha, bei dir scheint's ja ziemlich gut gelaufen zu sein.«

»Da waren schon ein paar nette Typen dabei. Und sogar ein paar ganz gut aussehende. Aber ob es das auch beides in einem gibt? Das bleibt die Frage.«

Es überrascht mich kein bisschen. Wenn man aussieht wie Felicia und als Wonder Woman verkleidet auf der New Yorker Comic-Con ist … dann gibt es nur ein einziges logisches Ergebnis. Da kann man sich nur fragen, was mit den fünf Typen nicht stimmt, die ihr nicht ihre Nummer gegeben haben. Wahrscheinlich waren die einfach zu eingeschüchtert.

Ich spähe zu Casey rüber und stelle überrascht fest, dass er ebenfalls ein paar Zettel in der Hand hält. »Du auch?«, frage ich ungläubig, bevor ich merke, wie das geklungen haben muss, und mir sofort wünsche, ich könnte es zurücknehmen.

Mit finsterem Gesicht steckt Casey seine Zettel in die Tasche. »Ein paar von den Mädels waren ganz cool«, brummt er, »und mich schienen sie jetzt auch nicht völlig blöd zu finden.«

»So hab ich das nicht gemeint, Case. Das kam nur irgendwie falsch raus. Tut mir leid.« Tut es wirklich. Casey ist ein super Typ, aber vor dieser komischen Geschichte mit Callie hat er einfach nie Interesse an so was Banalem wie Dates gezeigt. Darum bin ich immer davon ausgegangen, dass das für ihn eine Gleichung mit zu vielen Unbekannten ist, ein Spiel mit zu vielen Faktoren, auf die er keinen Einfluss hat.

Er zuckt mit den Schultern. »Tja, jetzt, wo unser Deal vom Tisch ist …«, seufzt er.

Stimmt! Na, immerhin hat es ein Gutes, dass wir keine Zinc-Bändchen bekommen haben. Jetzt muss ich mir wenigstens darüber nicht mehr den Kopf zerbrechen.

»Hey, Leute«, meldet sich eine fröhliche Stimme hinter uns, und ich wappne mich schon dafür, die verräterischen Zettel in Roxanas Hand zu zählen.

Doch es kommt noch viel, viel schlimmer.

Sie grinst von einem Ohr bis zum anderen, und hinter ihr hergedackelt, wie ein riesiger, überaus attraktiver Welpe, kommt ein Typ. Ein Typ mit tiefschwarzem Haar und leuchtend blauen Augen, komplett schwarz gekleidet bis auf ein Paar knallbunte Converse-Sneakers.

»Das hier ist Devin. Der geht jetzt zufällig auch zum Ink-Panel.«

Ich starre weiter auf seine Schuhe. Alles klar. Dass da unten sind Illustrationen, vermutlich von ihm selbst gezeichnet. Ein Künstler, genau wie Roxana.

Und dann macht Devin den Mund auf, um Hallo zu sagen, und mir rutscht das Herz in die Hose.

Der Arsch ist auch noch Brite!

8. Kapitel

# Die britische Invasion

Im Schneckentempo bewegen wir uns weiter durchs Javits-Center zu Raum 1A04, wo das Ink-Panel stattfinden soll. Von Casey trennen wir uns schon kurz vor der Treppe. Er will sich als Nächstes von drei Zeichnern Comics signieren lassen.

»Ich hab um halb zwei genau fünfundzwanzig Minuten Zeit zum Mittagessen«, sagt er mit einem Blick auf die Uhr. »Ist wohl ein bisschen kurz für die Fressmeile.«

Da könnte er recht haben. Wir haben alle noch vom letzten Jahr in Erinnerung, wie lang die Schlangen vor den Essensbuden dort sind.

»Wie wär's denn mit dem Hotdog-Stand oben an der Treppe?«, schlage ich vor.

Er nickt. »Da treffen?«

»Halb zwei. Geht klar.«

Er fegt davon, und ich bleibe mit Felicia, Roxy und

natürlich Devin zurück, der gerade irgendwas über ein Jahr Auszeit vom Studium faselt. Kotz.

»Ich bin ungefähr einen Monat in Kalifornien und Arizona rumgereist, aber von New York konnte ich mich noch nicht wieder trennen. Ist einfach zu cool hier.«

»Ja, oder?«, schwärmt Roxana. »Ich hoffe so sehr, dass ich hier einen College-Platz bekomme.«

»Kann ich verstehen. Obwohl ich sagen muss, dass einem hier ganz schön schnell die Kohle ausgeht, wenn man nicht aufpasst«, plaudert Devin fröhlich, und ich frage mich insgeheim, ob es wohl ein wikiHow darüber gibt, wie man sich in ein Bankkonto hackt und es komplett leer putzt, sodass der Inhaber leider gezwungen ist, seine blöde Auszeit abzubrechen.

»Ah, da ist es ja«, sagt er dann, als wir das Ende einer Warteschlange vor einer geschlossenen beigefarbenen Tür erreichen, wo das Panel stattfinden soll.

»Also es geht da gleich ums Zeichnen, ja?«, fragt Felicia, die gerade einen Blick auf ihren eigenen Zeitplan wirft.

»Genau«, sagt Roxana. »Na ja, eigentlich ums Inken.«

»Ich hoffe, die beschränken sich nicht nur aufs Digitale«, sagt Devin. »Ich zeichne ja am liebsten noch ganz oldschool mit Papier und Tusche.«

»Ich auch!«, antwortet Roxana einen Tick zu begeistert. *Mein Gott, geht's noch offensichtlicher?*

Aber Devin scheint kein Problem mit ihrem plumpen Geflirte zu haben, im Gegenteil, sein britisch gefärbter Tonfall steht Roxys in puncto Enthusiasmus in nichts nach. Na klar. Der Kerl muss natürlich auch noch einen ausgezeichneten Geschmack haben, was Mädchen angeht.

Eine Weile gucke ich bei dem Rumgebagger zu (Kann nicht endlich mal einer von den beiden auf eine Steinschicht stoßen?), bis mich zum Glück Felicia genau in dem Moment ablenkt, als ich beschließe, dass meine Toleranzgrenze überschritten ist.

»Oh! Gary Chatham ist um vier in Halle 1-D.« Sie guckt mich an. »Ob ich da wohl noch reinkomme?«

Ich werfe einen Blick auf den Plan. Gary Chatham ist ein ziemlicher Superstar, der einen neuen Blockbuster promotet, darum dürfte das Ganze wohl in einer der Haupthallen stattfinden. Was bedeutet, dass Felicia wahrscheinlich ein Bändchen braucht, und dafür könnte es inzwischen schon zu spät sein.

Der Plan gibt mir recht. »Dafür musst du dich am Haupteingang für ein Eintrittsbändchen anstellen«, erkläre ich ihr. »Wenn du da wirklich hinwillst, solltest du es jetzt gleich versuchen, aber es kann gut sein, dass die schon alle weg sind.«

»Ach, meinst du?«, fragt sie. »Hmmm …«

Ich sehe ihr an, wie sie überlegt, ob sie sich allein auf den Weg machen soll, um einen Versuch zu wagen. Nach einer Weile zuckt sie mit den Schultern. »Ohne euch hab ich keine Lust, glaube ich. Und ihr habt um vier schon was anderes vor, oder?«

Autsch! Wir *hatten* zumindest mal was anderes vor. Um vier hätten wir nämlich aus der Zinc-Session kommen sollen und dann hätte ich Roxana meine Liebe gestanden. Aber jetzt …

Nein, ich kann jetzt nicht aufgeben. Ich glaube, ich gehe einfach trotzdem mal zu dem Raum, in dem die Session stattfinden soll, und gucke, ob wir nicht doch noch irgendwie reinkommen. Vielleicht entdecke ich ja eine unbewachte Tür oder eine Schwachstelle bei der Einlasskontrolle. Ich geb's zu, ich bin wesentlich besser darin, mir Szenarien für Fantasy-Abenteuer auszudenken als, sagen wir, für Heist-Movies, aber hier geht es immerhin um die ganz große Liebe, und dieses Ziel eint alle Genres auf diesem Planeten.

Andererseits würde mein Versuch, das Zinc-Problem zu lösen, bedeuten, dass ich Roxana und Devin miteinander allein lassen müsste.

»Was ich dir übrigens die ganze Zeit schon sagen wollte: Das ist echt ein grandioses Pris-Kostüm«, sagt er gerade zu ihr.

Sie lacht. »Danke, aber …« Sie deutet auf ihr grünes Ohr. *Genau, du Vollpfosten. Das Kostüm ist nicht aus »Blade Runner«*, denke ich triumphierend.

Devin guckt verwirrt, was meine Schadenfreude nur noch mehr anheizt. »Hatte sie im Film ein grünes Ohr?«, fragt er zögernd. Oh Mann! Weiß der Typ etwa wirklich nicht, wer Althena ist?

»›Die Chroniken von Althena‹?«, versucht Roxana, ihm auf die Sprünge zu helfen. »Die kennst du doch. Oder?«

»Äh …«, sagt Devin, und ich vollführe ein inneres

Freudentänzchen. »Ich glaube, ich hab vielleicht schon mal davon gehört.«

Ja! Ja! Ja! Das gibt aber so was von Punktabzug, mein Bester!

Doch anstatt die Stirn zu runzeln, grinst Roxana ihn an. »Vielleicht schon mal davon gehört? Oh Mann, da hast du aber echt was verpasst!«

Devin grinst zurück. »Dann klär mich doch gnädigerweise mal auf, Nicht-Pris.«

Was zur Hölle war das denn? Wie hat der Kerl es bitte schön geschafft, seine geradezu skandalöse Unwissenheit über Roxanas absolute Lieblingsreihe in noch mehr Flirtmaterial zu verwandeln?

Roxana macht eine kleine Verbeugung.

»›Die Chroniken von Althena‹«, doziert sie drauflos, »ist eine amerikanische Comic-Reihe des unvergleichlichen Autors und Zeichners Robert Zinc, die von 1991 bis 1993 lief. Sie erschien damals in der gerade neu gegründeten Young Guns Press. Und sie war – und ist – total grandios.«

Devins leuchtend blaue Augen strahlen noch ein paar Watt heller. »Erzähl mir mehr«, drängt er. »Worum geht es da?«

»Na ja … ich kann dir eine kurze Zusammenfassung geben. Aber du solltest es wirklich selbst lesen«, erwidert Roxana und verschränkt die Arme.

»Okay«, sagt Devin. »Da verlasse ich mich ganz auf deine Expertenmeinung.«

»Also im Wesentlichen geht es um eine Außerirdische, Althena, die bei einem Forschungsprojekt auf der Erde strandet und dort einen gescheiterten Science-Fiction-Autor namens Charlie Noth trifft. Althenas Wissen über die Menschheit hält sich allerdings in Grenzen und stammt hauptsächlich aus uralten Science-Fiction-Filmen, vor denen sie ihr fauler Lehrer für Homo-sapiens-Kunde in der Schule immer einfach geparkt hat. Deswegen auch …« Sie hebt die Arme und deutet auf sich selbst.

»Ah, okay. Verstehe. Deswegen der ›Blade Runner‹-Aufzug.« Devin sieht zu mir rüber und grinst, als hätte er gerade die Relativitätstheorie erfunden. »Und Mad Max!« Er tippt sich ans Ohr, wohl um zu bedeuten, dass ihm nun auch mein grünes Ohr aufgefallen ist.

Muss ich erwähnen, dass mich seine phänomenale Kombinationsgabe kaltlässt?

»Genau!«, jubelt Roxana, auf die das nicht zuzutreffen scheint. »Und weißt du, was witzig ist: Das Vorbild für Charlie Noth ist Zinc selbst. Er hat nämlich auch als Science-Fiction-Autor angefangen und keinen sonderlich großen Erfolg gehabt. Er war gerade ziemlich enttäuscht von der Branche, als er am ersten ›Althena‹-Band schrieb. Du solltest nur darauf achten, dass du wirklich die Originalreihe erwischst. Die ist großartig. Zinc hat unglaublich tolle Panels und dazu die perfekten Texte, fast schon Poesie. Comic-Poesie.«

Gegen meinen Willen muss ich lächeln. Roxana derart von etwas schwärmen zu hören, was ich selbst über alles liebe, ist berauschender als jeder Energydrink.

»Die Originalreihe?«, hakt Devin nach. »Im Gegensatz zu was?«

»Ach so, klar, kannst du ja nicht wissen. Irgendwann hat Zinc sich furchtbar mit Young Guns überworfen. Darum lief die Reihe auch nur zwei Jahre. Danach ist Zinc mehr oder weniger von der Bildfläche verschwunden. Aber Young Guns besaß die Rechte an ›Althena‹. Eine ganze Weile hat sich niemand dafür interessiert, aber irgendwann bekamen die Fansites Wind davon, und ein paar von den Leuten, die die Serie noch aus ihrer Jugend kannten, nahmen die Sache in die Hand. Also, um's kurz zu machen: Vor fünf Jahren gab es ein Reboot.« Sie lässt eine dramatische Pause folgen.

»Und das … mögen wir nicht«, vermutet Devin.

»Das mögen wir überhaupt nicht«, antwortet Roxana hitzig. »Es hat einfach nichts mehr von der ursprünglichen Vielschichtigkeit und Schärfe. Und schon gar nicht diesen überirdischen Grafikstil.«

»Oder den Humor.« Ich kann einfach nicht anders, als mich einzuschalten. »Kein subtiler Wortwitz mehr.«

Roxana guckt mich an und schnaubt. »Wenn du denen mit ›subtil‹ kommst, fragen sie höchstens ›Ist das nicht ein Waschmittel?‹.«

»Idioten!«, empöre ich mich.

»Banausen!«, setzt Roxana, ohne zu zögern, nach.

»Also, dann … denkt ihr, dass der Film auch Mist sein wird?«, unterbricht Felicia unseren vielfach geprobten Dialog. »Ich dachte, ihr wärt so scharf auf die Session heute gewesen.«

»Tja, am Anfang dachten wir tatsächlich, dass der Film nichts werden würde. Aaaber …«, beginnt Roxana und wendet sich dann erwartungsvoll mir zu.

Mein Stichwort. »Aber dann hieß es auf einmal, dass Zinc selbst – von dem man seit zwanzig Jahren nichts mehr gehört hatte, wohlgemerkt –, also, dass er höchstpersönlich den Film abgesegnet hat.«

»Was doch heißen muss, der Film basiert auf dem Original«, schließt Roxana. »Und dass Zinc heute hier ist, ist noch mal eine Bestätigung.« Wieder guckt sie mich an und ich sehe ein Gemisch aus Freude und Enttäuschung in ihren Augen.

»Genau«, sage ich, während mein Gehirn auf Hochtouren läuft. Ich sollte das Zinc-Problem angehen, als würde ich ein Brainstorming für unsere Reihe machen, da fällt mir bestimmt was ein. Ich muss mich einfach fragen: *Was würde Lockbreak tun?*

»Ach, jetzt weiß ich, wen ihr meint«, meldet sich nun wieder Devin mit seinem geschliffenen britischen Akzent zu Wort. »Über den hatte ich auch schon das eine oder andere Gerücht mitgekriegt. Also hat wirklich zwanzig Jahre lang niemand was von ihm gehört?«

»Keinen Pieps.« Roxana wendet sich ihm zu. »Keine Fotos. Keine Interviews. Keine sozialen Netzwerke. Es wurde sogar gemunkelt, er sei gestorben.«

Endlich öffnet sich die Tür des Raums, vor dem wir anstehen, und eine Schlange von Leuten schiebt sich heraus, während Roxana Devin über die wildesten Theorien aufklärt, die sich um Zincs Verschwinden ranken: dass er selbst ein Alien sei. Dass es ihn nie gegeben habe. Dass er die letzten zehn Jahre über ein Studio für Tantra-Yoga in East Chatham, New York, geführt habe.

Endlich dürfen wir rein. Die kleineren Räume werden nicht nach jeder Veranstaltung geräumt, und so sind schon ziemlich viele Leute hier, die gleich an mehreren Sessions nacheinander teilnehmen. Wir finden gerade noch zwei Plätze in einer Reihe und zwei in der dahinter. Wie selbstverständlich folgt Devin Roxana in die vordere. Ich starre ihm wütend auf den Rücken, während Felicia und mir nichts anderes übrig bleibt, als mit den Plätzen dahinter vorliebzunehmen.

»Hi allerseits und herzlich willkommen zu unserem Ink-Panel«, begrüßt uns der Moderator auf der Bühne und fängt dann an, die Künstler vorzustellen.

Ich kann nur hilflos zusehen, wie Devin sich viel zu dicht zu Roxana rüberlehnt, um ihr etwas ins Ohr zu flüstern, was sie natürlich prompt zum Lachen bringt. Im Ernst jetzt? Ich meine, was kann er denn bitte so furchtbar Witziges über die Begrüßung zu bemerken haben? Außerdem soll er gefälligst mal die Klappe halten, schließlich hat das Panel angefangen.

Ich zwinge mich, tief durchzuatmen.

*Reiß dich zusammen, Posner*, beschwöre ich mich im Stillen. *Konzentrier dich darauf, Roxana in die Zinc-Session zu bringen, dann kann Devin Süßholz raspeln, bis er schwarz wird.*

Denn Roxy ist nun mal von ganzem Herzen ein Z-man.

»Ich glaube, ich kapiere langsam, wie komplex die Kommunikation beim Homo sapiens ist«, sagt Althena in Band vier. »Ihr sagt nie, was ihr wirklich denkt. Euer Gehirn funktioniert wie ein hoch entwickeltes Übersetzungsprogramm, das Faktoren wie Körperhaltung, Mimik, Tonfall und außersprachlichen Kontext berücksichtigt, sonst würde keiner von euch den anderen je verstehen.«

»Ich bin mir gar nicht sicher, ob bei uns je einer den anderen versteht«, entgegnet Charlie, während eine Denkblase über seinem Kopf seine wahren Gefühle preisgibt: »Und das einzige Wesen, das mich voll und ganz zu verstehen scheint, ist nicht im Entferntesten menschlich.«

Es stimmt schon – wir sagen fast nie, was wir denken. Aber dieses eine Mal habe ich es wirklich vor. Und ich will es dem einen Menschen sagen, der *mich* besser versteht als jeder andere.

## 9. Kapitel

# Für Erfahrungspunkte im wahren Leben!

Nach dem Ink-Panel treffe ich eine (schmerzvolle) Entscheidung und lasse Roxana und Devin allein. Wir verabreden, uns um halb zwei mit Casey am Hotdog-Stand zu treffen.

Dadurch gewinne ich eine halbe Stunde, in der ich mir überlegen kann, wie ich in Sachen Zinc vorgehen soll. Was hoffentlich genug Zeit ist für eine Eingebung, wie ich uns doch noch in die Session bringen kann. Wenn auch hoffentlich *nicht* genug Zeit für Roxana und ihr britisches Sahneschnittchen (hm, Gurkensandwich?), sich unsterblich ineinander zu verlieben.

Ich gehe Richtung Halle 1-E, der kleineren der beiden Hauptveranstaltungshallen, wo die Session stattfinden wird. Diese großen Säle sind für ein paar spezielle Events reserviert, und die Zinc-Session um drei ist erst die zweite für heute, auf die nur noch eine Vorpremiere von »Godzilla: Unleashed« um sechs folgt. Genau wie ich zu Felicia gesagt habe, braucht man für alles hier Eintrittsbändchen.

DIE HALLE
WIRD NACH JEDER VERANSTALTUNG
VOLLSTÄNDIG GERÄUMT –
BÄNDCHENKONTROLLE AM EINLASS,

informiert mich ein Schild in der typischen Comic-Sans-Schrift (deren Gebrauch, außer natürlich in Comics selbst, ausschließlich hier gerechtfertigt ist).

FOTOGRAFIEREN UND FILMEN
STRENG VERBOTEN.
WER DAS VERBOT MISSACHTET,
WIRD UMGEHEND VON
DER VERANSTALTUNG AUSGESCHLOSSEN,

warnt ein weiteres Schild, und ich möchte am liebsten heulen.

Vor dem Saal stehen jetzt schon Leute Schlange, jeder mit einem silbernen Papierband ums Handgelenk. Noch nie in meinem Leben war ich so neidisch wegen eines simplen Streifens Papier. Und dann, als ich schon denke, schlimmer könnte es nicht mehr werden, erhasche ich auch noch einen Blick auf den Zinc-Hasser mit der Papa-Schlumpf-Kappe. Ich glaub's nicht. *Der* darf Robert Zinc sehen und Roxana und ich nicht?

Am vorderen Ende der Schlange steht ein lockenköpfiger Comic-Con-Mitarbeiter in einem blaugrünen T-Shirt. Ich versuche, meine Wut hinunterzuschlucken, bevor ich mich ihm nähere.

»Entschuldigung«, sage ich und setze mein bestes »Ich bin ja so höflich und zurechnungsfähig«-Lächeln auf, bevor ich ihm eine Frage stelle, die er heute bestimmt schon hundertmal gehört hat, »aber gibt es irgendeine Möglichkeit, noch in diese Session zu kommen?«

»Hast du ein Bändchen?«, fragt er, nicht unfreundlich, zurück.

»Nein«, antworte ich. Er fängt schon an, den Kopf zu schütteln, also füge ich eilig hinzu: »Aber ich habe heute die ganze Nacht dafür angestanden. Ich war an Stelle einhundertdrei in der Schlange, also hätte ich definitiv eins bekommen müssen. Aber dann gab es auf einmal diesen Ansturm und ich bin abgedrängt worden.« Mir ist klar, dass ich hier auf die totale Nerd-Mitleidstour komme. Aber in diesem Moment ist nichts mehr unter meiner Würde. Und wenn er verlangen würde, dass ich vor ihm niederknie oder den Boden ablecke oder vor der ganzen Comic-Con eine Ariana-Grande-Ballade schmettere – ich würde es tun. »Das war einfach … total unfair.« Und meine Ernerdrigung ist komplett.

Ich muss dem Typen zugutehalten, dass er mich nicht vollkommen auflaufen lässt. Im Gegenteil, er hört sogar ziemlich mitfühlend zu, und als er dann sagt, wie leid ihm das alles tue und dass er mich absolut verstehen könne, nehme ich es ihm sogar ab. »Ich wünschte wirklich,

ich könnte dir weiterhelfen, aber es geht leider nicht. Ich darf nicht mal selbst in diese Session.«

Zeit für einen Strategiewechsel. »Darf ich bitte mal mit Ihrem Vorgesetzten reden?«, frage ich. Ich spüre, wie sich mir die Blicke Dutzender Z-men (und von diesem miesen Heuchler) in den Rücken bohren. Am liebsten würde ich denen erklären, dass ich normalerweise nicht so bin. Ich bin überhaupt nicht der Typ, der im Restaurant Essen zurückgehen lässt oder irgendein armes Schwein von der Service-Hotline zusammenfaltet, oder einer dieser Drecksäcke, die in Foren ohne Vorwarnung Spoiler posten. Aber heute … heute muss ich es eben mal sein. Ich muss komplett gegen mein nettes, friedliebendes, konfrontationsscheues Naturell handeln und dabei auch noch selbstsicher und energisch auftreten. Wie ein wesentlich mannhafterer Avatar meiner selbst. Und das alles nur für Roxy.

Der Lockentyp nuschelt irgendwas in sein Walkie-Talkie und ein paar Minuten später kommt ein weiterer Mitarbeiter mit kahl rasiertem Schädel und Tunnels in den Ohren auf uns zu. Er sieht nicht unbedingt älter oder kompetenter aus als der Lockenkopf, aber seine Stimme wirkt gleich eine Spur autoritärer.

Ich erkläre noch mal die Situation, und auch er lässt mich ausreden, schüttelt dann jedoch den Kopf. »Ich verstehe total, dass du frustriert bist, aber wir können da leider wirklich überhaupt nichts machen. Wir haben schon mit dem Filmstudio, das die Session sponsert, über den Vorfall gesprochen. Wie es aussieht, soll's wohl auch eine Art Wiedergutmachung geben. Aber im Moment kommst du ohne Bändchen leider nicht mal weiter diesen Flur runter.« Er wirft einen Blick auf die kurze Warteschlange und runzelt die Stirn. »Eigentlich sollten nicht mal die da vor halb drei hier sein.«

Verdammt. Mir ist klar, dass ein paar Leute aus der Schlange jedes Wort mit angehört haben, und ich merke, wie sich Unruhe unter ihnen ausbreitet. Wenn einer von denen meinetwegen seine Poleposition einbüßt, bin ich geliefert. Nicht dass es mir persönlich was ausmachen würde, wenn Papa Schlumpf oder einer der anderen Rempelbrüder von heute Morgen das Nachsehen hätte, aber ein zaghafter Fluchtinstinkt ruft mir meinen alles andere als imponierenden Körperbau in Erinnerung.

»Trotzdem danke für Ihre Hilfe«, murmele ich noch, bevor ich die beiden Typen stehen lasse und mich eilends verdünnisiere.

Auf dem Weg zum Hotdog-Stand schmolle ich vor mich hin, während Capes in allen Farben an mir vorbeiflattern. Einmal verliere ich fast ein Auge, weil ein Typ, der einem über zwei Meter großen Darth Vader auf den Fersen ist, wie wild mit seinem Selfie-Stick durch die Gegend fuchtelt (und dabei immer wieder »Lord Vader!« ruft). Irgendwann schafft er es tatsächlich, Vaders Aufmerksamkeit zu erregen, und bekommt sein heiß ersehntes Foto mit ihm. Kurz darauf fragt mich jemand, ob er mich in meinem Kostüm fotografieren darf. Ich bin froh, dass ich meine finstere Miene dabei einfach lassen kann, wie sie ist. Passt schließlich zur Figur. Ich persönlich bin ja überzeugt, muskelbepackten Actionstars aus den Achtzigern wurde das Lächeln vertraglich untersagt.

Um Viertel nach eins erreiche ich den Hotdog-Stand und verbringe die nächsten zehn Minuten damit, mir weiter den Kopf über die Zinc-Session zu zerbrechen, in der Hoffnung, dass mir irgendjemandes Kostüm zu einem Geistesblitz verhelfen könnte. Leider sind Strahlenpistolen und Samuraischwerter nicht sonderlich hilfreich, wenn man ein reales Problem hat, nicht mal auf der Comic-Con.

Als Casey schließlich auf mich zukommt, ist er, seinem Gesicht nach zu urteilen, genauso blendend gelaunt wie ich.

»Guck. Dir. Das. An«, zischt er durch zusammengebissene Zähne. Er hält den ersten Band von »The Walking Dead« hoch und deutet auf einen dicken silbernen Schmierstreifen, der sich geradewegs über Rick Grimes' Hintern zieht.

»Was ist denn da passiert?«

»Ich stand eine Stunde und drei Minuten in der Schlange. *Eine* Stunde, *drei* Minuten!«, tobt er. »Der Typ vor mir hatte einen Rollkoffer dabei und hat sich siebenundvierzig Comics nacheinander signieren lassen. Ich hab mitgezählt. Und dann, *dann* …« Er holt tief Luft. »Dann hat Robert Kirkman meins signiert und sein Assistent hat es ihm aus der Hand genommen und mir zurückgegeben. Und als ich mich umgedreht und draufgeguckt hab, da …« Er umklammert das Heft so fest und wedelt damit vor meiner Nase herum, dass es bald auch noch total verknittert sein wird – ein sicheres Zeichen dafür, dass er ernsthaft unter Schock stehen muss. »Ich meine, wenn ich diesen Trottel jemals irgendwo identifizieren muss …«

Bei näherem Hinsehen erkenne ich, dass der silberne Streifen in Wirklichkeit ein astreiner Daumenabdruck ist. »Wow«, platzt es aus mir heraus. »Hast du nichts gesagt?«

»Doch, ich hab versucht, mich wieder hinten anzustellen. Aber Kirkmans Zeit war ›begrenzt‹, darum konnten sie mich ›leider nicht mehr unterbringen‹. Hab ich den Typen mit dem Rollkoffer erwähnt? Und seine *siebenundvierzig* Comics? Ich wette, der hat auf jedem einzelnen ein makelloses Autogramm!«

»Oh Mann. Tut mir echt, leid, Case«, sage ich kopfschüttelnd.

»Ich hab's nicht mal zu einer von den anderen Signierstunden geschafft.« Gereizt sieht er sich auf der Etage um. »Das da vorne ist 'ne ziemlich gute Ente Howard«, murmelt er unvermittelt und deutet auf ein Kostüm.

Ich folge seiner Geste. Er hat recht. Die weißen Federn, der Schnabel und die Lederjacke stehen dem Original in nichts nach. Ich nicke dem Typen anerkennend zu. »Howard – Ein tierischer Held« ist eins der Videos aus Moms riesiger Achtzigerjahre-Filmsammlung und gehört zu den wenigen, die Casey noch mehr liebt als Roxana. Wir alle haben seitdem ein paar der Comic-Vorlagen gelesen und stehen total auf den absolut respektlosen Nonsens-Humor.

Casey stößt einen letzten Seufzer aus, und dann kann ich buchstäblich beobachten, wie er sich zusammenreißt, um sich auf den nächsten Programmpunkt zu konzentrieren.

»Wo sind denn die anderen?«, fragt er. »Ich bin am Verhungern.«

»Die sollten jeden Moment kommen. Ich hab mich abgesetzt, um zu sehen, ob wegen der Zinc-Sache noch irgendwas zu machen ist. Ob es irgendeinen anderen Weg gibt, noch reinzukommen.«

»Und?«, fragt Casey, wirkt jedoch kaum überrascht, als ich den Kopf schüttele. »Ich glaube, wir müssen uns einfach damit abfinden, dass wir nicht dabei sein werden, das war ja schon heute Morgen abzusehen«, verkündet er in einem geradezu widerwärtig vernünftigen Ton. »Lass gut sein, Graham.«

Das sagt sich so leicht. Klar, Casey ist auch manchmal sauer und gefrustet, so wie jeder, aber seine Fähigkeit, Situationen blitzschnell neu zu bewerten und gegebenenfalls abzuhaken, ist regelrecht übermenschlich. Und oft, wie ich leider hinzufügen muss, auch irgendwie daneben.

»Was soll er gut sein lassen?«, höre ich Roxys Stimme, und als ich mich umdrehe, stehen sie, Devin und Felicia vor mir.

»Ach, nur die Zinc-Session«, sagt Casey. »Graham hat noch mal die Lage sondiert.«

»Aha, dahin bist du also eben verschwunden?« Roxana guckt mich an.

»Ja«, murmele ich, ein bisschen sauer auf Casey. Ich

hatte nämlich nicht vorgehabt, Roxana davon zu erzählen, es sei denn, ich hätte wundersamerweise das Unmögliche möglich gemacht und könnte mich nun gebührend dafür feiern lassen.

»Ja, aber keine Chance«, setzt Casey noch einen drauf. »Ist halt nichts zu machen.«

Roxana seufzt. »Hatte ich mir schon gedacht.«

*Na, herzlichen Dank auch, Alter*, denke ich mit einem finsteren Blick in Caseys Richtung. Den er wahrscheinlich gar nicht unbedingt verdient hat, aber es ist auch egal, weil er nämlich sowieso nichts davon mitbekommt. Soziale Kompetenz war noch nie Caseys Paradedisziplin.

»Kommt, Leute, jetzt lasst uns nicht die ganze Zeit rumjammern, bis die Session vorbei ist, okay?«, mischt sich Devin ein, und mein stechender Blick findet ein neues Ziel. »Wie wär's, wenn wir was so sensationell Lustiges unternehmen, dass wir alle mal für eine Weile euren unerreichbaren Superautor vergessen?«

Er fragt Felicia, ob er mal einen Blick auf das Programm werfen darf, das sie gerade in der Hand hält, und sie reicht es ihm. Aber mir entgeht nicht, dass sogar Roxana ihn kurz ungläubig mustert, und ich kann mir einen Hauch von Schadenfreude nicht verkneifen. Vielleicht hat sie ja bald die Nase voll von dem Typen, dann sind wir ihn endlich los.

»Ha!«, ruft Devin plötzlich und sieht triumphierend zu uns hoch. »Ich hab die optimale Aufmunterung für euch gefunden.« Er mustert erst Roxana, dann Felicia und schließlich *mich* von Kopf bis Fuß und fängt an zu grinsen.

»Nicht schon wieder Speeddating, oder?«, frage ich.

»Nö. Ein Kostümwettbewerb! Um halb drei geht's los. Und ich finde, du, Felicia und Roxana solltet auf jeden Fall da mitmachen.«

10. Kapitel

# Kleider machen Leute

Wir pfeifen uns ein paar Hotdogs rein, und dann drückt sich Casey genauso clever wie erwartungsgemäß mit der Ansage, er habe einen Zeitplan zu befolgen, vor dem Kostümwettbewerb. Ich überlege kurz, ob ich mitgehen soll. Aber da Roxana und Felicia so angetan von Devins Idee zu sein scheinen, beschließe ich, sie nicht noch mal mit ihm allein zu lassen.

Also mache ich widerstrebend mit. Ich selbst finde mein Kostüm natürlich ganz gut, weiß aber auch, dass es nicht aufwendig genug ist, als dass ich irgendeinen Blumentopf damit gewinnen würde. Das war ja auch nie mein Ziel (sondern lediglich, Roxana zu beeindrucken – was sonst?). Und bei den Horden von Wonder Women, die hier raumlaufen, wird auch Felicia keine Schnitte haben. Ich mustere Roxana und die akkurate Banditenmaske, die sie sich über die Augen gemalt hat. *Sie könnte einigermaßen weit kommen*, denke ich. Aber um mal realistisch zu bleiben, manche Leute hier geben sich echt irrsinnig viel Mühe.

Typisches Beispiel: Wir stecken gerade hinter einem Typen fest, der sich ein Paar ausladende, anderthalb Meter hohe Flügel umgeschnallt hat und damit im Gewühl ziemlich aufgeschmissen ist. Je länger wir im Schneckentempo hinter ihm her zuckeln, desto klarer wird es, dass er auf dem Weg zum selben Raum ist wie wir.

Der Wettbewerb findet in einem der größeren Konferenzsäle statt, ungefähr vergleichbar mit dem vom Speeddating. Nur dass dieser hier vor lauter Spandex, Federn, Glitzer, Pappe, Chrom und Pailletten fast aus den Nähten platzt. Man weiß gar nicht, wo man zuerst hingucken soll.

Rechts von mir sehe ich einen Dalek und ein paar Doctors (zwei zwölfte, einen zehnten und einen vierten). Ich zähle mindestens zwei komplette X-Men-Bataillone. Überall im Raum patrouillieren Stormtroopers and Reys. Dutzende von Soldaten in weißen Hosen und hohen Stiefeln mit Riemen zeugen von »Attack on Titan«-Fans. Knallbunte Perücken lassen darauf schließen, dass auch die restliche Manga-Community hinreichend vertreten ist. Ein kopfloser Reiter überragt alle anderen im Raum um mindestens einen halben Meter. Es ist der helle Wahnsinn.

»Graham! Guck mal, wer die Preisrichter sind«, sagt Roxana, und mein Blick folgt ihrem ausgestreckten Zeigefinger. Vorne auf dem Podium erkenne ich eine Exteilnehmerin aus irgendeiner Castingshow und daneben diesen einen nervigen Stand-up-Comedian. Zuerst weiß ich nicht, was Roxana meint, bis die Castingshow-Tussi sich schließlich hinsetzt und hinter ihr ein kleiner, bärtiger Mann zum Vorschein kommt.

»Emmett Shah!« Ich grinse. Er ist einer meiner Lieblingstexter, und ich wusste gar nicht, dass er hier sein würde.

»Hallo, Entschuldigung! Ich würde gern meine Freunde anmelden.« Devin winkt einer Mitarbeiterin mit einem Klemmbrett zu, auf dem sich alle, die teilnehmen wollen, eintragen können.

»Klar doch.« Das Mädchen lächelt ihn an und reicht ihm das Klemmbrett. Devin bittet erst Felicia und dann Roxana, ihm ihre Nachnamen zu buchstabieren, und wendet sich dann mir zu. »Und deiner?«

Ich sehe an mir runter. »Ach, schon okay. Mein Kostüm ist sowieso nicht gut genug.«

»Klar ist es das«, widerspricht Devin im selben Moment, als Roxana sagt: »Natürlich ist es das.« Worauf sie einander verschwörerisch zugrinsen. Na toll.

»Sein Nachname ist Posner. P, o, s, n, e, r«, klärt Roxana Devin auf, der eifrig mitschreibt.

»So viel Mühe, wie ihr euch gegeben habt, da müsst ihr das Ergebnis doch angemessen präsentieren«, bekräftigt Devin.

»Auf jeden Fall. Und immerhin triffst du so Emmett Shah, Graham!«, ruft Roxana.

Wo sie recht hat, hat sie recht.

Ein weiterer Vorteil an der Sache ist, dass wir kurz darauf vom unkostümierten Devin getrennt und je nach Kategorie in verschiedene Reihen eingeteilt werden. Felicia landet in der Superhelden-Reihe und Roxana und ich in der für Science-Fiction-Verkleidungen. Außerdem gibt es Reihen für Anime/Manga, Fantasy, Computerspiele und eine für alle, die übrig bleiben, in der ich den geflügelten Typen vom Gang wiederfinde.

Als ich mich neben Roxy stelle, muss ich an all die Male denken, die wir an Halloween zusammen von Haustür zu Haustür gezogen sind. Unsere Kostüme damals reichten von gekauft und eher einfallslos (ich erinnere mich an mehrere Jahre in Hogwarts-Roben) bis hin zu ziemlich ausgefallenen Eigenkreationen. In der Siebten, als wir das letzte Mal auf Süßigkeitenjagd waren, haben wir uns als Charlie und Althena verkleidet – wenn auch noch ein bisschen weniger aufwendig als heute. In dem Jahr hatten wir beide Robert Zinc gerade erst entdeckt. Mit Ausnahme von Casey hat damals keiner kapiert, wen wir eigentlich darstellten, aber uns war das egal. Wir schwelgten nur so in unserer neuen Obsession und verbrachten mehr Zeit damit, Dialoge von Charlies und Althenas erster Begegnung an Halloween zu zitieren, als damit, an Türen zu klopfen.

»Unheimlich«, murmelt Charlie immer wieder, als er Althenas Pris-Kostüm mustert.

»Bekommt das Wort jedes Mal, wenn du es sagst, eine neue Bedeutung?«, fragt Althena, aufrichtig daran interessiert, wie die menschliche Sprache funktioniert.

Charlie dagegen denkt, dass sie sich bloß über ihn lustig macht. »Tut mir leid«, antwortet er. »Es ist nur … bist du sicher, dass du nicht wirklich Daryl Hannah bist?«

Und jetzt steht Roxana neben mir, verkleidet als genau diese Pris-Althena, und auch wenn mein damaliges zwölfjähriges Ich es nie hätte ahnen können, weiß ich genau, was Charlie in diesem Moment empfunden haben muss: einen Strudel von Emotionen – Aufregung, Angst, Neugier – direkt unter der Haut. Nur dass ich, anders als er, niemand Neues kennengelernt habe, sondern es ist, als wäre in mir ein Schalter umgelegt worden, der mich jemand völlig Vertrautes mit anderen Augen sehen lässt.

Am Anfang unserer Reihe erläutert nun ein Mädchen mit einem Mitarbeiter-T-Shirt und einem wilden Lockenwust in monotonem Singsang die Regeln für den Wettbewerb. »Ihr geht in Zehnergruppen nach vorne und bleibt zehn Sekunden vor den Preisrichtern stehen. Da dürft ihr euer Kostüm nach Belieben mit irgendwelchen Posen in Szene setzen«, sagt sie … glaube ich zumindest. Es ist echt schwer, sie über den Stimmen der anderen Mitarbeiter, die gerade ihren Gruppen dasselbe erklären, zu verstehen. Besonders, weil ihr Haar die meisten Konsonanten zu schlucken scheint.

Dann höre ich etwas über die Punktevergabe, irgendwas mit zusammenzählen … murmel, murmel, murmel … »… und so ermitteln wir dann den Gewinner!« Dieser letzte Teil plötzlich ganz laut und enthusiastisch. Wahrscheinlich freut sie sich einfach, dass sie ihre Ansprache jetzt hinter sich hat.

»Was?«, frage ich Roxana.

»Keine Ahnung«, gesteht sie. »Ich glaube, ich habe genau vier Wörter verstanden.«

Ein Typ vor uns, der als Predator verkleidet ist, klärt uns netterweise auf. »Sie hat gesagt, wir gehen in Zehnergruppen nach vorne und kriegen von jedem Jurymitglied eine Note zwischen eins und zehn. Die werden dann zusammengezählt und die drei Besten aus jeder Gruppe kommen in die nächste Runde. Und immer so weiter, bis nur noch ein Gewinner aus jeder Gruppe übrig ist – die treten dann im Finale gegeneinander an. Am Ende gibt es Preise für den Endsieger wie auch die einzelnen Gruppensieger.«

»Wow.« Bewundernd starre ich zu ihm hoch, während ich mich zu entscheiden versuche, ob er wohl auf Stelzen steht oder wirklich so riesig ist. »Das hast du alles unter dem Ding da gehört?«

Er klopft sich leicht gegen seine stahlgraue Maske, die dem Geräusch nach tatsächlich aus Metall zu sein scheint, und zuckt mit den Schultern. »Ich glaube, ich laufe so oft damit rum, dass das inzwischen mein Wahrnehmungsvermögen verbessert hat.«

»Na, das passt doch«, befinde ich, als ich an die übermenschlichen Kräfte des Aliens denke, den er darstellt.

»Stimmt«, sagt er. »Ach, guck, ich dachte erst, du wärst Mad Max«, fügt er dann hinzu. »Hatte dein grünes Ohr gar nicht gesehen. Oh, ihr habt beide eins. Cool.« Er nickt Roxy zu.

Ich lächele. Es ist immer schön, andere Althenianer

kennenzulernen. Solange sie dich nicht in einer echt wichtigen Warteschlange abdrängen und deinen Lebenstraum zerstören natürlich.

Jetzt bewegt sich was in Richtung Podium, und der Predator dreht sich wieder nach vorn, damit er auch sieht, wo er hinläuft.

»Na, dann mal los«, sagt Roxana und hebt mir die Hand zum High Five entgegen.

Ich schlage ein.

Unsere Zehnergruppe wird gleichmäßig auf der Bühne verteilt, und wir bekommen noch mal eingebläut, dass wir nach Belieben posieren dürfen. Der Predator hebt seine Klauen und brüllt. Das macht er definitiv nicht zum ersten Mal. Ich stehe irgendwie rum. Althena hat keine richtig typischen Posen. Dann aber erhasche ich einen Blick auf Roxana und pruste los.

Sie macht Aerobic – was, zumindest wenn man ihrem mäßig kompetenten Lehrer für Homo-sapiens-Kunde glauben möchte, alle Menschen tun, zum Spaß wie auch zur körperlichen Ertüchtigung. Gerade schwingt sie abwechselnd die Beine hoch und wirft dabei im Takt die Arme in die Luft.

»Komm schon, Graham!«, ruft sie.

Verdammt, wie könnte ich da Nein sagen? Ich falle also mit ein und ahme ihre Bewegungen nach, als wäre sie Jane Fonda und ich eine moppelige Hausfrau im Körper eines schlaksigen Teenies.

»Vielen Dank! Macht jetzt bitte die Bühne frei für die Nächsten – wir geben dann den dreien von euch Bescheid, die es in die nächste Runde geschafft haben«, sagt ein Mitarbeiter mit einem Mikrofon in der Hand.

»Ich glaub's nicht, dass du mich gerade dazu gebracht hast, vor Emmett Shah Aerobic zu machen!«, schimpfe ich Roxy aus, kann dabei aber das Lachen kaum unterdrücken.

»Du kannst doch nicht bei 'nem Comic-Con-Kostümwettbewerb mitmachen und dabei nicht Vollgas geben«, entgegnet sie.

»Eins, zwei …« Ein Mitarbeiter zieht uns beide einen Schritt nach vorn und schnappt sich dann noch jemanden in einem sehr aufwendigen Halb-HAL-halb-Dave-Kostüm (bestehend aus einem Astronautenhelm und weit aufgerissenen Augen auf der Vorderseite und einem ominösen großen roten Punkt an seinem Hinterkopf). »Und drei«, sagt der Mitarbeiter. »Ihr habt es in die nächste Runde geschafft. Stellt euch bitte da drüben auf.«

Der Predator gratuliert uns, bevor er mit dem Rest unserer Gruppe in die andere Richtung verschwindet.

»Wow, was?« Wie benebelt tapse ich unserem »2001«-Kameraden hinterher.

»Warum so überrascht?«, fragt Roxana. »Du siehst super aus.« Sie zwinkert mir zu.

Ich drehe mich um und sehe, dass wie durch ein Wunder auch Felicia zusammen mit den anderen beiden Gewinnern aus ihrer Gruppe an der Wand steht. Ich kann nur den Kopf schütteln. So verkommt also selbst ein Kostüm-Contest auf der Comic-Con zum Schönheitswettbewerb.

Wir durchlaufen die gesamte Prozedur ein zweites Mal, und ich schaffe es tatsächlich in die dritte Runde, bevor ich rausfliege. Roxana kommt noch weiter. Bei den anderen Ausgeschiedenen treffe ich Felicia wieder, die mir erzählt, dass für sie in Runde zwei Endstation war.

Wir applaudieren, als Roxana sich abermals mit ihrer »Flashdance«-Performance in die Herzen der Preisrichter zappelt. In der fünften Runde, eine Stufe vor dem Finale, fliegt schließlich auch sie raus.

»Schiebung!«, rufe ich, als sie zu uns rüberkommt.

Sie zuckt gutmütig mit den Schultern. »Mit der HAL-Nummer kann ich nicht mithalten. Würde mich nicht wundern, wenn da der echte Typ aus dem Film drinsteckt!«

Ich betrachte noch einmal das Kostüm. Das Gesicht hinter dem Astronautenhelm sieht nicht älter aus als zwanzig. »Nur wenn HAL den Stein der Weisen gefunden hat.«

»Ein Roboter, dessen Superkraft es ist, ewig jung zu bleiben?«, fragt Roxana. »Klingt irgendwie widersinnig.«

Ich schüttele den Kopf. »Ein Roboter, dessen Superkraft es ist, die gutgläubigen Menschen, die er manipulieren will, mit ewiger Jugend zu locken.«

»Aha!« Sie nickt überzeugt. »Jetzt kapier ich. Teuflisch.«

Wie sich herausstellt, bringt HAL/Dave es trotzdem nicht zum Gruppensieg. Die Ehre wird einem Typen zuteil, der als Serenity verkleidet ist, das Schiff aus »Firefly«, inklusive ausfahrbarer Gangway.

In der letzten Gruppe sind schließlich ein superdetaillierter Groot, irgendeine Figur mit kompliziert frisierten lila Haaren, die mir nichts sagt, Serenity, zwei Jungs, die zusammen als »Batman schlägt Robin«-Meme verkleidet sind, ein Weißer Wanderer und ein Mädchen, das als Ms Pacman verkleidet ist, und in einer riesigen gelben Holztrommel steckt, komplett mit Zähnen, roten Lippen und einer puscheligen rosa Geister-Handtasche. Letztere wird dann auch verdienterweise zur Gewinnerin gekürt, und lauter Applaus bricht los, als sie ihren Zweihundertdollargutschein für Forbidden Planet in Empfang nimmt.

»Komm«, sagt Roxana zu mir, und bevor ich weiß, wie mir geschieht, hat sie ihre Hand in meine geschoben, sich mit der anderen bei Felicia untergehakt und führt uns schnurstracks zur Vorderseite des Raums.

»Wo willst du denn hin?«, frage ich, doch die Antwort erübrigt sich, als wir stehen bleiben.

»Entschuldigen Sie, Mr Shah«, sagt sie höflich zu dem beinahe kahlköpfigen Mann vor uns, dessen Gesicht noch immer dem Podium zugewandt ist. Er dreht sich zu uns um. »Dürfen wir Sie ganz kurz stören? Wir sind große Fans von Ihnen. Mein Freund Graham ganz besonders. Er ist selbst Comic-Texter und noch dazu ein ziemlich guter.«

Sie deutet auf mich, und ich werde knallrot, als Emmett mir die Hand hinstreckt.

»Na ja, *angehender* Comic-Texter«, korrigiere ich, während ich Roxys Hand loslasse, um seine zu schütteln.

Emmett grinst. »Schreibst du denn viel?«, will er wissen.

Ich nicke. »Ich versuche es zumindest. Wir treffen uns mindestens einmal pro Woche.« Ich wende mich zur Seite, um auf Roxana zu deuten, die sich gerade unauffällig zu verdrücken versucht.

»Tja, dann vergiss das ›angehend‹. Wenn du textest, dann bist du auch ein Comic-Texter. Ob man dafür bezahlt wird oder nicht, ist noch mal eine ganz andere Geschichte, aber ansonsten? Glaub einfach an dich.«

Ein Lächeln breitet sich auf meinem Gesicht aus. »Vielen Dank, Sir. Das von Ihnen zu hören, bedeutet mir wirklich viel. Ich lese Ihre Comics schon, seit ich klein war. Ich habe alles von Ihnen gelesen.«

»Tja, dann würde ich sagen, ich hab wohl eher dir zu danken – Graham, richtig?«

Ich nicke.

»Ich wünsche dir viel Glück, Graham. Und übrigens: tolles Kostüm.« Er lächelt mir noch ein letztes Mal zu, dann zieht er eine zerknautschte Baseballkappe aus seiner hinteren Hosentasche und setzt sie auf, bevor er sich auf den Weg zum Ausgang macht.

Mit einem wie ins Gesicht getackerten Grinsen sehe ich ihm hinterher. Wow. Ich habe mich gerade mit Emmett Shah unterhalten und er hat mich wie einen vollwertigen Kollegen behandelt. Ich schwebe auf Wolke sieben.

Von der ich allerdings direkt wieder runterplumpse, als ich mich nach Roxy umgucke, um mich bei ihr zu bedanken. Sie und Felicia lehnen an der Wand und plaudern mit Devin, der mich doch tatsächlich anlächelt, als er mich kommen sieht.

»Hey, Mann! Hattest du Spaß?«, fragt er.

»Hmhm«, antworte ich. Muss dieses Gurkensandwich denn gut aussehend, britisch und noch dazu total nett sein?

»Devin hatte gerade eine super Idee«, verkündet Roxana. Ach was. Um nicht zu sagen, eine *grandiose*, wetten? »Devin?«

»Na ja, es ist ja jetzt fast vier und die Robert-Zinc-Session geht gleich zu Ende. Ich dachte, vielleicht sollten wir uns einfach mal in die Nähe des Ausgangs stellen. Nur für den Fall, dass er da rauskommt? Ihr hättet doch bestimmt nichts dagegen, ihn wenigstens von Weitem zu sehen, oder?« Er strahlt uns alle nacheinander an, und ich frage mich grummelnd, was eigentlich aus dem Klischee geworden ist, dass alle Briten grauenvolle Zähne haben.

Okay, ich seh's ja ein. Es ist wirklich eine super Idee.

*Hundert Punkte für das Gurkensandwich*, denke ich, während ich den anderen Richtung Halle 1-E folge, dem Ort meiner jüngsten Niederlage.

## 11. Kapitel

# Bekenntnisse einer Nebenfigur

Der Mitarbeiter vorhin hatte recht – wir kommen nicht mal in die Nähe von Halle 1-E. Der Flur auf der Etage ist direkt am Eingang mit Kordeln abgesperrt, bewacht von mehreren Typen mit Barcode-Scannern im Anschlag. Im Moment scheinen sie hauptsächlich grüne Bändchen zu kontrollieren. Ich erkenne eine reptilienartige Silhouette auf einem davon und schließe daraus, dass es für die »Godzilla: Unleashed«-Vorpremiere ist.

Ich habe Casey geschrieben, wo wir sind, und nun kommt er gerade auf uns zu und wedelt mit etwas Weißem über seinem Kopf, das in einer durchsichtigen Plastikverpackung steckt.

»Ich hab's«, verkündet er und dreht seine Errungenschaft um, sodass wir sehen können, was es ist. »Peter Mayhew.«

»Ach so, stimmt ja!« Ich betrachte die krakelige Unterschrift auf dem Foto für meinen Dad und kriege ein furchtbar schlechtes Gewissen, weil ich die Sache total vergessen habe. Na, wenigstens ein Posner-Geek kommt heute zu seinem Glück.

»Hast du versucht, ihm irgendwelche Infos über den neuen Film zu entlocken?«, fragt Devin.

Ich glaube, das war als Scherz gemeint, aber Casey nickt nur.

»Ja, und ich fand eigentlich, ich hab meine Frage ziemlich geschickt verpackt.«

»Was hast du denn gesagt?«, will ich wissen.

Casey blickt mir geradewegs in die Augen: »Mr Mayhew, verraten Sie mir, welcher Titel auf Ihrer Honorarabrechnung stand?«

Wir starren ihn allesamt verständnislos an.

»Was soll das denn heißen?«, fasst schließlich Roxana unsere allgemeine Verwirrung in Worte.

Casey blinzelt. »Ich dachte, so würde er vielleicht aus Versehen den Titel vom neuen Film ausplaudern. Ihr wisst schon, den, den sein Agent auf die Rechnung geschrieben hat. Oder zumindest den Arbeitstitel. Wenn man den hätte, könnte man damit bestimmt irgendwas in Erfahrung bringen.«

»Aha …«, sagt Roxy, die tapfer versucht, ihre Gesichtszüge unter Kontrolle zu halten.

»Ich dachte, wenn ich ihn so aus heiterem Himmel damit überrumpele, fällt ihm vielleicht keine Ausrede ein, sodass er die Wahrheit sagen muss. Quasi aus Reflex.«

»Und, hat's funktioniert?«, frage ich.

Casey schüttelt den Kopf. »Ich glaube, er hat meine Frage gar nicht verstanden.«

»Na, so was«, kommentiert Felicia, der es nicht ganz gelingt, ihr Grinsen zu unterdrücken.

»Graham! Guck mal!« Roxana krallt sich in meinen Arm und zeigt den Gang hinunter.

Und da sehe ich sie auf mich zukommen wie eine Horde von Inferi. Nur dass sie statt ausgehungert und zum Fürchten fröhlich und beschwingt aussehen. Die silbernen Bändchen um ihre Handgelenke schimmern wie Einhornblut. In ihren Augen liegt ein glasiges Leuchten, als wären sie gerade einer alles überstrahlenden Gottheit begegnet.

Als sie näher kommen, höre ich leises Gemurmel. Ein paar von ihnen unterhalten sich gedämpft.

»War er nicht einfach … unglaublich?«

»Oh Mann. Hast du gehört, was er über Noths Wut gesagt hat? Und seinen Verlust?«

Die meisten schweigen jedoch andächtig. Kerzengerade und mit hoch erhobenen Köpfen schreiten sie dahin, als kämen sie von einem mittelalterlichen Königshof. Ein paar von ihnen sehen Roxanas und mein Kostüm und schenken uns ein glückseliges Lächeln. Ein Typ geht sogar als dieselbe Mad-Max-Version von Althena wie ich. Er nickt mir begeistert zu.

Ich kann kaum genug Energie aufbringen, um die Geste zu erwidern. Viel lieber würde ich ihnen allen eine reinhauen. Was für mich ziemlich ungewöhnlich ist.

Normalerweise bin ich nicht so aggressiv drauf, höchstens gegenüber fiktionalen Figuren.

»Sollen wir mal fragen, wie es war?«, ertönt plötzlich Devins erschreckend heitere Stimme.

»Nein«, fauche ich reflexartig. Ich will keine Details über eine Sache erfahren, die ich verpasst habe. Ich will nicht tausend Fanseiten und Foren durchforsten müssen, um mitreden zu können. Dieses eine Mal kann ich es nicht ertragen, alles nur aus zweiter Hand berichtet zu bekommen, nicht nachdem ich so knapp davor war, selbst dabei zu sein.

Vielleicht schaffe ich es ja, mir auf die Art vorzumachen, das alles wäre nie passiert.

Roxana dreht sich zu mir um, und ich sehe ihr an, dass sie mich versteht, dass es ihr genauso geht. »Vielleicht ist es besser, wenn wir uns einfach selbst ausmalen, wie es war«, sagt sie zu Devin. »Hey.« Wieder wendet sie sich mir zu. »Wir sollten eine Story daraus machen. Der Große Magus könnte zu Besuch an die MH 237 kommen … aber blöderweise verpassen die Freaks die Show.« Sie grinst mich an.

Ich versuche zurückzulächeln, aber es gelingt mir nicht mal für Roxana. »Vielleicht.«

»Die Freaks?«, fragt Devin.

»Ja, ›Die Freaks von der Magus High‹. Das ist die Reihe, an der Graham und ich zusammen arbeiten«, erklärt Roxana.

»Und die echt super ist«, schaltet sich Felicia ein.

Roxana strahlt sie an. »Danke, Felicia.«

Felicia zuckt mit den Schultern. »Ich sag bloß, wie es ist.«

»Na, erzählt schon. Lasst mich doch nicht so zappeln. Worum geht's da?«, drängelt Devin.

»Na ja, wie du dir vielleicht schon selbst gedacht hast, um eine Highschool. Für Magier.«

»So weit war ich auch schon, ja.«

»Und da gibt es ein paar …«

»Lass mich raten. Freaks?«

»Genau. Mann, dir kann man aber auch nichts vormachen«, scherzt Roxana.

Devin grinst sie an. »Und warum sind sie Freaks?«

»Tja, alle anderen an der Schule haben nur ein Standardmaß an magischen Fähigkeiten. Und ihre Kräfte unter Kontrolle. Die Freaks dagegen haben auf manchen Gebieten regelrechte Superkräfte und auf anderen so gut wie gar keine. Und irgendwann beschließen diese totalen Außenseiter eben, sich zusammenzutun und ihr Glück als Superhelden zu versuchen.«

»Klar, was auch sonst?« Devin nickt gespielt ernst. »Hört sich toll an. Ich würde gern mal was lesen, wenn ihr nichts dagegen habt.«

Roxana lächelt schüchtern. »Kein Problem. Wenn Graham auch einverstanden ist?«

Sie dreht sich zu mir um und ich zucke hilflos mit den Schultern.

Was bleibt mir denn auch anderes übrig, wenn ich nicht der Arsch des Tages sein will? Ich kann wohl kaum sagen: *Nein, du darfst mein kostbares Geschreibsel nicht sehen und dann auch noch dazu benutzen, das Mädchen meiner Träume anzugraben.*

Roxy guckt wieder Devin an. »Und was ist mit dir? Was zeichnest du so?«

»Na ja, im Moment arbeite ich an einer Graphic Novel. Darüber, was ich gerade so auf meinen Reisen erlebe. Eine Art Handbuch für einen Tommy in Amiland, weißt du?« Na toll. Er zeichnet also nicht nur, nein, er textet auch. »Aber was das Zeichnen angeht, orientiert sich mein Stil wahrscheinlich hauptsächlich an Sergio Aragonés oder Roz Chast … vielleicht mit einem Hauch Chris Ware.«

»Wow. Das klingt ja toll.« Roxys Augen leuchten. Bei genauem Hinsehen würde ich wahrscheinlich rote Herzchen darin erkennen.

Mit einem Mal wird mir klar, wie düster es gerade für mich aussieht. Heute sollte der wundervollste Tag meines Lebens werden. Der Tag, an dem ich den Stier bei den Hörnern packen und endlich den Mut finden wollte, etwas richtig Spektakuläres zu machen. Vielleicht sogar der Tag, an dem ich endlich eine Freundin bekommen würde. Und jetzt stehe ich hier und darf zugucken, wie sich vor mir eine romantische Komödie entfaltet. Und ich spiele nur eine Nebenrolle – den besten Kumpel, immer für einen Gag am Rande gut, eine männliche Judy Greer.

Anscheinend hat es seinen Grund, dass es nie Filme aus der Sicht einer dieser Figuren gibt. Die wären nämlich einfach nur depri.

»Ach, hi! Graham, stimmt's?«

Im nächsten Moment taucht ein Gesicht vor mir auf und reißt mich aus meinen Gedanken. Es ist Amelia, der Zinc-Fan vom Speeddating. Sie grinst von einem Ohr zum anderen.

»Hör mal, ich bin gerade ein bisschen spät dran für meine nächste Session, aber ich hab was für dich.« Sie berührt mich leicht am Arm. »Ich schicke es dir bei nächster Gelegenheit übers Forum, also halt die Augen offen, ja?«

»Okay«, erwidere ich wie benebelt.

Mit einem verschmitzten Lächeln wendet sie sich ab und wird gleich darauf von einem Strom von Leuten verschluckt, die in dieselbe Richtung unterwegs sind.

»Wer war das denn?«, will Felicia wissen.

»Ach, die hab ich bei dem Dings vorhin kennengelernt.«

»Dem Dings?«

»Du weißt schon. Beim Speeddating.«

Ein Grinsen breitet sich auf ihrem Gesicht aus.

»Na, siehst du! Ich wusste doch, dass das 'ne gute Idee war.«

Ich antworte nicht, sehe jedoch unwillkürlich zu Roxana hinüber. Kurz kommt mir der Gedanke, dass sie vielleicht, nur ganz vielleicht, mitbekommen hat, was gerade passiert ist – und sie auf einmal die Eifersucht packt.

Aber sie guckt nicht mal in meine Richtung. Stattdessen ist sie immer noch ins Gespräch mit 007 vertieft.

*Also: Nein, Felicia, das war eine totale Scheißidee!*

Und wie um noch Salz in meine zahlreichen Wunden zu streuen, verlassen jetzt die letzten Nachzügler den

Saal, und natürlich ist Robert Zinc – oder die zwanzig Jahre ältere Version des letzten bekannten Fotos, als die ich ihn mir vorstelle – nicht dabei.

Unsere einzige Chance, ihn zu sehen, hat sich in Luft aufgelöst.

12. Kapitel

# Die beste Freundin meiner besten Freundin

Als unsere letzte Stunde auf der Comic-Con anbricht, verabschiedet sich Casey wieder unter Verweis auf seinen Zeitplan. Roxana holt sich ihr Skizzenbuch von Lacey Grotowski zurück, deren verspielte Althena-Zeichnung wir mit angemessen vielen »Ooohs« und »Aaahs« würdigen.

Anschließend stöbern wir an einem Comic-Stand herum. Ich blättere mich gerade durch eine der Kisten, als ich Devins unverkennbaren Briten-Akzent höre: »Guck mal, Roxana, das hier ist mein absolutes Lieblingscover.«

Als ich den Kopf hebe, sehe ich, wie er nach einem alten, in Plastik eingeschweißten Flash-Comic greift, der an einer Wäscheleine vor dem Stand hängt.

»Kann ich helfen?«, ertönt eine kühle Stimme. Der Inhaber des Stands streckt so ruckartig den Arm vor, um Devin daran zu hindern, den Comic zu berühren, dass die ganze Leine wild ins Schaukeln gerät. Die Hefte in ihren Plastikhüllen rascheln empört.

»Oh, 'tschuldigung.« Devin grinst. »Ich wollte meiner Freundin hier nur was zeigen.«

»Kann sie das nicht auch von Weitem sehen? Hat sie vielleicht ihre Brille vergessen?«

»Äh …«

Ich gebe zu, dass ich es ein kleines bisschen genieße, Devin so sprachlos zu erleben.

»Normalerweise«, fährt der Typ fort, und seine stumpfen grauen Augen bohren sich in Devins, »grabbelt man nämlich nicht einfach irgendwelche Ausstellungsstücke an, auf denen ein gut sichtbares Preisschild über sechshundert Dollar klebt.« Er steht jetzt breitbeinig vor der Wäscheleine, die Hände streitlustig in die Hüften gestemmt, und ich glaube, er hat keine Ahnung, dass er gerade unfreiwillig genau das Cover nachstellt, dessen Ehre er so entschlossen zu verteidigen versucht.

»Schon gut, tut mir leid«, murmelt Devin verlegen und weicht mit erhobenen Händen vom Stand zurück.

Ich sollte vermutlich nicht so schadenfroh sein, denn dieser Verkäufer ist offensichtlich ein Oberarsch, aber …

»Mein Gott. Was für ein Penner«, beschwert sich Roxana, die Devin folgt. »Der war ja der reinste Gollum. ›Mein Schaaaatzzzzz.‹« Sie zieht die Schultern hoch und legt eine erstklassige Andy-Serkis-Imitation hin.

Devin lacht.

Uuund … Schluss mit schadenfroh.

Die beiden scheinen sich nur noch näher zu kommen,

während sie den Rest der Standreihe entlang ununterbrochen über den Verkäufer lästern, bis Felicia plötzlich sagt: »Guckt mal, Leute. Wie wär's damit?«

»Damit« stellt sich als eine von einer Autoversicherung gesponserte Fotobox heraus. Irgendwie schafft Felicia es, dass wir uns schließlich alle vier in die winzige Kabine zu dem Maskottchen der Versicherungsgesellschaft (einem riesigen Plüschgecko) quetschen, um winzige Partien unserer Wangen, Kinne und Stirnen für die Nachwelt zu verewigen.

Am Ende überreicht sie mir eins der Fotos. Devins wie in Marmor gemeißeltes Antlitz prangt ganz vorne in der Mitte, direkt neben Roxys strahlendem Gesicht. Alles, was man von mir sieht, ist mein rechtes Auge samt Giftpfeilen, die es in Devins Richtung zu verschießen scheint. Super.

Inzwischen habe ich drei sehr klar voneinander abzugrenzende emotionale Phasen durchlebt. Erstens: Verzweiflung darüber, dass alle meine Pläne mit Karacho in die Hose gegangen sind. Zweitens: Wut darüber, dass alle meine Pläne mit Karacho in die Hose gegangen sind, garniert mit einem Hauch irrationaler Feindseligkeit gegenüber dem Gurkensandwich. Allerdings hat die Wut, nachdem ich eine Weile still vor mich hin gebrodelt habe, – drittens – etwas einigermaßen Brauchbares hervorgebracht: Entschlossenheit.

In den nächsten beiden Tagen auf der NYCC steht noch so einiges an, unter anderem – wie es das Schicksal so will – ein ziemlich geniales John-Hughes-Panel, das ich vor Roxy geheim gehalten habe, indem ich sie angefleht habe, sich nicht das Programm für Samstag anzusehen, damit es eine Überraschung wird. Ich weiß, dass sie ausflippen wird vor Freude. Gut, das heute war ein Reinfall, aber das heißt noch lange nicht, dass es das ganze Wochenende so weiterlaufen muss. Vielleicht finde ich ja doch noch den perfekten Moment. Ich meine, immerhin hat selbst Althena eine Weile gebraucht, bis sie ganz kapiert hatte, was das zwischen ihr und Charlie war – dreiundzwanzig Bände lang, um genau zu sein.

Bevor wir uns auf den Weg machen, um den 17-Uhr-35-Zug nach Hause zu nehmen, verabredet Roxana sich für den nächsten Tag mit Devin. Ich versuche, dieses unschöne Detail zu ignorieren, und schreibe eine Nachricht an Casey. Er bleibt heute noch ganz bis zum Schluss, aber morgen früh stürzen wir uns wieder gemeinsam ins Getümmel.

Der Tag ist sonnig und ziemlich warm für Mitte Oktober, sodass keiner von uns seine Jacke anzieht, als wir Richtung Penn Station schlendern. Felicia läuft zwischen Roxana und mir. Ihr Handy brummt und ich sehe sie lächelnd einen Blick aufs Display werfen.

»Leute, das hat echt total Spaß gemacht!«, schwärmt sie und schreibt währenddessen schnell zurück. »Ich hatte ja keine Ahnung! Das war die Eins-a-Gelegenheit zum Leutegucken – und was die alle für eine positive Energie ausgestrahlt haben! Jetzt verstehe ich, warum ihr euch das ganze Jahr so darauf freut.«

Ich grinse, aber Roxana kann sich eine spitze Erwiderung nicht verkneifen. »Sei gefälligst nicht so überrascht, dass etwas, worauf wir uns ewig freuen, tatsächlich *Spaß* macht.«

»So meinte ich das doch gar nicht! Ich dachte halt, ich wäre irgendwie außen vor, weil mir der ganze Kram überhaupt nichts sagt«, erklärt Felicia.

»Das ist ja gerade das Tolle an der Comic-Con«, schalte ich mich ein. »Da bleibt keiner außen vor. Jeder darf auf seine ganz eigene Art ein Freak sein.«

Doch unsere Euphorie flaut langsam ab, je näher wir der Seventh Avenue kommen und je mehr die Leute uns anstarren. Jetzt fällt auch Felicia auf, dass sie immer noch ihr Wonder-Woman-Kostüm anhat, und sie zieht sich hastig ihre Jacke über.

Ich schlage den anderen vor, dass wir uns auf der Bahnhofstoilette umziehen, bevor unser Zug kommt.

»Ja, gute Idee«, sagt Roxana.

Doch als wir den Bahnhof erreichen, gestaltet sich der Weg die Rolltreppe hinunter zu den Toiletten unerwartet kompliziert. Endlich haben wir uns auf die richtige Ebene durchgedrängelt, nur um zu sehen, dass die Schlange vor den Toiletten den halben Gang hinunterreicht. Verdammt. Heute ist wirklich der Tag der Warteschlangen.

Roxy sieht auf ihre Uhr. »Wir dürfen den Zug nicht verpassen. Meine Eltern …«

»Werden wir schon nicht«, beruhige ich sie. »Nur müssen wir wohl noch ein Weilchen so rumlaufen.«

Auf der riesigen Anzeigetafel suchen wir nach dem

richtigen Bahnsteig für unseren Zug nach Huntington und machen uns dann auf den Weg. Der Bahnsteig ist voller Büromenschen im mittleren Alter, zwischen denen wir herausstechen wie drei bunte Hunde, aber daran ist jetzt nichts zu ändern.

Die Blicke der Leute sind mir unangenehm, und ich schätze, dass es zumindest Roxy genauso geht. Doch als ich zu ihr rübersehe, starrt sie bloß verträumt ins Leere. Sie nimmt ihre Perücke ab und streicht sich über die kurzen Haare in ihrem Nacken. Ich frage mich, worüber sie gerade nachdenkt, und mein Magen krampft sich zusammen, als mir die Antwort klar wird: Devin.

Als der Zug einfährt, nähern wir uns unter Geschiebe und Gerempel dem Einstieg. Roxana wird dabei abgedrängt. Ich erspähe zwei freie Plätze und stürze sofort hin, Felicia dicht hinter mir, aber ich bleibe so lange stehen, bis auch Roxana eingestiegen ist. Dann winke ich ihr zu und bedeute ihr, sich neben Felicia zu setzen.

Doch sie schüttelt den Kopf und zeigt auf einen einzelnen Platz am anderen Ende des Wagens. Ich sehe zu, wie sie sich hinsetzt, lächelt und kurz winkt, bevor sie ihr Skizzenbuch und einen Stift herausholt.

Langsam lasse ich mich auf den Platz neben Felicia sinken.

»Tut mir leid«, sage ich zu ihr. »Ich dachte, sie kommt zu uns rüber …«

Felicia lächelt mich an. »Kein Problem, Graham. Oder findest du es so schlimm, die nächste Stunde neben mir sitzen zu müssen?«

»Quatsch. Natürlich nicht. So – so meinte ich das doch gar nicht«, stammele ich. »Ich dachte nur, du wärst vielleicht lieber mit Roxy zusammen …« Ich verstumme.

Sie hebt die Augenbrauen, sagt jedoch nichts mehr. Wieder brummt ihr Handy und sie tippt eine Weile darauf herum. Als wir losfahren, steckt sie es in die Tasche. Dann räuspert sie sich.

»Also, du und dieses Mädchen vom Speeddating …«, fängt sie an.

»Welches Mädchen?« Einen Moment lang bin ich verwirrt, bevor mir Amelia wieder einfällt, die mich vor dem Zinc-Saal angequatscht hat. »Ach so, Amelia.« Ich deute mit dem Kinn auf Felicias Tasche, in der sie eben ihr Handy verstaut hat. »Schreibst du mit jemandem von da? Den du beim Speeddating kennengelernt hast?«

»Ja …«, antwortet sie mit einem gedankenverlorenen Blick auf ihre Tasche. »Die sind alle total nett.«

»Die? Wie viele haben dir denn schon geschrieben?«

Sie zuckt mit den Schultern. »Ein paar.«

Na klar. Grinsend schüttele ich den Kopf. »Wie, nur ein paar?«, stichele ich.

»So viele waren's gar nicht …«

Ich lache. »Das liegt nur daran, dass die Con noch ein paar Stunden läuft. Die anderen melden sich bestimmt auch noch, glaub mir.«

»Kann sein«, entgegnet sie gleichgültig. »Aber noch mal zu dem Mädchen, das du kennengelernt hast. Meinst du, das könnte was werden?« Sie stößt mir verschwörerisch den Ellenbogen in die Seite.

»Was? Nein«, antworte ich prompt. »Ich meine, nicht dass sie nicht nett wäre oder so …«

Sie starrt mich an, als warte sie darauf, dass ich weiterrede, aber das tue ich nicht. Also spricht sie es für mich aus. »Schon kapiert.« Sie scheint ihre Worte mit Bedacht zu wählen. »Sie ist eben nicht Roxana.«

Ich zucke zusammen und bin nicht sicher, ob es an einer Unebenheit in den Gleisen liegt oder vielleicht doch an dem Schock, der mich durchfährt. Vermutlich eher an Letzterem.

»Dann weißt du …«, flüstere ich schließlich. »Ich meine, ist es sehr offensichtlich?«

»Na ja, nicht *sehr*«, antwortet Felicia behutsam.

Meine Gedanken überschlagen sich. »Weiß Roxana Bescheid?«, platzt es aus mir heraus, und im nächsten Moment wird mir klar, dass ich keine Ahnung habe, welche Antwort mir lieber wäre. Wenn ja, kann ich mir meine große Offenbarung morgen sparen. Allerdings, wenn sie es weiß, aber nicht im Geringsten darauf reagiert hat … dann ist das ja wohl ein ziemlich sicheres Zeichen dafür, dass sie meine Gefühle nicht erwidert. So gar nicht.

Felicia schüttelt den Kopf und gibt mir kurz Gelegenheit, mich wieder zu sammeln.

»Ganz ehrlich, ich glaube nicht. So cool ist sie nicht, als dass sie die ganze Zeit dir gegenüber so tun würde, als wäre nichts.«

»Klar ist sie cool«, verteidige ich sie automatisch.

Felicia lächelt. »Doch nicht in dem Sinne. Ich meine,

sie würde dir nichts vormachen. Sie könnte niemals so ruhig bleiben, wenn sie es wüsste, verstehst du? Dazu ist sie viel zu sensibel.«

»Ach so«, sage ich. Ich sollte sie fragen, ob sie glaubt, dass Roxana meine Gefühle erwidert. Oder ob sie es überhaupt für vorstellbar hält. Ich weiß, ich sollte sie fragen, aber … ich kann einfach nicht. Schweiß bildet sich auf meiner Nasenwurzel, direkt unter dem Steg meiner Brille. Ich spüre, wie meine Hände feucht werden, während ich unwillkürlich immer wieder die Fäuste balle. Oh Mann, wenn ich nicht mal Roxanas bester Freundin, die es mir echt leicht macht, diese Frage stellen kann, wie soll ich dann erst Roxana selbst mein Herz ausschütten? Ich starre frustriert auf den Boden des Wagens und betrachte eingehend einen traurig-zerknüllten, halb leeren Eisbecher.

»Weißt du, irgendwie würdet ihr zwei schon super zusammenpassen«, sagt Felicia schließlich und beantwortet damit meine Frage, ohne dass ich sie stellen musste. Ich löse meinen Blick von dem Becher und sehe, dass sie mich nachdenklich und aufmerksam mustert.

Es folgt eine lange Pause.

»Aber …?«, krächze ich.

»Ich weiß nicht, Graham. Ich hab keine Ahnung, ob es ein Aber gibt.« Sie lächelt mich liebenswürdig an, und ich stoße den Atem aus, den ich angehalten hatte, ohne es zu merken. Felicia kennt die Antwort auch nicht, und das heißt … es gibt noch Hoffnung. Denn wenn die Antwort Nein lauten würde, müsste Roxanas beste Freundin nicht davon wissen? Und die würde mich doch sicher von meinem Leid erlösen?

»Habt ihr denn noch nie darüber geredet? Also, über mich?«, frage ich dann, nachdem ich all meinen Mut zusammengekratzt habe.

»Na ja, nicht in *dem* Zusammenhang«, sagt Felicia. »Aber um ehrlich zu sein, mit manchen Sachen hält Roxana einfach ziemlich hinterm Berg. Und dazu gehören auf jeden Fall Jungsgeschichten. Ich hab's noch nie geschafft, ihr besonders viel über irgendwen zu entlocken, in den sie verknallt war. Und das liegt bestimmt nicht daran, dass ich es nicht versucht hätte!«

Ich lächele schwach auf den Eisbecher hinunter. Vielleicht sieht es ja doch nicht ganz so düster für mich aus.

Felicia wechselt taktvoll das Thema und redet nun begeistert davon, wie viel Spaß ihr der Kostümwettbewerb gemacht hat. »Ein paar von den Outfits waren doch echt der Hammer«, sagt sie. »Ach, und übrigens, ich wusste ja gar nicht, dass Casey so lustig sein kann.«

»Casey?«, hake ich nach. »Unser Casey?« Klar kann der lustig sein, aber normalerweise sehen das nur die 0,01 Prozent der Bevölkerung so, die alle seine Anspielungen verstehen.

Felicia nickt. »Ja. Wir waren beim Speeddating in derselben Gruppe, da hab ich ihn gefragt, wer sein Lieblingslehrer ist. Und er hat gesagt, Mr Reuben, knapp vor ROSIE, die nachweislich die meisten Antworten weiß und sich nicht von persönlichen Vorlieben oder Rumgeschleime beeinflussen lässt.« Sie kichert.

Ich lache mit. ROSIE ist der Künstliche-Intelligenz-Computer, den die Robotertechnik-AG entwickelt hat. Und anders als so mancher Lehrer an unserer Schule hat ROSIE definitiv keine Nachsicht mit Idioten und lässt sich auch nicht von Wichtigtuern oder Klassenclowns blenden. Der Traum eines jeden schüchternen Strebers.

Ein paar Haltestellen vor unserer wird uns gegenüber ein Platz frei und Felicia winkt Roxana her. Als sie sitzt, zeigt Roxana uns die Zeichnung, an der sie gearbeitet hat. Irgendein paranoider Teil von mir ist natürlich überzeugt, dass es ein kitschig-verträumtes Porträt von Devin ist, doch es sind nur ein paar Panels über Rewinder, die in Professor Pernickys eigens dafür gebauter Box nachsitzen muss, in der sie nicht die Zeit manipulieren kann. Ich sehe, dass Roxana meinen Text in eine Denkblase geschrieben hat.

»Ich kann die Zeit nur zurückdrehen, nicht vorspulen«, schimpft Rewinder mit einem verächtlichen Blick auf die Box. »Glauben die etwa, ich will noch länger hier drinhocken? Diese Idioten!«

Ich lächele. Die Bilder sehen besser und witziger aus, als ich sie mir je hätte vorstellen können … so wie eigentlich immer. Jetzt muss Roxana bloß noch *unsere* Geschichte vollenden, meine Worte nehmen und ihnen Leben einhauchen, als wären wir die Protagonisten in unserem eigenen Comic.

Am Bahnhof von Huntington stürmen wir als Allererstes die Toiletten, um uns umzuziehen. Schließlich könnten die Afsaris eventuell stutzig werden, wenn ihre Tochter in einem Alien-Replikanten-Kostüm von der Orchesterprobe nach Hause kommt. Ich mustere Roxy eingehend, um sicherzustellen, dass sie keine Schminkereste mehr im Gesicht hat, bevor wir nach draußen gehen, wo Felicias Bruder Emile in seinem Toyota Prius auf uns wartet.

»Und, hattet ihr Spaß?«, fragt er, was wir alle im Chor bejahen.

Er setzt Roxana und mich vor meiner Haustür ab, und wir verabschieden uns von Felicia, die uns noch einmal für den tollen Tag dankt.

»Richtig schade, dass ich morgen nicht auch wieder mitkann«, ruft sie zu uns raus, als Emile schon wieder anfährt.

Roxana sieht ihnen lachend nach. »Scheint ein richtiger Schock für sie gewesen zu sein, dass sie so viel Spaß hatte, was?«

Ich stimme ein. »Woher hätte sie denn auch wissen sollen, wie cool wir Nerds sein können?«, entgegne ich.

Roxana wendet sich zu dem Häuserblock um, den sie jetzt entlanggehen muss, damit es aussieht, als wäre sie mit dem letzten Bus angekommen. Sie holt tief Luft.

»Bleib einfach locker«, versuche ich, sie zu beruhigen. »Rede nicht zu viel. Heute war ein ganz normaler Tag.«

Pfft, als wäre ich der weltführende Experte für solche Schwindeleien. Aber Roxy kann es auch nicht besser, und außerdem stünde Ihre-Eltern-Anlügen wahrscheinlich ziemlich weit oben auf der »Was Roxana hasst«-Liste.

Sie hat heute definitiv ein Opfer gebracht – erst recht, weil wir es nicht mal in die Zinc-Session geschafft haben.

Sie atmet noch ein paarmal tief durch und nickt, während ich weiter motivierend auf sie einmurmele, als wäre sie eine Boxerin und ich ihr Trainer. Sie tänzelt sogar scherzhaft auf der Stelle und platziert ein paar Hiebe in der Luft, während sie sich für den Nachhauseweg wappnet.

»Schreib mir, wenn du es überstanden hast, ja?«, sage ich schließlich. Sie salutiert und macht sich auf den Weg. Kurz bevor sie um die Straßenecke verschwindet, dreht sie sich noch einmal um und winkt mir zu.

Als ich schließlich zu Hause bin, habe ich noch zwanzig Minuten für mich allein, bevor Dad kommt – der im Zug direkt nach uns gesessen haben muss. Da Casey noch unterwegs ist, fällt unser allwöchentliches »Magic«-Treffen flach. Was wohl bedeutet, dass heute ein Familienabend ansteht.

Ein paar Minuten später kommt auch Lauren nach Hause, und diesmal riecht es, als stünde Mexikanisch auf dem Speiseplan. Ich erreiche das Esszimmer im selben Moment wie Drew und Callie, die, angelockt durch die herzhaften Dünste, aus ihren Löchern kriechen.

»Hi!« Mein Dad strahlt mich an. »Wie war's?«

»Super«, antworte ich und reiche ihm sein Peter-Mayhew-Foto.

»Wow«, staunt er. »Jetzt ist meine Sammlung fast vollständig.« Er sammelt schon seit Ewigkeiten Autogramme von Mitwirkenden der ersten »Star Wars«-Trilogie und konnte sogar noch eins von Alec Guiness ergattern, kurz bevor er gestorben ist.

»Ich fasse es immer noch nicht, dass Graham für diese Nerd-Versammlung die Schule schwänzen durfte«, beschwert sich Callie lautstark.

»Äh, hast du nicht auch schon mal die Schule für deinen Schülersprecher-Wahlkampf geschwänzt?«, merke ich an.

»Was ja wohl auch was ganz anderes ist? Das ist eine *Schulveranstaltung*?« Manchmal beendet Callie vollkommen normale Aussagesätze mit einem Fragezeichen, und ich bin immer noch nicht ganz dahintergekommen, warum.

In dem Moment fällt mir wieder ein, dass das Zinc-Fiasko heute wenigstens etwas Gutes mit sich gebracht hat: Ich muss mir nicht mehr den Kopf darüber zerbrechen, wie ich Callie mit Casey verkuppeln soll. Denn um es mal so auszudrücken: Callie McCullough hätte Caseys Ansichten über ROSIE nicht im Entferntesten witzig gefunden.

Gerade will ich mir Reis und Bohnen nehmen, als mein Handy vibriert. **ALLES GUT GEGANGEN!**, schreibt Roxana. Ich grinse und will schon antworten, als die drei Pünktchen erscheinen, die mir zeigen, dass sie noch etwas hinzufügt.

**LUST ZUM ESSEN RÜBERZUKOMMEN? GIBT SERESCHK POLO ...**

Na, besser geht's doch gar nicht. Mein Lieblingsessen in Kombination mit meinem Lieblingsmenschen.

Hastig entschuldige ich mich bei meiner Familie, die nicht allzu bestürzt darüber scheint, dass ich nicht weiter als Zielscheibe für ihre hämischen Comic-Con-Kommentare zur Verfügung stehen werde, und hüpfe förmlich durch den Garten.

13. Kapitel

# Persisch für Anfänger

»Bist du das, Graham?«, ruft eine Stimme mit hörbarem Akzent, als ich die Hintertür zu Roxys Haus öffne.

»Ja, Mrs Afsari«, rufe ich zurück, als ich durch den Vorraum in die Küche gehe.

Eine kleine Frau mit tiefschwarzem Haar steht, noch im Business-Outfit, vor einem dampfenden Topf mit gelbem und weißem Reis. Es duftet himmlisch.

Ich gehe zu ihr und gebe ihr einen Kuss auf jede Wange, so wie ich es mir vor langer Zeit angewöhnt habe. »Ich konnte das *Sereschk* bis zu mir nach Hause riechen«, sage ich und deute auf die dicken dunkelroten Berberitzen im Reis.

Sie lächelt. »Das glaube ich dir, *Schekamu*«, neckt sie mich. Ein weiteres Wort, das ich gelernt habe und das grob übersetzt so viel wie »jemand mit einem gesunden Appetit« bedeutet. Ich wüsste allerdings auch nicht, wie irgendwer, der Mrs Afsaris Essen probiert hat, *keinen* gesunden Appetit entwickeln sollte.

Ich grinse zurück. »Soll ich den Tisch decken?« Ich deute auf den Schrank, von dem ich weiß, dass sie darin das Geschirr aufbewahren.

Sie nickt. »Ja, bitte. Eigentlich war das Samiras Aufgabe, aber du weißt ja …« Sie verdreht die Augen und ich lache.

Von Roxanas elfjähriger Schwester ist nichts zu sehen, als ich mit den Tellern ins Esszimmer gehe. Wahrscheinlich sitzt sie schon wieder über ihrer Fan-Fiction. Ich kann natürlich nachvollziehen, dass Mrs Afsari genervt ist, wenn Samira sich ständig vor ihren Haushaltspflichten drückt, aber andererseits habe ich auch volles Verständnis für Samiras Drang zu schreiben. Schließlich weiß ich genau, wie es ist, wenn einen unerwartet die Muse küsst, egal, ob sie nun in Gestalt eines Superhelden oder eines Boygroup-Mitglieds daherkommt.

Ich habe gerade den letzten Teller auf den Tisch gestellt, als Roxy die Treppe heruntergestürmt kommt, die Haare noch nass vom Duschen. »Hi«, begrüßt sie mich fröhlich, bevor sie direkt weiter in die Küche fegt, um das Besteck zu holen.

Ein paar Minuten später finden sich auch Mr und Mrs Afsari und Mrs Tehrani – Mrs Afsaris Mutter – im Esszimmer ein. Ich begrüße Roxanas Großmutter ebenfalls mit zwei Küsschen auf die Wangen und werfe einen prüfenden Blick in ihre Augen – sie sind klar und leuchtend, kein bisschen so wie eines Abends im Sommer, als sie uns allen so einen Heidenschreck eingejagt hat. Zufrieden gehe ich als Nächstes zu Mr Afsari und schüttele ihm fest die Hand. Er ist inzwischen fast komplett kahlköpfig, was sein buschiger schwarzer Schnäuzer jedoch mehr als wettmacht.

»Wie war es in der Schule?«, stellt er seine übliche Frage, als wir uns alle um den Tisch setzen.

»Gut«, antworte ich schnell, als ich Panik in Roxanas Augen aufblitzen sehe. »Obwohl die elfte Klasse ziemlich anstrengend ist«, fahre ich fort, um Roxana Zeit zu geben, sich wieder zu fangen. »Aber ich glaube, solange wir am Ball bleiben, kommen wir schon klar.«

Mr Afsari nickt ernst. »Es ist wichtig, dass ihr fleißig lernt.« Die Afsaris haben damals einen kompletten Neuanfang gewagt, als sie mit der einjährigen Roxana aus dem Iran hierherzogen, weil ihre Tochter einmal bessere Chancen auf ein gutes Leben haben sollte. Was einen nicht zu unterschätzenden Druck aufbaut, den Roxana nur zu oft zu spüren bekommt.

»Samira!« Mrs Afsari steht unten an der Treppe und ruft nach ihrer jüngeren Tochter. Keine Antwort. Mrs Afsari ruft abermals und fügt noch etwas auf Farsi hinzu. Ich weiß nicht, was sie gesagt hat, aber die Ungeduld in ihrer Stimme ist nicht zu überhören.

»Bin gleich da!«, ertönt es schließlich von oben.

Mrs Afsari wartet, bis sie tatsächlich Schritte hört, dann nickt sie kurz und geht zu ihrem Stuhl.

Ein spindeldürres Mädchen, fast genauso groß wie seine ältere Schwester und mit langen braunen Haaren, kommt vor sich hin grummelnd die Treppe herunter. Als ihr Blick auf mich fällt, hellt ihre Miene sich jedoch auf. »Oh, gut!«, stößt sie hervor.

Ich grinse ihr verschwörerisch zu. »Wie läuft's mit dem Schreiben?«

»Ich hab Probleme mit dem Spannungsbogen«, antwortet sie.

Ich nicke verständnisvoll. »Sollen wir irgendwann ein bisschen zusammen troubleshooten?«

»Au ja!« Sie lässt sich auf ihren Stuhl plumpsen, während ihre Mutter ihr Reis auf den Teller häuft, gefolgt von einem goldbraunen Hähnchenschenkel und – dem allerbesten Teil bei einer persischen Mahlzeit – einem Stück knuspriger Reiskruste namens *Tahdig*.

Mir läuft das Wasser im Mund zusammen, als Mrs Afsari mir ebenfalls eine Portion serviert.

»Graham, auf welchem Ranglistenplatz bist du eigentlich gelandet? Bist du zufrieden?«, fragt mich Mrs Afsari, und ich brauche eine Sekunde, ehe mir klar wird, dass wir – natürlich – immer noch beim Thema Schule sind. »Wir sind sehr stolz auf Roxana.« Sie spricht Roxys Namen persisch aus – also vermutlich *richtig*, wenn man bedenkt, dass sie ihn ihr gegeben haben –, mit langem O und der Betonung auf der ersten Silbe. Ich habe heimlich geübt, ihn auch so auszusprechen, aber irgendwas daran fühlt sich so persönlich an, dass ich mich noch nicht getraut habe, Roxy wirklich so zu nennen. Vielleicht kann ich das ja direkt in einem Abwasch miterledigen, wenn ich ihr sowieso meine Gefühle gestehe. Nach dem Motto: *Ich bin verliebt in dich, ach, und übrigens hab ich gelernt, deinen Namen richtig auszusprechen.*

»Ich bin auf Platz elf«, antworte ich, und Mutter und Vater Afsari strahlen mich gleichermaßen an.

»Das ist auch sehr gut«, lobt mich Mrs Afsari und belohnt mich mit einem Extrastück *Tahdig*.

Samira gibt sich nicht viel Mühe, ihr Augenrollen zu verbergen. Ich zwinkere ihr zu und sie schüttelt den Kopf. »Streber«, brummt sie gutmütig vor sich hin.

»Hab ich dir eigentlich erzählt, dass Felicia auf Platz eins ist?«, fragt Roxana plötzlich, sichtlich froh, das Gespräch vom heutigen Schultag wegzulenken.

Ich blinzele sie an. Wow. Das muss ich Casey erzählen. Obwohl wir uns das eigentlich beide hätten denken können. Trotzdem wird das ein ziemlicher Schock für ihn sein – Felicia Obayashi zu entthronen, kommt einem Ding der Unmöglichkeit gleich.

»Das ist ja wunderbar«, sagt Mrs Afsari. »Ihre Eltern müssen so stolz auf sie sein.«

Ich bin mir sicher, Felicias Eltern haben sowieso *nie* Grund, unzufrieden zu sein, und frage mich, ob sie wohl jemals aus dem Staunen über ihre perfekte Tochter rauskommen oder diese Tatsache einfach als naturgegeben hinnehmen.

»Ich kann Sonntag kaum erwarten«, wechselt Samira das Thema, während sie eine große Portion Reis und *Sereschk* auf ihren Löffel häuft und ihn sich in den Mund schiebt. »Sie haben gerade noch ein neues Fan-Fiction-Panel aufs Programm gesetzt.«

Sam kommt am Sonntag mit zur NYCC, denn das ist der offizielle Kids-Day für alle unter zwölf Jahren, obwohl ich weiß, dass sie sich für dieselben Sachen interessiert wie wir. Neben dem Schreibseminar, das sie besuchen möchte, wird auch Aaron Dunning da sein, von dem sie ein Riesenfan ist und der außerdem in einem meiner Lieblingsfilme mitspielt. Wir wollen beide unbedingt ein Foto mit ihm.

»Wenn ich doch bloß schon morgen mitkönnte«, fährt Samira mit einem vielsagenden Blick in Richtung ihrer Mutter fort. Samira hat samstags ihren Persisch-Kurs, mit dem Roxy dieses Jahr aufhören durfte. Ihre kleine Schwester dagegen hatte noch nicht so viel Glück.

»Was habt ihr denn morgen vor?«, fragt Mrs Afsari Roxana und mich und ignoriert geflissentlich den lauten Seufzer ihrer jüngeren Tochter.

»Wir wollen nur zu ein paar Schreib- und Zeichenseminaren. Und uns Autogramme holen. Nichts Großartiges.« Weiter will ich das Ganze lieber nicht ausführen, um Sam nicht noch neidischer zu machen.

Roxys Großmutter sagt irgendwas auf Farsi. Ich habe diese kleine Frau mit den verschmitzten haselnussbraunen Augen und dem kurzen, immer sorgfältig frisierten goldblonden Haar noch nie Englisch sprechen hören. Aber ich weiß aus Erfahrung, dass sie jedes Wort versteht. (Außerdem habe ich sie schon öfter beim »Law & Order: New York«-Gucken erwischt.) Roxy hat mir erzählt, dass ihre Großmutter Angst hat, etwas falsch auszusprechen, und es darum lieber gar nicht versucht.

Erinnerungen steigen in mir auf, daran, wie ich vor ein paar Monaten ans Telefon ging und am anderen Ende Roxanas zittrige, tränenerstickte Stimme hörte, die stammelte: »Meine Großmutter. Irgendwas stimmt nicht mit ihr. Ich hab schon im Krankenhaus angerufen und die schicken einen Rettungswagen. Aber meine Eltern sind nicht zu Hause.«

»Bin sofort da.«

Als ich drüben ankam, saß Mrs Tehrani auf demselben Esszimmerstuhl wie jetzt, nur dass sie ins Leere starrte und ihr Blick glasig und entrückt wirkte. Sie murmelte vor sich hin.

Zuerst dachte ich, es wäre Farsi, aber Roxana schüttelte den Kopf.

»Ich hab keine Ahnung, was sie da sagt«, schluchzte sie. »Sie nennt mich die ganze Zeit Elham. So hieß ihre erste Tochter, die gestorben ist, bevor meine Mom auf die Welt kam. Und manchmal spricht sie auch Türkisch, das verstehe ich nicht.«

Ich nahm Roxy in den Arm und schlug ihr dann ganz ruhig vor – obwohl ich bis heute nicht weiß, woher ich diese Ruhe genommen habe –, sich zu ihrer Großmutter zu setzen, ihre Hand zu nehmen und leise mit ihr zu reden, einfach um sie wissen zu lassen, dass sie da sei. Roxy befolgte meinen Rat und ich setzte mich auf den Stuhl neben sie und griff nach ihrer anderen Hand. Mrs Tehrani murmelte weiter vor sich hin, während Roxana ihr ins Ohr raunte und meine Finger umklammerte. Als der Rettungswagen kam, nahmen die Sanitäter uns beide mit ins Krankenhaus. Wir hielten uns die ganze Fahrt über an den Händen.

Im Krankenhaus angekommen, mussten wir im Wartebereich bleiben, während die Ärzte und Schwestern sich um Roxanas Großmutter kümmerten. Es dauerte eine Dreiviertelstunde, bis endlich auch der Rest ihrer Familie auftauchte. Ihre Mom kam als Erste, dann ihr Dad, der vorher noch Samira aus dem Ferienlager abgeholt hatte. Erst gegen halb elf abends ließen Roxana und ich uns wieder los, als wir uns zu Hause in ihrem Garten voneinander verabschiedeten.

Schon am Tag darauf wurde ihre Großmutter wieder entlassen. Die Ärzte hatten sie auf Anzeichen für einen Schlaganfall oder Herzinfarkt und noch tausend andere Sachen untersucht. Schließlich meinten sie, es wäre wohl ein einmaliges Vorkommnis gewesen. Andere Antworten konnten sie nicht liefern. Aber als ich am nächsten Tag aufwachte, begann sich eine ganz andere Art von Antwort in mir zu formen – auf eine Frage, die mir nicht mal bewusst gewesen war. Ich konnte einfach nicht aufhören, an Roxanas tränenüberströmtes Gesicht an meiner Schulter zu denken, an ihre Hand in meiner, wie Ton, der in dieser Form erhärtet war. Ich muss zugeben, dass ich ein kleines bisschen stolz war, weil ich der Erste gewesen war, den Roxana angerufen hatte. Dass ich ihr in einer Situation, die furchtbar beängstigend für sie gewesen sein musste, beistehen konnte – genau wie sie es nach dem Tod meiner Mom für mich getan hatte. Ein paar Tage lang gärten all diese Gefühle immer wilder in mir vor sich hin, bis ich mir schließlich eingestehen musste, was wirklich passiert war: Ich hatte mich Hals über Kopf in Roxana verliebt.

»*Merci*, Mamanbosorg«, sagt Roxy jetzt und reißt mich damit aus meinen Gedanken. Sie legt kurz die Hand auf die ihrer Großmutter und wendet sich dann mir zu, um zu übersetzen, was Mrs Tehrani gerade auf Farsi zu ihr gesagt hat. »Sie hat gesagt, bald werden die Leute auf der Con Schlange stehen, um ein Autogramm von *uns* zu bekommen.«

Ich strahle Mrs Tehrani an und sie zwinkert mir zu. »*Merci*, Khanum Tehrani«, sage ich, und ihr Lächeln wird noch breiter. Roxanas Familie kann sich endlos an den fünf Wörtern Farsi erfreuen, die ich über die Jahre aufgeschnappt habe. Und ich kann nicht behaupten, dass ich mich nicht immer wieder gern von ihnen loben lasse.

»Angeber«, schnaubt Samira und stößt mir freundschaftlich den Ellenbogen in die Seite. Dann fügt sie, lauter für die ganze Familie, hinzu: »Bist du sicher, dass du nicht morgen für mich zum Farsi gehen willst, Graham? Da könntest du noch sooo viele tolle Wörter lernen.« Als die anderen gerade nicht hingucken, strecke ich ihr die Zunge raus.

Nachdem ich mir ein zweites Mal nachgenommen habe, gebe ich schließlich den Versuch auf, noch mehr Essen in mich hineinzustopfen. Als wir kurz darauf den Tisch abräumen, brummt mein Handy.

Jemand hat mir im Z-men-Forum eine persönliche Nachricht geschickt. Ein Video, um genau zu sein, und erst nachdem ich eine Weile auf den Usernamen des Absenders gestarrt habe, kapiere ich, wer es mir geschickt haben muss.

Amelia.

»Oh Mann«, sage ich zu Roxy. »Ich glaube, sie hat mir ein Video geschickt.«

»Wer?«

»Dieses Mädchen vom …« Beinahe wäre mir *Speeddating* rausgerutscht, aber ich kann mich gerade noch rechtzeitig bremsen, denn in diesem Moment kommt ihr Dad und nimmt mir das Kännchen mit dem Salatdressing ab, das ich mir unter den Arm geklemmt hatte. »Von dieser Geschichte, für die Felicia uns angemeldet hatte«, sage ich dann in der Hoffnung, dass das vage genug klingt, um als Schulveranstaltung durchzugehen. »Meinst du, wir können uns das kurz an deinem Rechner angucken?«

»Klar«, antwortet Roxy, und nachdem wir im Eiltempo die Spülmaschine eingeräumt haben, stürmen wir nach oben in ihr Zimmer.

»In meiner Speeddating-Gruppe war ein Mädchen, das ein Zinc-Bändchen hatte«, erkläre ich Roxy, während sie den Computer hochfährt. »Ich hab rausgefunden, dass sie auch ein Z-man ist, und jetzt hat sie mir gerade ein Video geschickt. Vielleicht ist es ja von der Session …«

Ja, ich weiß, noch vor ein paar Stunden wollte ich nie wieder etwas über die Session hören oder sehen, aber jetzt, wo Roxy und ich allein in ihrem Zimmer sitzen, beide gespannt wie die Flitzebogen, sieht die Sache ganz anders aus.

In Roxys Zimmer zu sein, versetzt mir in letzter Zeit jedes Mal einen Stich. Klar bin ich andauernd hier, aber mir ist eben erst vor Kurzem klar geworden, dass ihre Eltern ihr vermutlich nie erlauben würden, irgendeinen anderen Jungen hier mit raufzunehmen. Vielleicht sollte ich mich darüber freuen, aber ich habe eher den Verdacht, dass einfach niemand in dieser Familie mich wirklich als *Jungen* sieht … oder jedenfalls keinen, dessen Absichten über reine Freundschaft hinausgehen könnten.

Wir loggen uns in meinen Z-men-Account ein und lesen zusammen die neue Nachricht. Earhart5921 schreibt:

**Die waren superstreng, was Videos anging. Hätte gerne länger gefilmt, aber mich hat sofort ein Security-Typ gesehen, und ich musste ganz schnell mein Handy verstecken, um nicht rauszufliegen. Darum sind es leider nur vier Sekundwen geworden … aber ich dachte, du willst es vielleicht trotzdem gerne sehen. Ach so, aber bitte stell das Video nicht ins Netz oder so! Ich will nicht, dass es irgendwer bis zu mir zurückverfolgt. Amelia**

Mit zitternden Fingern klicke ich bei dem angehängten Video auf »Play«.

»Hi, ich bin Bob«, sagt ein Mann mit säuberlich gekämmten grauen Haaren und einem schlichten blauen Poloshirt, kurz bevor das Bild abrupt auf die Seite kippt und schwarz wird.

Roxana und ich starren auf den Bildschirm und dann einander an. Bevor ich reagieren kann, klickt Roxana gleich noch mal auf »Play«. Wieder sagt Bob hinter seinem Tisch Hallo. Dann noch mal und noch mal.

Nachdem wir die Sequenz ungefähr zwanzigmal abgespielt haben, wendet sich Roxana wieder mir zu. »Das war wirklich er …«, flüstert sie.

»Und er hat was gesagt!«, füge ich hinzu. »Er hat seinen Namen gesagt!«

Zwanzig Jahre lang hat es kein Video von diesem Mann gegeben. Das hier ist ein Schatz. Ein Heiligtum. Und es gehört, nur für diesen einen Moment, uns ganz allein.

Dann bequatschen wir alles. Wie normal er aussieht. Wie nett seine Stimme klingt. Wie niemand auf die Idee kommen würde, dass sich unter diesem grauen Haarschopf ein so kreativer Geist verbirgt. Kaum zu glauben, aber dieses vier Sekunden lange Video liefert uns Gesprächsstoff für geschlagene anderthalb Stunden, bevor mir klar wird, dass ich irgendwann mal nach Hause gehen sollte. Selbst die Toleranz der Afsaris wird ihre Grenzen haben, wenn es darum geht, wie lange ihre Tochter abends Besuch von einem Jungen haben darf – auch wenn dieser Junge bloß ich bin.

Zu Hause angekommen, antworte ich Amelia und bedanke mich überschwänglich für ihr Video – schließlich war es echt nett von ihr, sich für jemanden, den sie kaum kennt, so viel Mühe zu machen.

**Du bist ein Gott (eine Göttin?) unter den Z-men! Das ist mein Highlight des Jahres. (Und bitte, bitte verdirb mir jetzt nicht die Freude, indem du sagst, dass es DEIN Highlight war, Zinc IN ECHT zu sehen. ;-))**

Als ich später im Bett liege, denke ich daran, wie ich mit Roxana zusammen das Video angesehen habe. An alles, was wir heute und in der Vergangenheit zusammen erlebt haben. Aus den Millionen von Erinnerungen picke ich mir eine einzige, alles andere überstrahlende heraus – die, wie sie mich zum ersten Mal einen Weasley genannt hat, einer unserer allerersten Insiderwitze. Mir hat das nie was ausgemacht, weil Ron sowieso immer meine Lieblingsfigur war. Er ist und bleibt einfach der Witzigste von allen. Und außerdem – das wird mir jetzt klar – ist er auch derjenige, der am Ende das Mädchen kriegt.

Ich wälze mich auf die Seite und starre auf mein mondbeschienenes Bücherregal. Dieses spezielle Bord liegt nicht ohne Grund vom Bett aus direkt in meiner Blickrichtung. Denn dort oben stehen die Bücher meiner Mom, die sie selbst geschrieben hat. Vier dünne Bände mit kritischen Abhandlungen über die Werke der Filmemacher John Hughes, Cameron Crowe, Amy Heckerling und Nora Ephron. Gleich daneben steht ihr Notizbuch voller abgerissener Kinotickets und kurzer Filmkritiken, das ich aufgehoben und über die Jahre um meine eigenen ergänzt habe. Und schließlich, drum herum und auf dem Bord darunter: ihre DVDs. Nicht die komplette Sammlung – das wären zu viele. Die meisten lagern in Kisten irgendwo in unserem Keller. Aber ihre Lieblingsfilme. Die, die nach und nach auch zu Roxanas Lieblingsfilmen wurden. Und natürlich zu meinen. Manchmal habe ich das Gefühl, als hätten Roxana und meine Mom durch ihre Begeisterung für Filme wie »Das darf man nur als Erwachsener«, »Teen Lover«, »Clueless – Was sonst!« oder »Harry und Sally« über den Tod hinaus einen Weg zueinander gefunden.

Am Anfang, als wir beide neun waren und Roxana fragte, ob wir nicht mal Moms Lieblingsfilme gucken könnten, wusste ich überhaupt nicht, wie sie auf die Idee kam. Und ich hätte nie gedacht, dass sie uns mal so viel bedeuten würden. Doch als Roxana mich schließlich mit ihrer Begeisterung ansteckte, war es, wenn auch nur ein winziges bisschen, als wäre ein Stückchen von Mom noch hier – ihre Leidenschaft, die nun zur Leidenschaft meiner besten Freundin geworden war.

Ich denke an all die romantischen Komödien, die meine Mom studiert und kritisiert, über die sie geschrieben hat. Die richtig großen. Und in dem Moment wird mir klar, dass ich morgen noch immer die Chance auf meine ganz eigene Liebesschnulze habe. Schließlich steht morgen das Panel über John Hughes auf dem Programm und der verbindet mich fast genauso sehr mit Roxy wie Robert Zinc.

*Morgen*, denke ich, während ich langsam einschlummere. *Morgen sage ich es ihr.*

14. Kapitel

# Erpressung im Namen der Liebe

»Und du hast auch wirklich nicht ins Programm für heute geguckt?«, frage ich Roxana zum dritten Mal.

Sie bleibt kurz vor der Glastür stehen, sieht mir streng in die Augen und packt mich beim Kragen der senfgelben Lederjacke, die ich über meinem Deadpool-T-Shirt trage. Im Gedenken an unser Halloween in der siebten Klasse habe ich heute Morgen meinen gesamten Kleiderschrank durchwühlt, aber die Jacke ist der einzige Teil von Charlie Noths Outfit, der mir immer noch passt – hauptsächlich weil sie mir damals viel zu groß war. Glücklicherweise fülle ich sie inzwischen etwas besser aus.

»Zum letzten Mal, Posner, nein«, sagt Roxana. »Und darf ich dich darauf hinweisen, welches Vertrauen ich in dich setze, dass ich nicht irgendwas Wichtiges verpasse, nur weil du mich überraschen willst?«

Ich grinse sie an. »Du verpasst nichts Wichtiges. Versprochen.«

»Das will ich auch hoffen.« Sie versetzt mir einen leichten Schubs.

»Leute, lasst uns mal ein Stück von der Tür weggehen«, schaltet sich Casey ein, der niemals das Comic-Con-Regelwerk aus den Augen verliert. Heute sind wir nur zu dritt, der harte Kern der NYCC-Nerds.

»Hi!«, ertönt da eine Stimme, und ich sehe Roxys Gesicht auf einen Schlag um mehrere Nuancen rosiger und strahlender werden.

Tja. Zu dritt plus *Devin*, wie es aussieht.

Er umarmt Roxy zur Begrüßung und winkt Casey und mir fröhlich zu, und erst jetzt fällt mir auf, dass Roxy sich heute vielleicht einen Hauch mehr Mühe mit ihrem Äußeren gegeben hat als sonst.

Sie ist nicht kostümiert, stattdessen trägt sie ein rotweiß gepunktetes Kleid und nicht Jeans und T-Shirt wie sonst. Ihr Outfit hat nicht den kleinsten Comic-Bezug, es sei denn, sie will einen auf Minnie Maus machen, denke ich eine Spur gehässig. Außerdem scheint sie etwas stärker geschminkt zu sein als sonst … was sie absolut nicht nötig hätte.

»Es wird dich vielleicht freuen zu hören, dass ich gestern Abend noch die ersten drei ›Althena‹-Bände gelesen habe. Hab sie runtergeladen, sobald ich zu Hause war«, verkündet Devin, und Roxana strahlt noch ein bisschen mehr.

»Und?«, bohrt sie nach.

»Grandios, was sonst? Ihr hattet vollkommen recht.« Er dreht sich grinsend zu mir um und ich lächele sarkastisch zurück. Puh, da bin ich aber froh, dass eine meiner Lieblingssachen auf der ganzen Welt doch tatsächlich seinen Zuspruch findet.

Devin wendet sich wieder dem gebannteren Teil seines Publikums zu. »Die Story ist ja schon genial genug, aber die Art, wie er die Farben einsetzt …«

»Oh Mann, ja, oder?«

»Ich meine, wie bringt er die Panels derart zum Leuchten? Ich hab die ganze Zeit überlegt, was er wohl benutzt –«

»Gouache«, unterbricht Roxana ihn.

»Gouache? Ist nicht wahr.«

»Ist es. Zinc hat als einer der Ersten die Entwicklung des Farbcomics mit vorangetrieben.« Roxana nickt nachdrücklich und im nächsten Moment sind die beiden in eine angeregte Diskussion über Zincs Verwendung von Kadmiumgelb vertieft.

Ich stehe mit offenem Mund daneben, hilflos, und schließlich ist es Caseys eiserne Entschlossenheit, seinen Zeitplan einzuhalten, die mich aus diesem Albtraum befreit. Er will zur Präsentation eines neuen Computerspiels in zehn Minuten und Roxana und ich hatten vor mitzugehen. Nur dass wir jetzt einen britisch näselnden Klotz am Bein mit uns rumschleppen.

Casey und ich gehen vor zum Electronic-Arts-Stand. Ich höre, wie Devin Roxana seine Pläne für den heutigen Tag unterbreitet, bin jedoch viel zu sehr in meine eigenen finsteren Gedanken versunken, um zu registrieren, dass er ihr ein Programm vor die Nase hält.

»Ich weiß noch nicht genau, was ich um fünf machen soll«, sagt er gerade. »Da finden mehrere gute Sachen gleichzeitig statt. Der Adult-Swim-Event zum Beispiel. Und dann noch ein John-Hughes-Panel.«

»WAS?«, schreit Roxana, und ich bleibe wie angewurzelt stehen, sodass sie mir ungebremst in die Hacken läuft. Langsam drehe ich mich um und sehe, dass sie mich mit leuchtenden Augen anstarrt. »Oh, Graham! Das war deine Überraschung, oder?«

Ich schlucke. Da habe ich das Panel die ganze Zeit über geheim gehalten. *Die ganze Zeit.* Ich wende mich Devin zu – noch nie zuvor habe ich mir so sehr gewünscht, über Cyclops' Laserblick zu verfügen.

Doch in dem Moment fällt Roxana mir quietschend um den Hals und ich schlucke meine Wut hastig hinunter. »Ja«, krächze ich. »Genau.«

»Oh, Graham! Wie cool! Moment, darf ich mir *jetzt* das Programm angucken?«

Ich zucke mit den Schultern, denn jetzt ist sowieso alles egal, und Roxana nimmt Devin das Blatt aus der Hand.

»Darf man daraus schließen, dass du ein Hughes-Fan bist?« Devin grinst amüsiert, doch ausnahmsweise beachtet Roxana ihn nicht.

»Oh Mann. ›Molly Ringwald, Jon Cryer, Anthony Michael Hall, Andrew McCarthy und »Pretty in Pink«-Regisseur Howard Deutch diskutieren über das Werk des großartigen Drehbuchschreibers, Regisseurs und Produzenten John Hughes – dem Urvater der romantischen Komödie. Gefolgt von einer »Pretty in Pink«-Vorführung‹«, liest sie vor. »Der Wahnsinn!« Sie grinst zu mir hoch, und in diesem Moment ist es schwer, nicht zurückzugrinsen.

»Das Panel hab ich auch auf meiner Liste«, schaltet sich Casey ein. »Ich kann nur nicht bis zum Film bleiben.«

Ich werfe Casey einen verwirrten Blick zu, als wir uns wieder auf den Weg zu der Computerspielpräsentation machen. »Echt jetzt? Ich hätte gar nicht gedacht, dass das so dein Ding ist.«

Casey dreht sich auffällig unauffällig zu Roxana um, und als er sieht, dass sie schon wieder ins Gespräch mit Devin vertieft ist, beugt er sich zu mir rüber und flüstert: »Na ja, wolltest du es ihr dabei nicht sagen?«

»Ich …« Ich werfe auch einen Blick hinter mich und ertappe Roxy dabei, wie sie gemeinsam mit Devin über irgendetwas lacht. »Weiß nicht«, sage ich dann, der Wahrheit entsprechend. »Aber Moment mal. *Deswegen* wolltest du mitkommen?«

Casey zuckt mit den Schultern. »Um ehrlich zu sein, passiert zu der Zeit sonst nichts Spannendes, darum dachte ich mir, wieso nicht? Außerdem ist Hughes cool. Und wer weiß, vielleicht kann ich ja sogar ein bisschen was lernen. Du weißt schon, nur für den Fall, dass aus Callie und mir doch noch mal was wird.«

Wow. Ich glaub's einfach nicht, dass er jetzt wieder

davon anfängt. »Was genau findest du eigentlich so toll an ihr?«

»Sie sieht super aus. Findest du nicht?«

»Igitt, nein, finde ich nicht.«

»Glaub mir, wenn sie nicht deine Stiefschwester wäre, würdest du das anders sehen«, entgegnet er voller Überzeugung.

Endlich haben wir es zum EA-Stand geschafft und suchen uns ein Fleckchen etwas weiter hinten, wo wir darauf warten, dass es losgeht. »Okay, von mir aus. Sagen wir mal, objektiv betrachtet hast du recht und sie ist tatsächlich nicht unansehnlich. Aber ihr zwei habt doch rein gar nichts gemeinsam. Und da weiß ich nun wirklich, wovon ich spreche. Weil sie und ich nämlich genauso wenig gemeinsam haben.«

Casey denkt eine Sekunde darüber nach. »Glaubst du denn, das ist alles, worauf es ankommt? Dass man was gemeinsam hat?«

»Na klar!«, entfährt es mir viel zu laut. Schnell reiße ich mich wieder zusammen und sehe mich nach Roxy um, die uns zum Glück immer noch keine Beachtung schenkt. »Ich meine, neben dem ganzen körperlichen Kram muss man schließlich auch mal miteinander reden«, sage ich dann gedämpfter.

»Aber … glaubst du denn, es ist gut, wenn man *alles* gemeinsam hat? Wäre es nicht besser, auch ein paar unterschiedliche Interessen zu haben?«

Er nickt in Roxys Richtung und ich ziehe ein finsteres Gesicht.

»Wir interessieren uns doch gar nicht nur für dieselben Sachen«, brumme ich.

Er mustert mich skeptisch. »Stimmt, gut aussehende Briten sind definitiv Roxys Gebiet«, sagt er ohne Vorwarnung. Er meint es nicht einmal böse und das macht es fast noch schlimmer.

Ich beiße die Zähne zusammen und versetze ihm trotzdem einen kleinen Stoß. »Das war jetzt echt daneben, Alter. Und warum sollte ich überhaupt ausgerechnet von dir Ratschläge zu dem Thema annehmen?«

Er zuckt völlig ungerührt mit den Schultern. »Guter Einwand.«

Dann fängt die Präsentation an, und wir verbringen die nächsten zwanzig Minuten damit, uns einen Zusammenschnitt extrem gewalttätiger, aber dafür grafisch brillanter Szenen aus dem Spiel anzusehen, gefolgt von einer Demo-Session. Anschließend sind alle Zuschauer dazu eingeladen, sich schlappe zwei bis drei Stunden für das Privileg anzustellen, fünf Minuten lang Aliens in Ultra-HD abzuschlachten.

»Was meint ihr? Sollen wir's versuchen?«, fragt Devin.

Ich erwarte, dass Roxana sofort Nein sagt, aber stattdessen nickt sie begeistert. »Auf jeden Fall!«

Im Ernst jetzt? Ich hätte die Hand dafür ins Feuer gelegt, dass es hier Hunderte von Sachen gibt, die Roxy eher interessieren als »Mars Massacre«.

»Hey, Graham. Denk dran, in fünf Minuten fängt unser Figurenentwicklungs-Panel an«, bemerkt Casey.

Er hat recht und noch dazu wird eine meiner Lieblingstexterinnen dabei sein. Andererseits … würde ich Roxana und Devin ungern schon wieder miteinander allein lassen.

»Oh! Ist das das mit Suellen Ling?«, will Roxana wissen, bevor ich meine Pläne endgültig über den Haufen schmeißen kann.

»Ja«, antwortet Casey für mich. »Da kommen echt coole Leute. Peterson-Davitz ist auch da.«

Na toll. Jetzt komme ich nicht mehr aus der Sache raus, ohne mich dabei verdächtig zu machen. Aber Roxy weiß sowieso, dass das dieses Jahr eins der Highlights für mich ist.

»Okay, dann sehen wir uns später, ja?«, erwidert sie fröhlich, und ich nicke stumm, während ich innerlich Ling und Peterson-Davitz verfluche, wenn auch nicht ganz so inbrünstig wie Casey.

Erst als Casey schon losmarschiert und ich keine andere Wahl habe, als ihm zu folgen, fällt mir ein, dass wir uns vielleicht wenigstens für später verabreden sollten.

»Treffen wir uns dann um zwölf wieder hier?«, rufe ich Roxana zu, während ich mich unvorsichtigerweise weiter rückwärts über die Ausstellungsfläche bewege.

»Alles klar«, ruft sie zurück, und ich drehe mich wieder um, zweieinhalb Sekunden, bevor ich gegen einen riesigen, aufwendig gemachten Papp-Optimus-Prime prallen kann (und ihn vermutlich zerstört hätte). Hastig murmele ich eine Entschuldigung, was mir einen Anschiss jedoch nicht erspart, und schließe schnell wieder zu Casey auf.

Der Samstag ist aus naheliegenden Gründen der bestbesuchte Tag der Convention, darum ist es sogar noch voller als gestern. Wir zuckeln hinter einer Gruppe von sechs oder sieben Tetris-Blöcken dahin, die ständig stehen bleiben, weil irgendwer sie fotografieren will. Aber jedes Mal, wenn wir zum Überholen ansetzen, kommen uns ein Spidey oder eine Leia oder sonst wer von dem Kaliber aus der Gegenrichtung in die Quere.

Als wir zum dritten Mal geblockblockt werden (ein neuer Begriff, den ich soeben für den Umstand, von einer lebendig gewordenen Achtzigerjahre-Gameboy-Grafik ausgebremst zu werden, erfunden habe), stoße ich einen Seufzer aus, der die Scheibe des Stands, neben dem wir gerade stehen, beschlagen lässt. Als das Glas langsam wieder klar wird, spähe ich hindurch.

Und dort erscheint, nach und nach wie durch den Kunstnebel in einem Whitesnake-Video, eine kleine Sammlung von Zinc-Fanartikeln. Die Originalzeichnungen für zwei Cover und eine Comic-Seite. Alle mit Preisschildern versehen. Demnach beträgt der Preis für die Cover jeweils tausendfünfhundert Dollar und der für die Seite vergleichsweise bescheidene fünfhundert Dollar. Ich sehe mir die Seite genauer an und mir bleibt fast das Herz stehen. Sie stammt aus Roxanas Lieblingsband, dem vorletzten der »Althena«-Reihe. Außerdem ist es wahrscheinlich die romantischste Szene zwischen Althena und Charlie, der Moment, als Althena zurück auf ihren Planeten beordert wird und Charlie begreift, dass sie bald für immer fort sein wird. Da sagt er dann auch seine Zeile darüber, dass sie das Schönste sein muss, was er nie gesehen hat. Näher kommen sie nie an ein »Ich liebe dich« heran.

Ich sehe an dem Stand hoch und lese auf einem Schild:

SUN-AUKTIONEN.
VERSTEIGERUNG VON COMIC-ORIGINALEN
SONNTAG 15:30 H.

»Die muss ich haben«, brumme ich an niemand Bestimmtes gewandt, bis mir auffällt, dass Casey immer noch neben mir steht. Also drehe ich mich zu ihm und wiederhole: »Ich muss.«

*Das ist es.*

Die Zinc-Session war ein Reinfall. Und meine John-Hughes-Überraschung ist auch hin. Aber wenn ich dieses Original kaufen und zu Roxy sagen würde: »Stell dir vor, das hier sind du und ich. Du bist Althena und ich bin Charlie. Nur dass ich nicht nur fast ›Ich liebe dich‹ sage, sondern wirklich, ganz in echt.«

Ich sehe es schon vor mir. Direkt nach der Versteigerung. Wir zwei allein in einem leeren Konferenzsaal hier auf der Comic-Con. Wie ich ihr die Seite überreiche (natürlich sicher eingeschweißt in Plastikfolie) und Roxana in meine Arme sinkt, während rings um uns die Musik anschwillt …

»Äh, hast du denn fünfhundert Dollar?« Und schon waltet Casey, der alte Traumzerstörer, wieder seines Amtes. Auch er beäugt jetzt die Seite.

»Na ja, im Moment nicht«, antworte ich lahm, doch mein Gehirn arbeitet umso schneller. »Aber …«

»Und denk dran, dass die fünfhundert nur der Startpreis sind. Wer weiß, wie weit das am Ende noch raufgeht.«

Natürlich hat er recht, aber mein Kopf ist ihm schon meilenweit voraus.

Ich kenne nur eine Person, die so viel Knete hat: Casey selbst. Er hat sein Bar-Mizwah-Geld seit Jahren nicht einmal angetastet, sondern spart es für seine glänzende Zukunft an einem Elite-College auf.

Also fange ich an zu betteln. Ich verspreche ihm alles, was ich ihm schon für die Zinc-Bändchen versprochen habe – das Date mit Callie mit eingeschlossen –, und außerdem, dass ich ihm innerhalb der nächsten zwei Jahre den vollen Betrag plus Zinsen zurückzahlen werde. »Bis du in Harvard oder Yale oder Princeton anfängst, hast du deine Kohle längst zurück. Ehrenwort.«

»Wie willst du das denn anstellen?«

»Ich suche mir einen Job. Wenn es sein muss, arbeite ich Tag und Nacht. Komm schon, Case. Bitte!«

Doch er schüttelt nur ungläubig den Kopf. »Alter. Du bist ja vollkommen besessen.« Was ein ziemlich starkes Stück ist von jemandem, der fließend Sindarin *und* Quenya beherrscht.

Dann aber fällt mir noch etwas ein, ein weiteres Ass in meinem Ärmel sozusagen. Und das spiele ich jetzt schamlos aus. »Ich weiß, wer auf Platz eins der Stufenrangliste ist.«

Er zuckt sichtlich zusammen. »Wer?«, fragt er mit wildem Blick.

»Wenn du mir das Geld leihst, verrate ich es dir«, erwidere ich ruhig.

Seine Augen werden schmal. »Nach allem, was wir schon zusammen durchgemacht haben, kommst du mir jetzt mit Erpressung?«

Sofort regt sich ein schlechtes Gewissen in mir. Aber nur ganz zaghaft. Denn so läuft das nun mal beim Verhandeln. Also starre ich ihn weiter an.

Er starrt zurück.

Patt. Doch Casey scheint das Schweigen mehr zuzusetzen als mir. »Ich … denke mal drüber nach«, brummt er schließlich. »Aber jetzt müssen wir uns beeilen. Sonst verpassen wir das Panel.«

Den ganzen Weg über rasen meine Gedanken, und mir wird klar, dass ich wohl doch meine Zimmerwechselpläne mit Callie in die Tat umsetzen muss. Außerdem fange ich schon an, mir den Kopf darüber zu zerbrechen, wo ich jobben könnte. Vielleicht bei *Hobbit Hole*-Comics im Einkaufszentrum? Das wäre bestimmt gar nicht mal so schlimm und ich könnte mir ein bisschen was ansparen. Außerdem bin ich sowieso fast jeden Freitagabend zum »Magic«-Spielen da.

Als wir den Panel-Raum erreichen, lächele ich schon wieder. Denn ich werde das Geld irgendwie auftreiben, die Seite kaufen und dann wird sich der Rest ganz genau so abspielen wie die Szene in meinem Kopf.

# 15. Kapitel

## Und Bob sprach …

Zum Glück ist das Figurenentwicklungs-Panel nicht allzu überfüllt, sodass wir noch zwei Plätze hinten im Saal ergattern. Kurz bevor die Session losgeht, höre ich, wie jemand meinen Namen ruft.

Es ist Amelia. Sie hat ein »Young Guns Press«-T-Shirt an und trägt ihre wilden Locken mit der roten Strähne darin heute offen. Ich grinse sie an, als ich wieder an das Video von gestern Abend denken muss.

»Hi!«, rufe ich erfreut. »Hey, und danke noch mal für das Video. Ich weiß nicht, ob in meiner Antwort richtig rauskam, wie toll ich das von dir fand.«

»Kein Ding. Tut mir echt leid, dass du die Session verpasst hast. Das war ja wohl auch ein derber Schicksalsschlag für einen ›Althena‹-Fan.« Sie deutet auf den leeren Platz neben uns. »Darf ich mich dazusetzen?«

»Klar«, antworte ich, und während sie es sich bequem

macht, fällt mir ein, dass ich sie vielleicht Casey vorstellen sollte. »Amelia war gestern bei der Zinc-Session«, erkläre ich.

»Erzähl!«

»Es. War. Der. Hammer«, schwärmt Amelia drauflos. »Dermaßen, dass ich mir allen Ernstes Notizen gemacht habe.«

»Echt?«, frage ich.

»Ja. Wie soll ich denn sonst ein zufriedenstellendes Con-Fazit ziehen?«, erwidert sie grinsend.

Ich lache und auch Casey wirkt aufrichtig beeindruckt und gleichzeitig nachdenklich.

»Sag mal, hättest du was dagegen, uns deine Notizen lesen zu lassen?« Er kramt in seinem Rucksack und holt seinen Zeitplan heraus. »Vielleicht um zwölf? Halb vier ginge auch noch. Oder Viertel vor sieben?«

Amelia wirft einen Blick auf Caseys Plan, und jetzt ist sie es, die beeindruckt wirkt. Wenn auch gleichzeitig eine Spur verstört, aber kann man ihr das wirklich zum Vorwurf machen? »Wow. Das nenne ich mal einen ausgeklügelten Zeitplan«, sagt sie diplomatisch.

»Danke«, sagt Casey.

»Aber um deine Frage zu beantworten: Klar, ich kann euch gern haarklein erzählen, wie die Session war.«

Sie strahlt mich an und mir fällt etwas ein. »Wie wär's dann heute Mittag?«, schlage ich vor. »Hättest du nach dem Panel Zeit, um was essen zu gehen? Eine Freundin von uns würde nämlich bestimmt auch supergerne mithören. Wäre schade, wenn sie nicht dabei sein könnte.«

»Ach so, kein Problem.«

»Hi und herzlich willkommen allerseits zu unserem Figurenentwicklungs-Panel«, ertönt nun eine Stimme über das Mikro, und wir richten unsere Aufmerksamkeit auf die drei Leute, die vorne an einem Tisch sitzen.

Vierzig Minuten und ein paar hervorragende Schreibtipps später applaudieren wir, bevor wir uns unsere Rucksäcke schnappen und den Raum verlassen.

»Erstellst du beim Schreiben Charakterprofile?«, fragt Amelia mich.

»Nicht so richtig. Aber wie's aussieht, als sollte ich mal damit anfangen«, antworte ich. »Ach, mal so ganz nebenbei: Wie kommt's eigentlich, dass du ein T-Shirt aus dem feindlichen Lager anhast?« Ich deute mit hochgezogenen Augenbrauen auf das Logo des »Althena«-Herausgebers auf ihrem T-Shirt.

Sie guckt an sich runter und lacht. »Ich wurde gestern erleuchtet. Ich glaube jedenfalls, Bob hätte kein Problem damit.«

»Bob?«

»Na klar, wir sind seit gestern die dicksten Freunde.«

Draußen werden wir sofort von der Menge mitgerissen und bekommen keine Gelegenheit mehr zum Reden, während wir uns im Gänsemarsch zurück in Richtung des Electronic-Arts-Stands bewegen. Als wir Roxana und Devin in der Schlange finden, haben sie noch fünf Leute vor sich.

»Oh Mann, ihr habt's immer noch nicht bis nach vorne geschafft?«, frage ich.

»Nein, aber ist gar nicht schlimm. Ich hatte ja charmante Gesellschaft«, sagt Devin und grinst Roxana an, die sichtlich in Erinnerungen an die fesselnden Gespräche der letzten Stunde schwelgt. Aber freu dich nur nicht zu früh, Gurkensandwich. Bald halte nämlich *ich* die ultimative Waffe in der Hand: das Zinc-Original.

»Hi. Ich bin Amelia.« Sie streckt Roxy und Devin die Hand hin und die beiden stellen sich ihr ebenfalls vor.

»Amelia hat mir gestern das Video geschickt«, erkläre ich Roxana, die zu strahlen beginnt.

»Ach, das war so toll!«, freut sie sich.

»Und sie hat gesagt, dass sie uns alles über die Session berichtet. Darum dachte ich, wie wär's mit Mittagessen?«

»Hm …« Devin wirft einen sehnsüchtigen Blick zum vorderen Ende der Schlange.

»Ich hab nur fünfzig Minuten, bevor ich zu meinem nächsten Panel muss«, schaltet sich Casey – der Gute – ein.

»Ich auch«, sagt Amelia. »Meins fängt in einer Stunde an.«

»Dann lasst uns Mittagessen gehen«, entscheidet Roxana, deren Augen vor Neugier funkeln. »So schlimm wäre das doch nicht, oder, Devin?«

»Nee, ist schon okay.« Unglücklicherweise erholt sich Devin ziemlich schnell von seiner offensichtlichen Enttäuschung und bekommt keinen Tobsuchtsanfall, der Roxana und allen anderen in Hörweite unmissverständlich klarmachen würde, dass er nicht der Richtige für sie ist. Verdammt.

»Hotdogs?«, schlägt Casey vor.

»Gleich hier um die Ecke gibt es einen ziemlich netten Laden«, wirft Amelia ein. »Also nur, falls ihr Lust habt, woanders hinzugehen.«

Wir sind alle dafür, und Amelia führt uns aus dem Javits-Center und ein Stück die Straße runter zu einem großen Café, in dem ein Großteil der Gäste, wenn sie nicht sowieso kostümiert sind, zumindest laminierte Pässe um den Hals tragen.

Wir finden eine freie Sitznische und haben gerade die Getränke bestellt, als Casey entschlossen seine Speisekarte zuklappt und sich Amelia zuwendet: »Also, äh, weißt du schon, was du willst?«

Amelia studiert ihre Karte. »Hmmm … Mir ist irgendwie nach Frühstück. Vielleicht die Bananen-Walnuss-Pfannkuchen.«

»Super!«, befindet Casey, bevor er mit wesentlich geschäftsmäßigerer Stimme fortfährt: »Okay, bist du dann bereit für die Berichterstattung?«

Amelia lacht und klappt ebenfalls ihre Karte zu. »Klar. Das heißt, Moment noch, wir wollen es ja so detailliert wie möglich haben.« Sie grinst mich an, bevor sie in ihren Rucksack greift und ein kleines Spiralnotizbuch herausholt, wie Journalisten es oft benutzen. Genauso eins habe ich selbst immer in der Tasche, falls mich spontan der Drang zu schreiben überkommt. Sie schlägt es auf und überfliegt kurz die Seite.

»Okay. Also erstens, als wir reinkamen, saß er schon auf seinem Platz! Robert Zinc. Als hätte er auf keinen

Fall einen großen Auftritt hinlegen wollen oder so. Darum war es mucksmäuschenstill, während die Leute sich Plätze suchten. Alle haben bloß auf diesen leicht angegrauten Typen im blauen Poloshirt gestarrt, wie er da sein Wasser schlürfte und mit Solomon Pierce-Johnson plauderte, und versucht, sein Gemurmel zu verstehen. Als wäre er ein Prophet oder so was.«

Die Kellnerin kommt und wir geben hastig unsere Bestellungen auf. Ich nehme einfach dasselbe wie Casey – ich kann mich jetzt nicht auf so was Profanes wie Mittagessen konzentrieren.

Als die Bedienung gegangen ist, wenden wir uns wieder gespannt Amelia zu.

»Sie haben gleich zu Anfang gesagt, dass es kein Publikumsgespräch geben, sondern Bob nur die vorher abgesprochenen Fragen von Solomon beantworten würde. Dann hat er sich vorgestellt …« Amelia wirft mir einen vielsagenden Blick zu, um auf ihr kleines magisches Video zu verweisen, und ich nicke wissend. »Und Solomon hat angefangen.«

»Als Erstes kamen ein paar Pillepalle-Fragen zum Warmwerden«, fährt sie dann nach einem Blick in ihre Notizen fort. »So nach dem Motto: ›Wie bist du zum Schreiben gekommen?‹, und: ›Was hat dich zu »Althena« inspiriert?‹ Sachen, die sowieso schon jeder wusste.«

Roxana und ich wechseln einen Blick, denn uns ist klar, dass wir beide die exakten Antworten herunterspulen könnten, die »Bob« auf seine ruhige, gemessene Art vermutlich gegeben hat.

»Aber dann«, redet Amelia weiter und starrt uns alle nacheinander eindringlich an, als wäre sie Hercule Poirot und kurz davor, den Mörder zu entlarven, »hat Solomon gefragt: ›Was ist damals wirklich zwischen dir und Young Guns vorgefallen?‹«

Wie aufs Stichwort schnappen wir alle gleichzeitig nach Luft.

Natürlich muss genau in diesem Moment die Bedienung mit unserem Essen kommen, und ich bin beinahe sauer, dass wir überhaupt was bestellt haben. Und dann verlangt Devin auch noch Ketchup, sodass es noch länger dauert, bis die Kellnerin endlich wieder weg ist und wir unsere Ruhe haben. Devin haut sofort rein, wir anderen dagegen greifen nicht mal zu unserem Besteck, sondern warten bloß, dass Amelia weitererzählt.

»›Was ist damals wirklich zwischen dir und Young Guns vorgefallen?‹«, wiederholt sie, als wären wir von einer Werbepause unterbrochen worden. »Und da hat Bob gesagt … Moment, das muss ich so korrekt wie möglich wiedergeben.« Sie nimmt ihr Notizbuch und zitiert: »Er hat gesagt: ›Um ehrlich zu sein, ich glaube, ich war damals ein ziemlich arroganter Fatzke. Ich finde zwar immer noch, dass Young Guns ruhig etwas mehr Honorar und Publicity hätte springen lassen können, aber darüber hätte sich vermutlich relativ einfach verhandeln lassen. Irgendwie ist die Sache zwischen Adam Warren und mir dann ein bisschen eskaliert. Ich nehme an, die meisten von euch wissen, dass damals ein paar ganz schön derbe Worte gefallen sind.‹«

Amelia guckt zu uns hoch, wie ich mir vorstelle, dass es auch Zinc gestern getan haben muss, und wir gucken erwartungsvoll zurück. Es kursieren ein paar legendäre E-Mails zwischen Warren, dem Geschäftsführer von Young Guns, und Zinc, deren Authentizität jedoch nie nachgewiesen werden konnte. Doch da sie eine nicht unbeträchtliche Anzahl ziemlich einfallsreicher Schimpfwörter enthalten, dürfte wohl jeder Zinc-Fan über zehn Jahren sie gelesen und die eine oder andere Wendung in seinen Wortschatz übernommen haben. Ich benutze heute noch hin und wieder den Ausdruck »verkrustete Einhorneier«.

Und da ist er nun – der ultimative Echtheitsbeweis.

»Und dann hat er gesagt«, fährt Amelia fort, und wir nicken alle gebannt, »›Adam und ich hatten einfach ein paar persönliche Probleme miteinander.‹«

»Seine Frau?«, fragt Casey dazwischen. So geht zumindest das Gerücht, demzufolge Zinc mit Warrens Frau geschlafen haben soll.

Amelia schüttelt den Kopf. »Keine Ahnung. Die Bestätigung dafür ist er uns schuldig geblieben. Danach hat er jedenfalls gesagt: ›Aber ich hätte nicht zulassen dürfen, dass diese Sache unsere Zusammenarbeit beeinträchtigt. Letzten Endes hat Adam Warren »Althena« immer respektiert. Sein Lektorat hat meine Arbeit definitiv aufgewertet. Ich glaube ganz im Ernst, dass wir zusammen noch ein paar Jahre lang richtig gute »Althena«-Bände hätten rausbringen können.‹«

Amelia hält inne und starrt uns wieder an.

»Alter«, murmele ich. »Ein paar *Jahre* mehr?«

Amelia nickt. »Und nicht nur das – als Nächstes meinte er nämlich, er hätte schon ziemlich viele Entwürfe für die Storys in der Schublade gehabt. Das heißt, er *wusste*, wie es weitergehen würde.«

»Oh Mann«, haucht Roxana. »Also hätte Althena zurückkommen sollen?«

Im letzten Band ist Althena tragischerweise nach Ezula zurückgekehrt und zumindest laut Zincs offiziellem Werk hat Charlie sie nie wiedergesehen. »Jede Nacht träume ich von einem anderen Gesicht«, sagt er an einer Stelle. »Und jeden Morgen wache ich auf und weiß, dass sie es war.«

Amelia schüttelt traurig den Kopf. »Das hat er auch nicht bestätigt. Aber ich denke, wir können davon ausgehen …«

Eine Weile sitzen wir alle wie erstarrt da, bis auf Devin, der sich immer noch sein Omelett reinschaufelt. Als die Bedienung das nächste Mal vorbeikommt und unser unangetastetes Essen sieht, fragt sie: »Alles in Ordnung bei euch?«

»Jaja, klar«, murmeln wir alle vor uns hin, und ich greife schließlich doch lustlos nach meinem Besteck. Amelia isst ein Stück von ihrem Pfannkuchen, bevor sie Gott sei Dank weiterredet.

»Das war so ziemlich die größte Enthüllung«, sagt sie. »Mehr hat er zu dem Thema nicht gesagt und Solomon hat ihn auch nicht gedrängt …« Sie verdreht kurz die Augen. »Und na ja, eine Fragerunde gab es, wie gesagt, auch nicht. Aber ich schwöre euch, ein paar Leute haben Solomons Mikro beäugt, als wollten sie eine spontane Meuterei anzetteln.« Sie kaut einen weiteren Bissen und schluckt. »Der Rest hatte hauptsächlich mit dem Film zu tun. Zinc hat gesagt, er hätte schon ein bisschen was vom bisherigen Material gesehen und sei sehr zufrieden damit.«

»Na ja, was soll er auch anderes sagen, wenn ihm der Regisseur direkt gegenübersitzt?«, merkt Casey spitz an.

Amelia nickt. »Klar.« Dann guckt sie wieder in ihr Notizbuch. »Ach so! Eine interessante Frage hat Solomon ihm noch gestellt, fand ich zumindest. Über Gender-Identität und darüber, wie weit die ›Althena‹-Chroniken in der Hinsicht ihrer Zeit voraus waren.«

Einer der interessantesten Aspekte an Althenas Alien-Rasse ist es, dass es nicht nur zwei Geschlechter gibt, sondern jeder von ihnen unter siebenundfünfzig verschiedenen wählen kann. Und genau das ist es auch, was Althena an den Menschen so faszinierend und gleichzeitig kurios findet – dass sie in ihrer Auswahl dermaßen beschränkt sind, aber trotzdem eisern entschlossen, sich zu Paaren zusammenzufinden. Im Laufe der Reihe wechselt Althena selbst ziemlich locker zwischen dem männlichen und weiblichen Geschlecht hin und her. Was Charlie selbstverständlich nicht davon abhält, sich trotzdem in sie zu verlieben.

»Und was hat Zinc gesagt?«

»Er meinte, das wäre natürlich eine bewusste Entscheidung gewesen. Anfang der Neunziger war die Situation einfach noch anders, wegen AIDS und der generellen Angst vor Homosexualität und Transgender-Menschen und überhaupt *jedem*, der anders war. Eines Tages hat er sich gefragt, ob eine außerirdische Spezies, die hier auf der Erde landet, diese Besessenheit von Gender-Normen wohl absurd finden würde.«

»Wow«, sage ich.

»Wow«, wiederholt Roxana, und wir starren uns an. Es ist immer überwältigend, wenn man einen Grund findet, sein Idol auf ein noch höheres Podest zu heben.

»Jepp«, stimmt Amelia uns zu. »Die ganze Session war der Hammer. Ich meine, schon allein die Tatsache … nicht enttäuscht zu werden, versteht ihr? Dass etwas, wovon man so lange geträumt hat, am Ende sogar noch besser ist, als man je erwartet hätte.«

Wir nicken, denn jeder von uns weiß, dass diese Art von Vernerdung der Realität nur zu oft zu Riesenfrust führt – der sich dann in Foren und Kommentarbereichen im ganzen World Wide Web entlädt. Darum ist es umso mehr ein Grund zur Freude, wenn etwas – oder in diesem Fall jemand – endlich mal den völlig überhöhten Erwartungen gerecht wird.

Amelia erzählt noch, dass Zinc sich danach verabschiedet habe und auch die Zuschauer den Saal verlassen mussten, weshalb sie keine Ahnung habe, wo er anschließend hingegangen sei.

»Klingt ja spannend!«, sagt Devin ein bisschen zu enthusiastisch und reißt uns damit aus unserer Verzaubeung. Kein Wunder – er hat ja auch nicht jahrelang auf diese heiligen Enthüllungen gewartet. Ich werfe Roxy einen verstohlenen Blick zu. Sie wirkt ein bisschen benommen, als sie aus Amelias Erzählungen wieder auftaucht. »Sollen wir dann zahlen?«

Auch Casey scheint plötzlich zu dämmern, dass er sich besser beeilen sollte, wenn er es zu seinem nächsten Panel schaffen will. Also schlingen wir unser Essen hinunter, zahlen und machen uns auf den Weg zurück zum Javits-Center.

16. Kapitel

# Die Geschichte des Geeks

Ich hab gelogen«, eröffnet Amelia mir mit einem Blick auf ihr Handy. »In Wirklichkeit fängt meine nächste Session erst in einer Dreiviertelstunde an.« Grinsend sieht sie zu mir hoch.

»Super!«, sage ich, aufrichtig erfreut. Wir schlendern gerade hinter Roxana und Devin durch eine der Hallen. Dies ist der Teil der NYCC, wo alle möglichen Händler ihre Waren anbieten und es haufenweise netten Krimskrams und Figuren zu bestaunen gibt. An dem Stand, den wir gerade passieren, zum Beispiel gibt es 8-Bit-Pixel-Art, was bedeutet, dass alles – vom Porträt bis zu zwei gekreuzten Schwertern – aussieht wie aus einem uralten Computerspiel. Ich zeige Amelia ein besonders cooles Batmobil.

»Schick«, stimmt sie mir zu und dreht sich dann zu mir um. »Apropos Batman: Burton oder Nolan?« Sie hat ein verschlagenes Funkeln in den Augen, was ich nicht ganz verstehe, weil die Antwort ja wohl auf der Hand liegt.

»Äh, Nolan?«, sage ich, weil – na ja, was sonst?

»Ha, ich finde Burton besser!«, ruft sie, hocherfreut über meine Wahl, weil sie so ihre eigene Meinung erläutern kann. Wozu ich sie natürlich auch umgehend auffordere. »Ich finde einfach, Burtons Version hat so eine Verspieltheit, die viel besser die ursprüngliche Atmosphäre der Comic-Reihe widerspiegelt. Die düsteren Elemente sind zwar auch da, aber viel subtiler. Das finde ich klasse.«

»Ja, aber Nolan hat den realistischen, düsteren Superhelden geprägt«, halte ich dagegen. »Seine Filme haben viel mehr Tiefe.«

»Aber dafür geht total viel Humor verloren«, kontert Amelia. »Und dann Michael Keaton – klar ist der eine ziemlich gewagte Besetzung für Batman. Aber es funktioniert ja wohl total.«

»Okay … jetzt kapiere ich«, erwidere ich langsam. »Du bist ein Hipster-Geek.«

»Haha, sehr witzig«, entgegnet sie, aber ich sehe ihr an, dass sie es wirklich lustig findet. »Und was bist du dann?«

»Ich bin definitiv der Allrounder«, antworte ich wie aus der Pistole geschossen, denn darüber habe ich tatsächlich schon des Öfteren nachgedacht. »Ich mag irgendwie alles. Comics, normale Bücher, Filme, Computerspiele, Fernsehen. Sogar, na ja, *Schule*, weißt du?«

»Angeber.« Sie hebt eine Augenbraue. »Aber schon verrückt, oder? Dass es heutzutage als cool gilt, sich selbst als Geek zu definieren? Unsere Eltern hatten noch nicht so viel Glück.«

»Definitiv nicht«, erwidere ich, bevor ich die Gelegenheit ergreife, um von meinem UG-Dad zu erzählen. »Er erzählt manchmal Geschichten, die genauso gut aus ›California High School‹ stammen könnten. Ich glaube, einmal kam sogar ein ›Tritt mich in den Hintern‹-Schild vor.«

Amelia lacht. »Ist nicht dein Ernst.«

Ich nicke. »So wie er die Sache darstellt, ist es echt ein Wunder, dass er jemals eine Frau kennengelernt und geheiratet hat. Dass es mich überhaupt gibt. Weißt du, wie er sich dazu durchgerungen hat, meine Mom anzusprechen?«

»Wie?«

»Da waren sie beide auf dem College, also war die schlimmste Phase immerhin schon mal ausgestanden. Jedenfalls sitzt er eines Tages im Park auf dem Campus und sieht ein total hübsches Mädchen mit einem dicken Buch unter dem Arm – Achtung, jetzt kommt's: ›Star Wars‹. Und da wird ihm klar, wenn er nicht den Mumm hat, *die* anzusprechen, dann ist ihm nicht mehr zu helfen. Also kratzt er seinen gesamten Mut zusammen, geht zu ihr rüber und vollbringt das Unmögliche: Er fängt einen Flirt an.«

Amelia lächelt. »Das ist ja süß!«

»Ja, er kam sich vor wie der King, glaub mir. Wobei

das Witzigste an der Sache ist, dass sie das Buch nur dabeihatte, weil sie Filmwissenschaften studierte, und nicht etwa, weil sie ein Riesenfan war oder so.«

Amelia lacht. »Aber er hat sich trotzdem nicht unterkriegen lassen?«

Ich schüttele den Kopf. »Der UG mag vielleicht ein schüchterner Gesell sein, aber er ist mindestens genauso hartnäckig.«

»Tolle Story.«

Ich nicke. Sie hat recht. Ich kriege sie selbst nie über, und nachdem Mom gestorben war, habe ich Dad oft abends im Bett gebeten, sie mir zu erzählen, selbst als ich schon viel zu alt für Gutenachtgeschichten war.

»Und wie cool, dass deine Mom Filmwissenschaften studiert hat«, fährt Amelia fort. »Ich überlege auch, ob ich mich nach der Schule dafür einschreiben soll.«

»Echt?«, frage ich.

»Entschuldigt«, unterbricht uns eine Stimme. Ein Mädchen in einem Superman-T-Shirt hält lächelnd ein Mikrofon hoch. Sie mustert mich einmal von oben bis unten und scheint dann auf Amelias Oberweite zu starren, was ein kleines bisschen irritierend ist.

»Ich mache einen Podcast und wir arbeiten gerade an einem Robert-Zinc-Fan-Kompendium«, erklärt sie. »Würdest du mir vielleicht ein Interview geben?« Wieder deutet sie auf Amelia, und erst jetzt geht mir auf, dass ihr Interesse Amelias T-Shirt gilt. »Das heißt, natürlich nur, wenn du ein Fan von ihm bist.«

Amelia guckt mich an und zuckt mit den Schultern.

»Klar«, sagt sie. »Und ja, wir sind beide Fans.«

Ich sehe Roxy und Devin hinterher, die gerade die Halle verlassen, ohne mitzubekommen, dass wir aufgehalten wurden. Ich will sie ungern verlieren, aber es wäre auch ziemlich daneben, Amelia einfach stehen zu lassen, also beschließe ich, Roxy zu schreiben und mich wieder mit ihr zu treffen, sobald wir hier fertig sind.

»Super!«, sagt das Podcast-Mädchen. Sie schaltet ein kleines Aufnahmegerät an ihrem Mikro ein, wirft einen kurzen Blick auf irgendwelche Notizen auf ihrem Handy und wendet sich dann mit einem aufgesetzt wirkenden Strahlen im Gesicht Amelia zu. »Zuerst was Einfaches. Findest du, dass Zinc auf der diesjährigen Comic-Con ausreichend repräsentiert wird?«

»Hm, na ja, er war zumindest *da*. Was noch nie zuvor der Fall war. Also würde ich sagen, ja«, antwortet Amelia mit einem unsicheren Blick in meine Richtung. Ich zucke mit den Schultern.

»Super«, sagt das Mädchen wieder. »Und wie viel, so grob geschätzt, hast du von Zincs Werk gelesen? Also, in Prozent ausgedrückt?«

»Hundert«, antwortet Amelia prompt.

»Im Ernst?«, fragt das Mädchen.

»So viel ist es ja schließlich nicht«, entgegnet Amelia mit einem weiteren Blick in meine Richtung. »Es sei denn, man zählt die unveröffentlichten Sachen mit.«

»Nein, nein. Schon kapiert. Du bist also ein *echter Fan.*« Das Mädchen betont das Wort »Fan«, als meinte sie eigentlich »Nerd« … und zwar nicht in dem coolen

»Hey, wir befinden uns im einundzwanzigsten Jahrhundert«-Sinn, sondern eher wie so ein fieser Cheerleader aus einem der Achtzigerjahre-Filme meiner Mom.

Als sie das nächste Mal zu Amelia hochguckt, liegt etwas Stechendes in ihrem Blick, als wäre sie eine knallharte Journalistin, die im Begriff ist, ihr Opfer in den Boden zu stampfen. »Okay, also wenn heutzutage ein Alien auf der Erde landen würde, was, denkst du, würde er oder sie an unserer Gesellschaft am befremdlichsten finden? Die Waffengesetze, die Einwanderungspolitik, das Gesundheitssystem oder was anderes?«

Amelias Blick ist jetzt ernsthaft irritiert. »Äh, was?«

Das Mädchen zuckt mit keiner Wimper. »Wenn, wie in deiner Lieblings-Fantasy-Reihe, ein Alien auf der Erde landen würde«, wiederholt sie, langsamer diesmal, »was –«

Doch Amelia hebt die Hand. »Schon okay. Ich hab deine Frage verstanden.« Sie überlegt eine Sekunde. »Also, ich bin ja keine Rechtsexpertin, und ich weiß auch nicht so richtig, was das mit Zinc zu tun haben soll, aber um ehrlich zu sein, finde ich unsere Waffengesetze ziemlich unzureichend.«

»Und wie würdest du die reformieren?«, hakt das Mädchen sofort nach. »Ich meine …« Sie starrt auf ihre Notizen. »Wie würde dieser Außerirdische das Problem vielleicht lösen wollen?«

Amelia beantwortet, so geduldig wie souverän, noch ein paar weitere seltsame Fragen, bevor sie geistesgegenwärtig vorgibt, jetzt weiter zu einem Panel zu müssen.

»Ich auch«, beteuere ich eilig, als das Mädchen Anstalten macht, sich als Nächstes mir zuzuwenden.

Sobald wir außer Hörweite sind, guckt Amelia mich an und bricht in schallendes Gelächter aus.

»Was war das denn bitte?«, frage ich.

»Keine Ahnung, aber arglosen Comic-Con-Besuchern Fragen über Politik unterzujubeln, ist ja wohl das Allerletzte, findest du nicht? Erst recht, wenn man offensichtlich nicht mal die Reihe gelesen hat, die man als Aufhänger benutzt.«

»Und sie außerdem noch für den letzten Mist hält«, merke ich an.

Amelia verdreht die Augen.

»Aber coole Antworten«, lobe ich. »Wenn die mich derart in die Ecke gedrängt hätte, wäre ich wahrscheinlich schreiend weggerannt.«

»Haha, danke. Ich versuche einfach, mir eine Meinung zu aktuellen Themen zu bilden.«

Ich nicke beeindruckt. Natürlich habe ich auch meine Meinung zu diversen Sachen, aber die meisten dieser Sachen haben eher nichts mit der wirklichen Welt zu tun.

Ich will Amelia gerade zu ihrem Plan, Filmwissenschaften zu studieren, befragen, als ich aus dem Augenwinkel eine abrupte Bewegung wahrnehme.

Wir stehen ein paar Meter von dem Pixel-Art-Stand entfernt, und als ich den Kopf wende, sehe ich einen großen, muskulösen Typen mit schulterlangen, schmutzig blonden Haaren eilig von dort weghumpeln. Was ich gesehen zu haben meine, war wirklich ziemlich seltsam, aber ich könnte schwören, dass er sich gerade ein Schwert in die Hose gesteckt hat.

Normalerweise würde ich keinen zweiten Gedanken an jemanden verschwenden, der auf der Comic-Con als Teil seiner Kostümierung ein Schwert mit sich rumträgt. Aber dieser Typ hatte eine ganz normale Baggy-Jeans an, dazu ein ausgeleiertes Sweatshirt und eine Yankees-Kappe auf dem Kopf. Ganz zu schweigen davon, dass der Abgang, den er gerade hingelegt hat, ziemlich … verdächtig wirkte.

Mehr aus Neugier gehe ich noch mal zurück zum Stand. »Ich will nur kurz was nachgucken«, sage ich zu Amelia. Sie folgt mir.

»Entschuldigung«, spreche ich das Mädchen hinter dem Tresen an. »Komische Frage vielleicht, aber hat hier gerade jemand das Master-Schwert gekauft?« Ich deute auf die Auslage, in der Amelia und ich kurz zuvor noch ein Zelda-Schwert in Originalgröße bewundert haben, das aus Hunderten winziger Plastikteile zusammengesetzt war. Es sollte neunhundert Dollar kosten und jetzt ist es nicht mehr da.

Das Mädchen, das dunkle Haare und dicke, in Form gezupfte Augenbrauen hat und nicht viel älter sein kann als ich, wirft einen Blick auf die Auslage und reißt dann die Augen auf. Sie zischt irgendwas, was wie ein Schimpfwort in einer anderen Sprache klingt, und guckt dann wieder mich an. Ihre dunklen Brauen ziehen sich zu einem vorwurfsvollen Ausdruck zusammen. »Du hast genommen?«, fragt sie aufgebracht.

Ich hebe abwehrend die Hände. »Nein. Nein!«, antworte ich. Ich drehe mich um und sehe den Typen mit der Yankees-Kappe davonstolpern, der inzwischen fast den Hallenausgang erreicht hat. »Ich glaube, der da hat es geklaut.«

Die Verkäuferin runzelt die Stirn und späht in die Richtung, in die ich zeige.

»Na, dann los! Den schnappen wir uns«, ertönt eine Stimme neben mir, und im nächsten Moment ist Amelia auch schon losgestürmt.

»Warte!« Ich renne hinter ihr her, doch je mehr wir uns dem Typen nähern, desto lauter hämmert mir mein Puls in den Ohren. Verdammt, was hat sie bloß vor? Was sollen wir denn machen, wenn wir den Typen eingeholt haben? Ihn zur Rede stellen?

Amelia erreicht ihn als Erste und greift nach seinem Ellenbogen.

»Hey!«, schnauzt er sie an und wirbelt wütend zu ihr herum. Von Nahem wirkt er ganz schön Furcht einflößend. Er überragt Amelia um mindestens dreißig Zentimeter – womit er immer noch ein gutes Stück größer ist als ich – und sieht geradezu boshaft aus mit seinen kleinen blauen Augen, dem struppigen Ziegenbärtchen und einer tiefen, hässlichen Narbe auf jeder Wange.

Er starrt auf Amelia runter, und ich sehe nur seine Narben und schreie das Erste, was mir in den Kopf kommt. »Hallo, mein Name ist Inigo Montoya! Du hast meinen Vater getötet. Jetzt bist du des Todes!«

Und wenn ich »schreie« sage, dann meine ich das auch

so. Ich könnte schwören, dass die halbe Comic-Con kurz ins Stocken gerät und mich anglotzt. Im gesamten Javits-Center wird es mucksmäuschenstill, und mir ist, als hörte ich meine gebrüllte Dialogzeile von den Metallstreben der hohen Decke widerhallen.

»Ist das jetzt so was wie Comic-Con-Impro-Theater?«, höre ich jemanden flüstern.

»Pssst … ich filme«, antwortet jemand anderes.

Inzwischen klettert der Blick des Diebs noch mal um geschätzte zehn Punkte auf der »Bedrohlich«-Skala nach oben, und mich beschleicht das ungute Gefühl, dass sich meine Hauruck-Aktion ziemlich schnell in eine Hau-den-Geek-Aktion verwandeln könnte.

Dann hören wir Schritte hinter uns. »Der da klaut Schwert!« Ich drehe mich um und sehe die Verkäuferin von dem Pixel-Art-Stand. Und gleich danach, dass sie – dem Himmel sei Dank – einen Security-Typen im Schlepptau hat.

»Ich hab überhaupt nichts gemacht«, behauptet der Dieb sofort, während er mich immer noch anstarrt, als versuche er, sich jede Einzelheit meines Gesichts einzuprägen.

»Er hat gesehen«, sagt die Verkäuferin und zeigt auf mich.

Ich bin mir ziemlich sicher, dass meine Wangen inzwischen das Rot von Supermans Schlüpfer angenommen haben, aber um jetzt noch einen Rückzieher zu machen, ist es definitiv zu spät. »Ich glaube, er hat es in seiner Hose versteckt«, raune ich dem Security-Typen zu.

Der wendet sich an Narbenvisage. »Okay. Zeigen Sie es uns freiwillig oder muss ich Sie erst abtasten?«

Der Typ wirft mir einen letzten wütenden Blick zu, bevor er tatsächlich in seine Hose greift und das Schwert herauszieht. Kurz flammt Panik in mir auf, dass er mich damit durchbohren wird, dann aber fällt mir wieder ein, dass es ja nur aus Plastik ist und wir außerdem von Tausenden Zeugen umringt sind.

»Kommen Sie bitte mit«, sagt der Security-Typ und ergreift den Dieb beim Oberarm. Dann dreht er sich zu der Verkäuferin um. »Wollen Sie Anzeige erstatten?«

Das Mädchen nickt eifrig.

»Dann kommen Sie am besten auch mit ins Büro«, erwidert der Mann, bevor er sich zu Amelia und mir umdreht. »Ihr zwei könnt dann gehen.«

Er beginnt, Narbenvisage abzuführen.

»Danke«, sagt das Standmädchen mit einem breiten Grinsen zu mir. »Das war wertvolles Stück, sehr teuer.«

Ich nicke verlegen, und als mir bewusst wird, dass uns noch immer ziemlich viele Leute anstarren, räuspere ich mich und wende mich schnell zum Gehen.

»Halt. Warte. Nimm das für Danke.« Sie zieht sich etwas über den Kopf und drückt es mir in die Hand. Es ist eine Kette mit einer Reihe aus drei 8-Bit-Herzen als Anhänger, von denen das letzte nur zur Hälfte gefüllt ist.

»Ach, das ist doch nicht nötig …«, setze ich an.

Aber das Mädchen grinst bloß weiter. »Kannst du geben deiner Freundin«, sagt sie, bevor sie sich umdreht und losrennt, um den Security-Typen einzuholen.

Neben mir höre ich prustendes Gekicher.

Amelia krümmt sich regelrecht vornüber. »Ich fass es nicht«, stößt sie zwischen zwei Lachkrämpfen hervor, »dass du gerade echt einen Dieb gestellt hast ... mit einem Zitat aus ›Die Braut des Prinzen‹.«

»Das ist mir ... irgendwie so rausgerutscht«, sage ich und muss jetzt auch lachen, als wir die Halle verlassen. »Ich hab nur die Narben in seiner Visage gesehen und dieses Ziegenbärtchen ...«

»Und da hast du als Allerelstes an Graf Rugen gedacht?«

»Na ja ... ja.«

Sie lacht wieder los. »Wie genial ist das denn? Du bist echt der absolute Obernerd. Und zwar nicht im ›California High School‹-Sinn.«

Sie strahlt mich an und ich muss einfach zurückgrinsen.

Dann zieht sie ihr Handy aus der Tasche und wirft einen Blick auf die Uhr. »Mist, ich muss los. Du denkst inzwischen wahrscheinlich schon, ich bin das letzte Mauerblümchen, weil ich mich die ganze Zeit an dich dranhänge, aber ich wollte mich vor der nächsten Session tatsächlich noch mit ein paar Leuten treffen.«

»Na klar. Genauso kommst du nämlich rüber«, entgegne ich, in der Hoffnung, dass mein Sarkasmus auch deutlich wird. »Wie ein Mauerblümchen. Das bereit ist, es mit einem Dieb aufzunehmen, der zwei Köpfe größer ist.«

Ihr Grinsen wird noch breiter. »Och, na ja. Außerdem

ist ein K. o. durch Kultfilmzitate ja wohl wesentlich eindrucksvoller.« Sie steckt ihr Handy wieder weg. »Sag mal, willst du nicht einfach mitkommen? Meine Freunde sind echt nett. Ein bisschen so wie deine Truppe.«

»Danke für das Angebot«, sage ich. »Aber wo wir gerade davon reden, ich sollte mich wohl langsam mal auf die Suche nach Roxana und Casey machen. Sonst denken die noch, ich hätte sie direkt für die nächstbeste Nerdine sitzen gelassen.«

»Wie rücksichtsvoll von dir«, befindet Amelia. »Gibst du mir dann deine Nummer? Vielleicht können wir uns ja später noch mal treffen oder sonst morgen?«

Wir tauschen Handynummern aus und gehen dann unserer Wege. Ich schreibe sofort Roxy, um zu fragen, wo sie ist, aber es kommt keine Antwort. Dann versuche ich es bei Casey. Zehn Minuten später hat sich noch immer keiner gemeldet, woraus ich schließe, dass die beiden entweder auf der Zeichnermeile oder in einem der Veranstaltungsräume im Untergeschoss sein müssen, wo der Handyempfang bekanntermaßen ziemlich mies ist.

Es dauert fast eine halbe Stunde, aber schließlich erhasche ich einen Blick auf Devins lässig gestylte Haare, die seine hochgewachsene Gestalt krönen. Und natürlich ist Roxana bei ihm. Erleichtert stelle ich fest, dass auch Casey dabei ist. Roxana steht in einer Autogramm-Warteschlange und Devin blättert durch ihr Althena-Skizzenbuch.

»Die sind echt toll«, sagt Devin gerade. »Coole Idee, einer einzigen Figur ein ganzes Buch zu widmen.«

»Danke«, erwidert Roxana. »Da sind wirklich ein paar richtig gute drin. Ach, das da gerade war übrigens meine Lieblingsskizze.«

Ich sage schnell Hallo, um auf mich aufmerksam zu machen, bevor sie ihr Gespräch fortsetzen können.

*Nur die Ruhe*, versuche ich, mir selbst gut zuzureden, als Devin auf irgendein technisches Detail in Roxanas Lieblingsskizze hinweist. *Wenn ich erst mal das Zinc-Original habe, spielt das alles keine Rolle mehr.*

»Und?« Ich drehe mich zu Casey um. »Haben wir eine Abmachung?«

Casey seufzt. »Ich hab noch mal gründlich über die Sache nachgedacht …« Natürlich hat er das. Er ist schließlich Casey Zucker. Der Typ ist ein Gehirn auf zwei Beinen. »Und … ja, okay. Aber nur damit ich ein absolut gutes Gewissen dabei haben kann: Bist du dir wirklich ganz sicher? Ich meine, das ist echt 'ne Menge Geld.«

»Ja, bin ich«, erwidere ich begeistert und hebe die Hand zum High Five.

Er beäugt meine Hand grüblerisch, ohne jedoch einzuschlagen. »Okay. Dann sag mir, wer auf Platz eins ist.«

»Felicia«, antworte ich wie aus der Pistole geschossen, denn ich weiß, dass Casey ein absoluter Ehrenmann ist und niemals sein Wort brechen würde.

»Verdammt!«, flucht er und mustert abermals meine noch immer erhobene Hand. »Das hätte ich mir ja denken können. Warum muss sie denn bloß so perfekt sein? Ehrlich, Mann, wie soll ich an der jemals eine Schwäche finden, die ich mir zunutze machen kann?«

Er hat absolut recht. »Ich helfe dir gern beim Suchen«, biete ich an, obwohl ich in der Hinsicht momentan auch überfragt bin. Wieder seufzt er, schlägt dann aber wenigstens endlich lasch bei mir ein.

*Das Spiel hat begonnen*, wie einer von Roxanas Lieblingsdetektiven sagen würde.

In dem Moment plingt mein Handy und ich habe eine Nachricht von Amelia bekommen.

**OH MANN, GUCK DIR MAL GANZ SCHNELL DIE TRENDS BEI TWITTER AN!!**

Ich öffne die App und scrolle durch die Liste der Trendthemen. Dann schnappe ich nach Luft, als ich #InigoMontoyaKlatsche lese.

*Das muss ein Zufall sein*, denke ich. *Das kann doch nicht …*

Doch als ich auf den Link klicke, erscheint eine Reihe von Tweets, die meisten davon Retweets eines Videos.

In dem ein rothaariger Schlaks mitten auf der New Yorker Comic-Con einem bedrohlich dreinguckenden Typen ein Zitat aus »Die Braut des Prinzen« ins Gesicht brüllt.

## 17. Kapitel

# Haarige Angelegenheiten

Noch mal. Ich will es noch mal sehen«, verlangt Roxana. Die drei drängen sich um mich und spielen immer wieder das inzwischen anscheinend virale Video ab.

Ich stöhne auf. »Wie oft willst du mich denn noch mit der schlimmsten Demütigung meines Lebens konfrontieren?«

»Demütigung?«, wiederholt Roxana ungläubig blinzelnd. »Das ist doch der Hammer.«

»Sie hat recht, Alter. Das ist absolut grandios«, pflichtet Devin ihr bei.

»Du bist der Held des Tages!«, schwärmt Roxy weiter. »Der ganzen Comic-Con! Schade, dass du kein Cape anhattest.«

Ich schenke ihr ein schiefes Lächeln. »Charlie Noth trägt keine Capes.«

Um die Wahrheit zu sagen, habe ich keine Ahnung,

wie ich die Sache mit dem Video finden soll. Ich meine, klar, ein bisschen peinlich ist es schon und die viele Aufmerksamkeit ganz schön unangenehm. Aber andererseits ist es auch irgendwie cool. Und die meisten schreiben in ihren Tweets und Kommentaren zu dem Video, wie super sie die Aktion finden, und nicht, was für ein absoluter Vollpfosten ich doch bin (wobei es solche Posts natürlich auch gibt – ist schließlich immer noch das Internet).

Casey will gleich ganz genau wissen, wie ich ausgerechnet auf dieses Zitat gekommen bin. Das Video ist von zu weit weg aufgenommen, als dass man die Narben und das Ziegenbärtchen des Typen erkennen könnte, also muss ich erklären, wie mein Gehirn von dort aus den Sprung zum Schurken aus »Die Braut des Prinzen« gemacht hat.

»Ah, verstehe – visuelle Vorstellungsverknüpfung«, kommentiert Casey.

»Ach, Moment. Hier, Roxy, ich hab was für dich.« Ich ziehe die Pixelherz-Kette aus der Hosentasche und halte sie ihr hin – ganz nebenbei natürlich, als wäre das nicht mein allererster Gedanke gewesen, nachdem die Standverkäuferin gesagt hat, ich könne sie ja meiner »Freundin« schenken. »Der Lohn für meine Heldentaten«, füge ich hinzu.

Roxana wirft einen Blick in meine Handfläche. »Oh, wow. Die ist ja süß«, sagt sie und streicht über die drei Herzen an der bronzefarbenen Kette.

Ich schiebe meine Hand ein Stück weiter in ihre Richtung, um ihr zu bedeuten, dass sie sie nehmen soll. »Ist für dich.«

»Bist du sicher?«, fragt sie.

Ich lächele sie an.

»Die würde natürlich super zu meinen Haaren passen, aber ich glaube, du kannst trotzdem mehr damit anfangen«, witzele ich, um die Tatsache zu überspielen, dass mein Herz plötzlich wie wild angefangen hat zu hämmern. Schließlich kommt es nicht alle Tage vor, dass man dem Mädchen seiner Träume Schmuck schenkt – und sei er auch nur aus Plastik.

»Wow, danke! Die ist echt toll.« Sofort legt sie sich die Kette um. Ich spüre, wie ich strahle, und bin so happy, Roxy mit den Herzen zu sehen, die ich ihr gerade geschenkt habe, dass es mich nicht wundern würde, wenn sich durch irgendeinen Zauber auch noch das dritte Herz komplett rot füllen würde. Mein Puls übertönt beinahe Caseys Stimme, der verkündet, dass er jetzt losmuss, wenn er seinen Zeitplan einhalten will.

Nachdem ich mich wieder einigermaßen beruhigt habe, fällt mir das »Fuß fassen in der Comic-Branche«-Panel um drei ein, zu dem Roxana und ich wollten, und außerdem, dass ich uns für ein persönliches Beurteilungsgespräch mit den beiden Künstlern angemeldet habe: Morgan Donnelly und Brandon Park, die als Team zufällig eins unserer größten Vorbilder sind.

Etwa um halb drei weihe ich Roxana ein.

»Ist nicht dein Ernst!«, ruft sie, wird jedoch gleich darauf furchtbar nervös beim Gedanken an das Gespräch.

»Warte, was für Zeichnungen von mir willst du ihnen denn zeigen?«

Da ursprünglich der ganze Tag als Überraschung für sie geplant war, habe ich ihr auch davon nichts erzählt, aber ich glaube, dass die Arbeitsproben, die ich aus »Die Freaks von der Magus High« ausgewählt habe, ihr und mein Können ganz gut widerspiegeln.

Sie blättert durch die fünf Seiten, die ich mitgebracht habe, und zögert bei einem Panel, das Professor Vollux bei seiner Verwandlung in ein Faultier zeigt. »Findest du, die Schattierungen hier«, ich gehe davon aus, dass sie mit mir redet, und will gerade antworten, wie großartig ich das Panel finde, dann aber dreht sie sich zu Devin um und beendet ihre Frage, »sehen richtig aus?«

Devin legt den Kopf schräg, um ihre Zeichnung zu begutachten, während ich die Zähne zusammenbeiße und nur hoffen kann, dass mir keine Vene platzt. Devin lässt sich schon beinahe unhöflich viel Zeit, bevor er schließlich sagt: »Absolut, ich finde, das ist ein supergelungenes Panel, Roxana.«

Roxana wirft ihm ein strahlendes Lächeln zu, von dem, als sie sich wieder mir zuwendet, nur ein schaler Rest übrig ist. »Okay! Dann mal los.«

Unnötig zu erwähnen, dass meine Laune nicht mehr annähernd so blendend ist wie noch kurz zuvor, als mir klar wird, dass Devin – natürlich – auch mitkommen wird und es außerdem irgendwie geschafft hat, mir einen Teil meiner Anerkennung für die Überraschung wegzuschnappen. Ich fange an, mich zu fragen, ob er nicht vielleicht über irgendeine Art von Superkräften verfügt: wie die Fähigkeit, naive Nerd-Mädels um den Finger zu wickeln.

Wir sind ziemlich früh dran für das Panel und bekommen gute Plätze ganz vorne. Devin und Roxana quatschen angeregt, während ich weiter vor mich hin brüte, doch als es dann losgeht, wenden wir alle unsere Aufmerksamkeit Morgan, dem Texter, und Brandon, dem Zeichner, zu, die über die geschäftlichen Prozesse hinter einer Comic-Veröffentlichung berichten. Sie gehen auf alle Aspekte ein, von der Erstellung eines Pilotbands über die Akquise von Agenten oder Verlagen bis hin zur eigenen Website und verschiedenen Marketingstrategien. Anschließend gibt es noch die kurze Gelegenheit, ihnen Fragen zu stellen, aber Roxana und ich sind beide so fieberhaft damit beschäftigt, uns Notizen zu machen, dass wir es nicht unter die drei glücklichen Fans schaffen, die dazu ausgewählt werden.

Am Ende kündigt Morgan an, dass die dreißig Leute, die sich für ein Beurteilungsgespräch angemeldet haben, nach vorne kommen und ihre Arbeitsproben abgeben können. Die Online-Anmeldung verlief nach dem Motto »Wer zuerst kommt, mahlt zuerst«, und ich kann mir ein kleines, selbstzufriedenes Lächeln nicht verkneifen, als ich die neidischen Gesichter einiger anderer sehe, während Roxana und ich uns in die Schlange stellen.

»Ich warte dann draußen auf euch«, informiert Devin uns unnötigerweise, obwohl ich erleichtert bin, dass er sich wenigstens nicht auch noch jetzt an uns klettet.

Roxana und ich haben gerade die Hälfte der Schlange hinter uns, als sie plötzlich darauf besteht, noch einmal die Seiten zu sehen.

»Das ist unsere beste Arbeit, Roxy«, erwidere ich beruhigend. »Das weißt du selbst.«

Sie nickt. »Ja … es ist nur, weil … vielleicht hätte ich das hier anders machen sollen.« Sie deutet auf ein Panel, das die mondbeschienene Silhouette des Schulgebäudes zeigt. Schlicht, aber wunderschön. »Ist das nicht ein bisschen klischeehaft?«, fragt sie.

»Ich finde es super, aber weißt du, der Sinn von dieser Aktion ist ja gerade, dass man ein Experten-Feedback zu seiner Arbeit bekommt. Damit wir uns beide noch verbessern können«, sage ich behutsam.

Sie schüttelt den Kopf und lacht dann. »Ja, klar, du hast recht«, sagt sie und schlägt die Mappe zu.

Als wir endlich an der Reihe sind, schütteln Morgan und Brandon uns die Hände, während wir beide erst mal damit herausplatzen, wie sehr wir ihre Arbeit bewundern.

»Danke, ihr zwei«, sagt Morgan. »Könntet ihr mir hierzu bitte noch den Titel sagen und ob es Teil einer Reihe ist? Und dann bräuchte ich noch eine kurze Zusammenfassung.«

»Klar«, sage ich, denn auf den Teil habe ich mich natürlich vorbereitet, gleich nachdem ich die Anforderungen für die Veranstaltung gelesen hatte. »Es ist Teil unserer Reihe ›Die Freaks von der Magus High‹. Darin geht es um eine Gruppe von Zauberschülern, die jeder in einer speziellen Disziplin extrem begabt sind, aber in allen anderen eher mittelmäßig. Was natürlich jede Menge Komik und Abenteuer mit sich bringt.«

Morgan lächelt. »Nicht schlecht.« Zusammen mit unseren Namen notiert er sich etwas in seinem Terminbuch und fragt dann, ob wir morgen Mittag um Viertel vor eins Zeit für die Besprechung haben. »Brandon und ich gucken uns heute Abend eure Arbeit an, und dann haben wir morgen eine Viertelstunde zusammen, um darüber zu reden. Okay?«

»Super«, erwidert Roxana, und als wir den Tisch verlassen, können wir es kaum fassen, dass Donnelly und Park wirklich unsere Arbeit lesen und darüber diskutieren werden.

»Als Nächstes gibt es ein Panel über ›Parallel Moon‹«, sage ich eilig, bevor wir bei Devin sind und er erneut alle meine Pläne zunichtemachen kann. »Parallel Moon« ist eine neue Scifi-Serie, die Roxana und ich vor Kurzem für uns entdeckt haben.

»Cool«, sagt sie. »Wer soll denn da sein?«

Ich nenne die drei Hauptdarsteller und den kreativen Leiter.

»Nichts wie hin«, erwidert sie, steuert dann schnurstracks auf Devin zu, der neben der Tür auf uns wartet, und erzählt ihm natürlich brühwarm von unserem Vorhaben.

»Die Serie finde ich auch super«, sagt er. *Na klaaar …* So langsam bekomme ich den Verdacht, dass er ein paar von diesen Interessen nur vortäuscht, um Roxy zu beeindrucken.

Dann aber fügt er hinzu: »Die letzte Folge war echt gut, oder? Besonders die Nebenhandlung mit Marina und dem Wirbelsturm. Ich hab das Gefühl, das wird vielleicht später noch mal wieder aufgenommen.«

Verdammt. Okay, er sieht gut aus, er ist Brite und dazu auch noch ein echter Nerd. Und ich bin total am Arsch.

Das Panel ist interessant, aber irgendwann ab der Hälfte fangen meine Gedanken an abzuschweifen. Als Nächstes steht das John-Hughes-Panel an, und obwohl ich längst beschlossen habe, meine große romantische Enthüllung auf morgen zu verschieben – wenn ich hoffentlich endlich das Zinc-Original in Händen halte –, werde ich langsam nervös. Was ist, wenn sich die perfekte Situation doch heute bietet, nach dem Panel und dem Film? Was ist, wenn einfach alles stimmt – dann muss ich die Gelegenheit ergreifen, oder?

Als Applaus das Ende der jetzigen Veranstaltung ankündigt, springe ich auf, schnappe mir Roxanas Hand und ziehe sie auf die Füße.

Sie lacht. »Huch! Warum denn so eilig?«

»Weil jetzt John Hughes kommt«, erkläre ich, und meine Stimme kippt ein bisschen. Ich räuspere mich.

Sie grinst. »Bin schon total aufgeregt«, sagt sie, dann aber wendet sie sich Devin zu, um einen Kommentar über irgendein Detail aus den nächsten paar »Parallel Moon«-Folgen zu machen.

Ich runzele die Stirn. Sie behauptet zwar, aufgeregt zu sein, aber eigentlich hatte ich mir etwas mehr Begeisterung erhofft. Habe ich vielleicht überschätzt, wie sehr sie sich freuen würde, oder gibt sie sich nur wegen Devin so cool? Als wollte sie vor ihm möglichst intellektuell wirken. Was echt bescheuert wäre, wenn man bedenkt, dass sie gleich ein paar ihrer Lieblingsschauspieler sehen wird, die über ihren absoluten Lieblingsfilm reden.

Wir verlassen den Konferenzraum und müssen nur ein paar Türen weiter zum nächsten. Dort hat sich schon eine Warteschlange gebildet, aber nach einer Weile sind wir drin und ergattern Plätze irgendwo in der Mitte. Wieder werde ich nervös. Aber wenigstens zappelt jetzt auch Roxana ein bisschen auf ihrem Stuhl herum.

»Oh Mann. Ich kann's gar nicht glauben, dass wir wirklich hier sind«, flüstert sie mir zu. Ich lächele, denn das klingt schon viel mehr nach meiner Roxana. »Ich hab irgendwie das Gefühl, dass deine Mom mit uns hier ist. Ist das nicht verrückt?«

Ich lache und schüttele den Kopf. »Überhaupt nicht. Ich glaube, meine Mom wäre definitiv cool genug, um mit uns durch die Comic-Con zu spuken, erst recht für dieses Panel.«

Ein paar Sekunden später tritt ein Moderator ans Mikrofon und das Publikum wird leiser. Ich erkenne den Mann. Er schreibt Filmkritiken für »Entertainment Weekly«, und ich glaube, meine Mom kannte ihn persönlich. Jedenfalls führt sie ihn in der Danksagung in einem ihrer Bücher auf. Er redet ein bisschen über John Hughes, umreißt kurz die Handlung von »Pretty in Pink« – es geht um ein Mädchen aus einfachen Verhältnissen, das sich in einen reichen Jungen aus der Schule verliebt, wodurch sich natürlich alle möglichen Komplikationen ergeben – und moderiert dann die Podiumsdiskussion an. Die drei Hauptdarsteller des Films nehmen ihre Plätze ein: Molly Ringwald, die das Mädchen, Andie, spielt, Andrew McCarthy, im Film Blane, der reiche Typ, und Jon Cryer, Andies freakiger Freund Duckie, der ebenfalls unsterblich in Andie verliebt ist. Dann folgen noch Anthony Michael Hall, der zwar nicht in »Pretty in Pink« dabei war, dafür aber in ziemlich vielen anderen Hughes-Filmen, und dort oft die Streber-Rollen gespielt hat, und schließlich Howard Deutch, der Regisseur.

Ohrenbetäubender Applaus bricht los und ebbt dann gleich wieder ab, weil alle hören wollen, was die fünf zu sagen haben.

Der Moderator bittet sie als Erstes, ihre Arbeit mit John Hughes zu beschreiben und zu erklären, was sein Werk ihrer Meinung nach so zeitlos macht. Molly Ringwald, die Hauptrollen in drei seiner bekanntesten Filme gespielt hat, antwortet, dass er sich einfach wunderbar in die Köpfe von Teenagern hineindenken konnte und sie als vollwertige Persönlichkeiten ernst genommen hat, anstatt Karikaturen aus ihnen zu machen. Jon Cryer betont, wie viel Herz in jedem von Hughes' Filmen steckt, und Anthony Michael Hall lobt ihre unnachahmliche Komik.

Als Nächstes werden die fünf über ihren Status als Teenie-Idole in den Achtzigern befragt, und sie alle antworten, wie anders das Leben damals noch war, bevor soziale Netzwerke aufkamen und man rund um die Uhr erreichbar sein musste. Andrew McCarthy erzählt eine witzige Anekdote über einen Fotoshoot für die »Teen Beat« in der Prä-Internet-Ära, als noch niemand auf die Idee gekommen wäre, dass einen so was Jahre später noch einholen könnte.

»Ich wollte noch mit euch über das Ende von ›Pretty in Pink‹ reden«, sagt der Moderator schließlich. »Also so, wie wir es alle kennen, mit Andie und Blane auf dem Parkplatz beim Abschlussball …« Er drückt eine Taste und auf der Leinwand hinter ihm erscheint ein Standbild aus der betreffenden Szene. Zu sehen sind Molly Ringwald und Andrew McCarthy auf dem Parkplatz, kurz bevor sie sich küssen. »Das war doch ursprünglich gar nicht so vorgesehen, oder?«

»Stimmt«, antwortet Jon Cryer. »Eigentlich sollte ich nämlich das Mädchen kriegen! Andie hätte mit Duckie zusammenkommen sollen.«

»Genau, Andie hätte mit Duckie zusammenkommen sollen«, wiederholt der Moderator. »Mit ihrem besten Freund, der sie von Anfang an so geliebt hat, wie sie wirklich war. Aber ich glaube, es war sogar jemand von euch, der dafür plädiert hat, das Ende neu zu schreiben, stimmt's?«

Er blickt einen nach dem anderen eindringlich an, bis schließlich Molly Ringwald die Hand hebt.

»Schuldig«, sagt sie.

»Dann erklär doch bitte jetzt mal diesem Saal voller Nerds«, entgegnet der Moderator, woraufhin das Publikum in Gelächter ausbricht, »warum du nicht wolltest, dass Andie mit Duckie zusammenkommt.«

Auch Molly lacht.

»Ja, klasse, hetz sie ruhig alle gegen mich auf!« Sie dreht sich um und sieht hoch zu dem Standbild von Blane und Andie. »Na ja, wisst ihr, Andies und Duckies Freundschaft war einfach so was Besonderes. Ich glaube ganz fest daran, dass sie ihr Leben lang Freunde geblieben sind. Und wenn es zu so was gekommen wäre«, sie deutet auf den sich anbahnenden Kuss hinter sich, »hätte das früher oder später wahrscheinlich alles zwischen ihnen zerstört. Dann wären sie heute, dreißig Jahre später, mit Sicherheit keine Freunde mehr. Sie hätten einander aus den Augen verloren. Versteht ihr?«

Ich erstarre.

»So 'n Schwachsinn«, brummt Jon Cryer scherzhaft, und wieder lachen alle. »Nee, schon in Ordnung. Ich bin halt ein bisschen verbittert, denn, wie gesagt, *ich* hätte das Mädchen kriegen sollen. Aber dann muss natürlich Andrew vorbeikommen mit seinen tollen Haaren –«

»Deine Haare waren in dem Film ja wohl auch ziemlich spektakulär, Kumpel«, merkt Andrew an.

Der Moderator drückt eine weitere Taste und auf dem Bildschirm erscheint das bekannte Bild von Jon Cryer als Duckie mit seiner Schmalzlocke, einem gelben Blazer mit hochgekrempelten Ärmeln und weißen Schlangenlederschuhen.

Jon wirft einen Blick darauf. »Stimmt. Das war doch mal 'ne Frisur.« Er wendet sich an Molly. »Versteh ich nicht – warum genau hast du dich noch mal nicht für diesen Typen entschieden?«, witzelt er.

Molly schlägt sich die Hände vors Gesicht.

»Keine Ahnung! Oh Mann, hab ich etwa doch danebengelegen? Hätten Andie und Duckie zusammenkommen sollen?«

Jubel bricht los, und ich gebe gern zu, dass ich einer der lautesten Johler bin.

Dann meldet sich Howard Deutch zu Wort. »Gut, aber jetzt mal im Ernst, ich glaube, Mollys Instinkt war genau richtig«, sagt er. »Wir haben nämlich tatsächlich erst das ursprüngliche Ende gedreht, das, in dem Andie mit Duckie zusammenkommt, und das war eine Katastrophe. Die Szene, die ihr gerade gezeigt habt, haben wir erst im Anschluss an die Testvorführungen nachgedreht. Da waren Andrews tolle Haare übrigens in Wirklichkeit eine Perücke.«

Der Moderator ruft abermals das Standbild von Andie und Blane auf.

»Was man meiner Meinung nach auch total sieht«, bemerkt Andrew lachend. »Da hatte ich mir nämlich schon die Haare für einen anderen Film abrasiert. Mann, hat das Ding vielleicht gekratzt.«

»Ich glaube, das neue Ende hat die Message des ganzen Films zum Positiven verändert«, fährt Howard fort. »Es zeigt, dass zwei junge Menschen aus vollkommen unterschiedlichen Verhältnissen zueinanderfinden können. Außerdem hat die Chemie zwischen Molly und Andrew einfach gestimmt. Während, wie Molly schon gesagt hat,

Mollys und Jons Beziehung eher auf Freundschaft beruhte.«

»Okay, also jetzt wirklich mal Spaß beiseite«, unterbricht Jon Cryer ihn, »ich glaube, das ist alles vollkommen richtig.«

Das Gespräch plätschert noch eine Weile weiter, wendet sich Themen wie Kostümen und schließlich Musik zu, aber ich kann mich nicht mehr konzentrieren. Sind die denn alle überzeugt, dass das stimmt? Dass sich aus einer großartigen Freundschaft nicht mehr entwickeln kann? Dass man damit nur alles kaputt machen würde? War Duckie wirklich zu geekig für Andie? Und was hat das Ganze mit Haaren zu tun? Aus dem Augenwinkel werfe ich einen verstohlenen Blick auf Devins stylische Frisur und könnte Gift und Galle spucken.

Zum Schluss gibt es eine offene Fragerunde, und wie immer lassen sich die meisten, die sofort zum Mikro sprinten, über die hirnverbranntesten Nichtigkeiten aus. Ein Typ hält es für angebracht, auf jede noch so kleine Ungereimtheit im Film zu verweisen (zum Glück stoppt der Moderator ihn nach der dritten). Ein anderer fragt, ob sie sich eigentlich nicht albern vorgekommen seien, Andie als gute Schneiderin hinzustellen, wo doch ihr letztes Outfit, das titelgebende pinke Kleid, eine so offensichtliche Katastrophe war. Ein dritter will bloß, dass die Stars auf dem Podium seine weißen Schlangenlederschuhe signieren.

Als das Panel endet, gibt es noch mehr Applaus und Gejohle. Ich drehe mich zu Roxana um und sehe, dass sie von einem Ohr zum anderen grinst. Sie wendet mir ihr strahlendes Gesicht zu, und ich kann nicht anders, als zurückzustrahlen.

Vielleicht sollte ich einfach nicht so viel darauf geben, was mit irgendwelchen erfundenen Teenies von vor dreißig Jahren passiert ist. Das hier ist *mein* Leben, *meine* Geschichte.

»Der Film fängt erst in einer halben Stunde an«, sage ich, und Roxy nickt.

»Hey.« Devin lehnt sich zu uns rüber, in einer Hand sein Telefon. »Hättet ihr nicht vielleicht Lust, was anderes zu machen?«

»Was denn?«, fragt Roxana.

*Genau, was denn?*, denke ich und knirsche unauffällig mit den Zähnen.

»Mein Cousin, bei dem ich gerade wohne, arbeitet in einer Karaoke-Bar hier ganz in der Nähe. Er fragt, ob ich heute Abend nicht vorbeischauen und ein paar Freunde mitbringen will. Wir kommen auch umsonst rein.« Devin hebt sein Handy. »Am besten wäre es, wenn wir so gegen sechs da wären, bevor es richtig voll wird.«

Roxy sieht tatsächlich aus, als würde sie ernsthaft darüber nachdenken, was ja wohl absolut lächerlich ist. »Na ja, wir müssen den Neun-Uhr-Zug nach Hause nehmen, aber …« Sie streicht sich mit der Hand über den Hinterkopf. »Klar, wieso nicht?«

»Was?«, fasse ich meinen Unmut schließlich in Worte. »Ist das dein Ernst? Aber ›Pretty in Pink‹ … das ist doch einer unserer Lieblingsfilme.«

»Ich weiß, Graham, darum haben wir ihn ja auch schon hundert Mal gesehen. Viel mehr kam es doch auf die Diskussion gerade an.«

Sie deutet auf das inzwischen leere Podium.

»Komm schon, Mann, das wird lustig!«, drängt nun auch Devin, während er und Roxana aufstehen und sich zum Ausgang wenden. »Bring ruhig auch Casey mit oder wen immer du willst! In diese Kabinen gehen bis zu zehn Leute.«

Wie betäubt tapse ich hinter den beiden her. Jetzt soll ich also Karaoke singen? Geht's noch?

Immer noch schockiert schreibe ich Casey. **ÄÄÄH ... DEVIN MEINT, ER KANN UNS UMSONST IN EINE KARAOKE-BAR BRINGEN, UND ROXY WILL HIN, STATT DEN FILM ZU GUCKEN. DEVIN SAGT, DU BIST AUCH EINGELADEN.**

Auf meinem Handy erscheinen die drei Pünktchen, die mir zeigen, dass Casey zurückschreibt. Aber es dauert ziemlich lange, was bedeutet, dass Casey entweder einen Roman tippt oder Schwierigkeiten hat, seine Gedanken über diese gequirlte Scheiße von neuer Entwicklung in Worte zu fassen.

Endlich kommt eine kurze Nachricht, die eher auf Letzteres hindeutet. **WILL EIGENTLICH NOCH NICHT WEG. ODER ... BRAUCHST DU MICH IRGENDWIE DA?**

Ob ich ihn brauche? Hallo? *So kurz vor dem Nervenzusammenbruch stehe ich auch wieder nicht*, denke ich trotzig. In der nächsten Sekunde jedoch packt mich das schlechte Gewissen. Armer Case. Es muss ihn den letzten Rest seiner sozialen Kompetenz gekostet haben, überhaupt auf die Idee zu kommen, dass ich in dieser Sache Unterstützung brauchen könnte.

**NEE, SCHON OKAY. VIEL SPASS NOCH. BETE EINFACH UM IRGENDEIN WUNDER/DESASTER, DAMIT MIR DER MIST DOCH NOCH ERSPART BLEIBT ...**

# 18. Kapitel

## Dies ist (k)ein Liebeslied

Das Wunder/Desaster bleibt aus.

Wir überqueren ein paar Straßen, lassen die Penn Station hinter uns und landen schließlich vor einem Gebäude, an dessen Fassade in Neonbuchstaben »SING OUT!« steht.

Ich glaub's einfach nicht, dass mein bis ins Detail geplanter Tag jetzt so den Bach runtergeht.

»Da ist er ja!«, ertönt plötzlich eine weitere Stimme mit britischem Akzent, und ein kleiner, tätowierter Typ mit dunkelblondem Haar hält uns die Tür auf. Er klopft Devin auf den Rücken, als er vorbeigeht.

»Kommt erst mal rein«, sagt er dann lächelnd zu Roxana und mir. »Bekannt machen können wir uns drinnen, okay?« Dann dreht er sich zu dem massigen Türsteher um, der hundertfünfundzwanzig Prozent des Barhockers vor dem Eingang einnimmt. »Die drei gehören zu mir.«

Der Türsteher mustert uns kurz und grunzt dann missbilligend. »Okay, aber kein Alkohol, klar, Ryan?«

»Natürlich nicht! Nur singen, versprochen.« Er setzt abermals ein preisverdächtiges Grinsen auf, das, wie ich langsam vermute, in der Familie liegen muss, und dreht sich dann wieder zu uns um. Obwohl es gerade mal sechs ist, steht in der Mitte des Hauptraums schon ein Mädchen und schmettert aus vollem Hals »Wrecking Ball«. Ein paar Leute sitzen an der Bar und blättern in dicken Büchern.

»Wir haben einen separaten Raum. Hier lang«, sagt Ryan und führt uns durch einen engen, von dunkelroten Lampen erleuchteten Flur bis zu einer Tür mit der Nummer neun daran.

Wir betreten ein kleines Zimmer mit ledergepolsterten Bänken an den Seitenwänden. Drinnen ist es dunkel bis auf rot-grünes Licht, das über die Wände huscht. Das Ganze hat ein bisschen was von einem Weihnachts-Rave. Auf einem Tisch in der Mitte liegen mehrere Mikrofone und Tamburine bereit und ebenfalls ein paar der dicken Bücher, die ich schon draußen gesehen habe. Außerdem wartet in dem Raum ein lächelndes blondes Mädchen auf uns. Als wir reinkommen, steht sie auf und sagt Hallo.

»Gut, dann mal los mit der Kennenlernrunde.« Ryan stellt sich und seine Freundin Elise vor. Danach macht Devin das Gleiche mit Roxana und mir.

»Ist das euer erstes Mal beim Karaoke?«, fragt Ryan.

»Äh, ja?«, antworte ich und kann mich gerade noch

davon abhalten hinzuzufügen: *Ich bin sechzehn, du Depp, was denkst du denn?*

»Ist total einfach«, fährt Ryan fort. »In den Büchern da könnt ihr nach Song auswählen und in dem hier nach Künstler, alles alphabetisch geordnet. Ein paar von den neuesten sind ganz hinten drin. Sucht euch einfach einen Song aus, gebt die sechsstellige Nummer ein«, er hebt eine kleine Fernbedienung hoch, die auf dem Tisch lag, »und drückt ›Enter‹. Ihr könnt die ganze Zeit über Songs speichern. Die Maschine spielt sie dann nacheinander ab.«

»Klingt super, danke!«, sagt Roxana, während ich bloß nicke. Ich muss wohl nicht erwähnen, dass ich nicht vorhabe, hier tatsächlich ein Liedchen zu trällern.

»Will einer von euch anfangen?«, fragt Ryan uns, woraufhin wir beide die Köpfe schütteln, Roxana mit einem nervösen Lachen.

»Okay, dann wollen wir mal ein bisschen Stimmung in die Bude bringen, was, E?« Ryan wendet sich seiner Freundin zu, die nickt. »Wie wär's mit einem Klassiker für den Anfang?«

Elise schnappt sich die Fernbedienung und gibt eine Nummer ein, ohne auch nur ins Buch zu gucken. Aus den Boxen dringen die ersten Takte von »Don't Go Breaking My Heart«, und die beiden gehen, jeder ein Mikro in der Hand, auf gegenüberliegenden Seiten des Raums in Position.

Ich weiß nicht, was ich erwartet hatte, vielleicht zwei angehende Castingshow-Kandidaten, so karaokeerfahren, wie die beiden rüberkommen, doch das Gegenteil ist der Fall. Ryan und Elise sind komplett unmusikalisch – schwer zu sagen, wer von ihnen schlimmer singt. Aber das, was sie an Talent vermissen lassen, machen sie durch ihre Begeisterung wett. Sie legen sich richtig ins Zeug, mit jeder Menge dramatischem Ausdruck und einer regelrechten Choreografie.

Ich gebe es nur ungern zu, aber das Ganze ist herrlich albern. Als die beiden fertig sind, applaudieren Devin und Roxana stürmisch, und selbst ich habe ein dümmliches Grinsen im Gesicht.

»Wer will als Nächstes?«, fragt Ryan mit einem Blick zu mir und Roxy. Wir schütteln immer noch beide die Köpfe. »Okay, dann Devin. Alter, du musst wohl mal dafür sorgen, dass deine Freunde sich ein bisschen entspannen. Glaubt mir, wenn ihr dachtet, *ich* wäre schlecht, wartet ab, bis ihr meinen lieben Cousin hört.«

»Okay, Moment noch. Vielleicht probiere ich mal was Neues aus.« Ein verschmitztes Funkeln tritt in Devins Augen, als er durch das Buch mit den Liedern blättert und schließlich eine Nummer in die Fernbedienung tippt. Bevor der Song losgeht, erscheint der Titel auf dem Bildschirm. »Roxanne« von The Police.

Sobald das Lied mit dem ersten »Roxanne« einsetzt, wirft Devin sich vor Roxana auf die Knie und singt aus vollem Hals. Sie kichert.

Und ich kann nur ungläubig zusehen, wie er ihr sein Ständchen bringt. Nicht zu fassen. Abgesehen davon, dass Ryan recht hatte und Devin in mindestens drei verschiedenen Tonarten singt, aber … »Roxanne«? Im Ernst jetzt? In dem Lied geht's um eine Prostituierte!

Doch gerade als ich denke, dass Roxy stinksauer sein muss, fällt mir auf, dass sich ihre Augen in riesige, schimmernde Teiche verwandelt haben. Sie sieht aus, als wäre sie geradewegs einem Manga entsprungen.

Oh mein Gott. Was geht hier ab?

Manchmal scheint die Zeit quälend langsam zu verstreichen, zum Beispiel, als Devin Roxana überzeugt, ein Duett aus »Grease« mit ihm zu singen, und plötzlich wieder rasend schnell, immer dann nämlich, wenn entweder Ryan oder Elise zum Mikro greifen und ich nicht anders kann, als mich über ihre liebenswerte Performance kaputtzulachen. Zwischen 19:02 Uhr und 19:23 Uhr gucke ich im Minutentakt auf die Uhr. Und dann, als ich das nächste Mal einen Blick darauf werfe, ist es plötzlich acht.

Ich habe noch immer kein einziges Mal gesungen, trotz der zahlreichen Überredungsversuche der anderen. Nee, Leute, das muss ich mir echt nicht geben.

Nachdem Elise und Roxana zusammen irgendeinen Spice-Girls-Song totgekreischt haben, zeigt meine Uhr endlich das an, worum ich sie schon den ganzen Abend anflehe: 20:30 Uhr. In zwanzig Minuten fährt unser Zug. Freudestrahlend weise ich Roxy darauf hin. »Wir müssen los! Und zwar pronto, wenn wir es rechtzeitig zum Bahnhof schaffen wollen«, füge ich zur Bekräftigung hinzu.

Sie sieht mich an und ihre Hand huscht hoch zu ihrem Hinterkopf. Dann zieht sie mit einem triumphierenden Funkeln in den Augen ihr Handy hervor und fängt an, etwas zu tippen. Eine Minute später brummt ihr Telefon und sie grinst.

»Entschuldigt mich kurz, ja?«, sagt sie und verlässt mit ihrem Handy den Raum.

Niemand außer mir scheint sich zu fragen, wo sie wohl hinwill. Elise singt gerade, und sowohl Ryan als auch Devin sind vollauf damit beschäftigt, sich den nächsten Song zum Verhunzen auszusuchen. Ich würde allerdings schon gern wissen, was Roxy im Schilde führt.

Also spähe ich raus in den dunkelrot erleuchteten Flur. Keine Spur. Ob sie auf die Toilette gegangen ist? Aber wem hat sie dann vorher geschrieben?

Ich mache mich trotzdem auf den Weg und halte Ausschau nach ihr. Als ich den Hauptraum erreiche, sehe ich mich dort um. Inzwischen ist es voller geworden, und die meisten Leute starren ganz hin und weg zu dem Typen mit dem Mikro hoch, der gerade einen Eminem-Song rappt, und das gar nicht mal so schlecht. Leider ist meine beste Freundin nicht Teil seines begeisterten Publikums.

Sie hat ihre Jacke nicht mitgenommen, also hat es vermutlich nicht viel Sinn, aber … nur für alle Fälle öffne ich die Eingangstür und werfe einen Blick nach draußen.

Und da steht sie, leicht fröstelnd, ihr Handy am Ohr. Mit der rechten Hand hält sie sich das andere Ohr zu, um den Straßenlärm auszublenden, aber ich verstehe klar und deutlich, was sie sagt. »Darum wollte ich nach der Comic-Con noch ein bisschen mit zu Felicia. Wir schreiben am Montag einen Mathetest, vor dem wir beide ein bisschen Angst haben, und wir dachten, wir könnten den Stoff noch mal zusammen durchgehen.« Sie hält inne und wartet die Antwort ab. »Mitternacht, okay«, sagt sie schließlich. »Bis dahin bin ich auf jeden Fall zu Hause. Danke, Baba, bis später dann.«

Sie legt auf und lächelt stolz, als sie mich sieht.

»Noch mehr Lügen?«, frage ich, und es klingt ziemlich vorwurfsvoll, das merke ich selbst. Aber ich bin nun mal absolut nicht begeistert.

Sie schnaubt. »Meine Güte, jetzt entspann dich mal. Bist du mein Babysitter oder was?« Meine Stirn bleibt gerunzelt, also fügt sie in ebenso vorwurfsvollem Ton hinzu: »Das Ganze gestern war ja wohl deine Idee – ›Hey, Roxy, schwänz doch einfach die Schule und lüg deine Eltern an‹, schon vergessen?«

Okay, aber das heute war es ganz sicher nicht. Und um ehrlich zu sein, habe ich so meine Zweifel, ob es überhaupt *Roxanas* Idee ist. Diese neue, rebellische Roxy, die spontan Pläne über den Haufen wirft, Duette singt und, ohne mit der Wimper zu zucken, ihre Eltern anlügt – ich erkenne sie gar nicht mehr wieder. Und irgendwie werde ich den Verdacht nicht los, dass das alles Devins Schuld ist.

Roxana will wieder reingehen, doch der Türsteher lässt uns nicht durch. *Auch gut*, denke ich. *Jetzt kommen wir nicht mehr rein und das Problem erledigt sich von selbst.*

Blöderweise ist es jedoch derselbe Türsteher wie am Anfang, und als Roxy sagt, dass wir zu Ryan gehören, erinnert er sich und winkt uns durch. So viel dazu.

Als wir zurück in unseren Karaoke-Raum kommen, sehen wir direkt, dass wir Zuwachs bekommen haben: von einem kleinen Bierfass inklusive Plastikbechern. »Verratet's keinem«, beschwört Ryan uns augenzwinkernd. Dann schenkt er einen Becher voll und reicht ihn Roxana.

Einen Moment lang starrt sie bloß darauf, dann nimmt sie einen Schluck und verzieht das Gesicht.

»Ach komm, so fies ist es ja wohl auch wieder nicht.« Devin lacht. »Wir haben sogar richtig was springen lassen und uns die zweitbilligste Marke geleistet.«

Roxana grinst und nippt gleich noch einmal an ihrem Bier. Auch diesmal schneidet sie unwillkürlich eine Grimasse. Aber ich registriere, dass sie den Becher trotzdem nicht wegstellt.

»Okay, also liegt es an diesem speziellen Bier oder magst du einfach generell keins?«, erkundigt sich Devin geradezu rührend hilfsbereit. »Wir können ja auch was anderes besorgen.« Als ob das der größte Anlass zur Sorge wäre – dass Roxana kein Bier mögen könnte – und nicht die Tatsache, dass sie in den letzten vierundzwanzig Stunden ihre Persönlichkeit komplett auf links gekrempelt hat. Denn ich weiß ganz genau, dass sie noch nie zuvor Alkohol probiert hat.

»Ich trinke einfach nicht so oft Alkohol«, lügt sie schon wieder.

»Oh«, sagt Devin, und dann, nach kurzem Überlegen, schlägt er sich die Hand vor die Stirn. »Ach so, klar. Hab ich total vergessen. Hier ist es schwierig mit dem Trinken, wenn man noch nicht volljährig ist, stimmt's? Ich meine, in Großbritannien darf ich natürlich schon, aber da nimmt das auch keiner so genau wie hier. Du musst das nicht runterwürgen, wenn du nicht willst.«

Roxana lächelt nur und trinkt noch einen Schluck. »Schon okay. Man muss ja offen für Neues sein, oder?«

Langsam reicht's mir echt. Aber ich kann nichts mehr dazu sagen, nicht nachdem sie sich vorhin schon über mein angebliches Babysitter-Gehabe beschwert hat.

»Graham?« Jetzt hält Ryan auch mir einen vollen Becher hin. Ich starre auf die bernsteinfarbene Flüssigkeit. Wenn ich's mir recht überlege: Warum eigentlich nicht? Ich nehme ihn.

Lecker ist definitiv anders. Aber ich trinke meinen Becher schneller aus als Roxana ihren. Und als Ryan fragt, ob ich noch mehr will, nicke ich. Den dritten schenke ich mir gleich selbst ein.

Irgendwann drückt mir Elise das Karaoke-Buch in die Hand. »Na los, Graham. Du musst wenigstens ein Lied singen. Ist gar nicht schlimm, wenn du dich erst mal überwunden hast, glaub mir. Es macht echt Spaß.«

Ich bin immer noch nicht versessen darauf, aber mein Widerstand ist geschwächt, also nehme ich das Buch, und wenn auch nur, damit sie endlich lockerlässt. Ich blättere ein bisschen, bevor mir ein Song ins Auge fällt. Er heißt »Something on the Quiet« und ist von einer eher unbekannten britischen Band namens Silver Bells, die mein Dad manchmal hört. Der Song ist schon älter, aus den Sechzigern, mit einer Menge *Doo-wops* und

*Ooh-aahs* drin. Ich höre ihn sofort in meinem Kopf, bis zur letzten Zeile des Refrains: »*I'm in love with you.*« Und bevor ich noch mal darüber nachdenken kann, tippe ich schon die Nummer in die Fernbedienung.

Zuerst aber singen die vier anderen noch die Lieder, die sie schon vorher eingespeichert haben. Einmal streicht Devin Roxy über die kurzen Haare an ihrem Hinterkopf und mir wird beinahe schlecht. Ich hole mir noch ein Bier.

Dann setzen die ersten Takte meines Songs ein. Die anderen, die sich wundern, wer sich den ausgesucht hat, sehen sich fragend um. Als ich zögerlich die Hand hebe, quietscht Elise vor Begeisterung los, und auch die anderen klatschen und feuern mich an.

Elise überreicht mir das Mikro und ich stehe auf. Was soll's, dann habe ich jetzt einfach meinen Spaß und kann vielleicht sogar unauffällig ein bisschen Dampf ablassen. Roxana bekommt sowieso nicht mit, dass ich den Song insgeheim für sie singe. Dass ich ihr gerade mein Herz ausschütte.

»*Can I tell you something on the quiet? Though maybe you already know*«, singe ich die ersten Zeilen, wobei ich mich unwillkürlich meiner besten Freundin zuwende, meiner heimlichen Traumfrau. Sie grinst.

»*I'll whisper it soft and light. 'Cause sometimes words can ignite and explode*«, singe ich weiter.

»Wow! Du hast ja 'ne tolle Stimme!«, ruft Elise begeistert, und Roxana nickt zustimmend. Die Jungs schmettern immer an den passenden Stellen die *Woo-hoos* mit.

Irgendwann lese ich den Text auf dem Bildschirm überhaupt nicht mehr mit, sondern sehe beim Singen nur noch Roxana an. Es ist ein so schlichter Song, noch dazu ein uralter. Aber das spielt keine Rolle. Denn er sagt alles, was ich loswerden will.

*I don't want to sound an alarm.*
*I don't want to cause any harm.*
*We're friends to the end.*
*That's truer than true.*
*But I've been holding on*
*For far, far too long*
*To what's in my heart:*
*I'm in love with you.*

Als ich schließlich die Worte ausspreche, die mich dazu veranlasst haben, diese Nummer einzugeben, sehe ich, wie sich etwas in Roxanas Gesicht verändert. Ihr Mund formt sich zu einem kleinen O und sie starrt mich an. In diesem Moment wird mir klar: Sie weiß Bescheid.

Ich habe gerade meiner besten Freundin gestanden – nein: vorgesungen –, dass ich in sie verliebt bin.

# 19. Kapitel

## Herzen in Aufruhr

Dann ist der Song zu Ende und Devin, Elise und Ryan applaudieren. Roxana dagegen steht wortlos auf, nimmt mich an der Hand und zieht mich aus dem Raum. Mein Herz wummert im Takt des Songs, der gerade aus der Karaoke-Maschine vorne an der Bar schallt. Die dunkelrote Flurbeleuchtung lässt alles noch mal doppelt so surreal wirken: Bin ich gerade auf dem Weg zum Schafott oder ins Paradies?

Roxana hält direkt auf den Vorderausgang der Bar zu und schleift mich hinter sich her. Doch kaum dass wir draußen sind, lässt sie mich los, marschiert ein Stück weiter und fährt sich mit den Händen durchs Haar, bevor sie sich zu mir umdreht.

»Was …«, setzt sie an, leicht außer Atem, »was war das denn gerade?«

Mir wird klar, dass ich jetzt zwei Möglichkeiten habe:

Ich könnte so tun, als hätte ich keinen Schimmer, wovon sie redet. *Was war was?*, könnte ich fragen. Als hätte ich bloß irgendeinen x-beliebigen Song gesungen. Denn so hatte ich das Ganze natürlich überhaupt nicht geplant. In keinem einzigen der vielen Szenarien, die ich mir vorher ausgemalt habe, den realistischen sowie den komplett zusammenfantasierten, habe ich mich einen kitschigen alten Song beim Karaoke-Schmettern gesehen.

Aber das spielt jetzt sowieso keine Rolle mehr. Es ist passiert und ich kann nichts davon mehr ungeschehen machen. Also nehme ich all meinen Mut zusammen und entscheide mich für Möglichkeit Nummer zwei. Und diesmal sage ich es mit meinen eigenen Worten, so schlicht wie nur möglich.

»Ich bin in dich verliebt, Roxana. Ich liebe dich.«

Wie vom Donner gerührt starrt sie mich an. Sie schüttelt den Kopf, guckt auf den Asphalt zu ihren Füßen, dann wieder zu mir hoch, immer im Wechsel, und die ganze Zeit schüttelt sie den Kopf. Das Schweigen zwischen uns dehnt sich aus auf Jahre, Jahrzehnte.

Bis sie es schließlich bricht. »Wie? Und seit wann?«, krächzt sie.

»Ich … *Wie?* Was meinst du damit?«

»Ach, egal … Also seit wann?«

»Ich glaube, na ja, schon länger«, stammele ich zögerlich, denn obwohl ich monatelang an einer ganz bestimmten Version gefeilt habe, wollen die sorgsam zurechtgelegten Worte einfach nicht rauskommen. »Aber richtig klar geworden ist es mir erst diesen Sommer. An dem Morgen, nachdem das mit deiner Großmutter passiert ist, bin ich aufgewacht und da … war es mir einfach klar.« Ich mustere ihr kalkweißes Gesicht, ihren Mund, der immer noch zu diesem kleinen O verzogen ist, und mit einem Mal packt mich der Frust. »Ach komm, Roxy. Du willst mir doch wohl nicht erzählen, dass du nichts davon wusstest. Dass nicht irgendein winziger Teil von dir …«

»Gar nichts wusste ich!«, schreit sie mich förmlich an.

»Also hast du nie auch nur mal eine Sekunde darüber nachgedacht, dass du und ich mehr sein könnten als bloß Freunde?« Auch meine Stimme wird jetzt lauter.

»Natürlich hab ich das!«

Das reißt mich aus meiner Verzweiflung. »Moment mal … ja?«

»Was denkst du denn?«, entgegnet sie und fängt an, auf und ab zu tigern, wobei sie sich pausenlos über den Hinterkopf streicht. »Du bist schließlich ein Junge und wir sind zusammen aufgewachsen. Wir waren ständig zusammen in der Zeit, als mir klar wurde, dass man sich in Jungs verlieben kann und dass sich das anders anfühlen kann als reine Freundschaft. Und natürlich gab es Momente …«

Sie starrt auf ihre Hände, und ich frage mich, ob sie wohl auch an die Nacht im Krankenhaus denkt – an unsere miteinander verschlungenen Finger. Mit angehaltenem Atem warte ich, dass sie weiterredet, doch das tut sie nicht, sondern marschiert einfach auf und ab und zerstrubbelt sich die Haare, bis sie in alle Richtungen abstehen. Ich sehe, wie die Pixelherzen an ihrem Hals wie wild von einer Seite zur anderen schwingen, und kann nur auf jenes letzte Herz starren, das nur zur Hälfte gefüllt ist. Oder, je nach Sichtweise, zur Hälfte leer.

Als ich das Gefühl habe, das Schweigen nicht länger ertragen zu können, spreche ich das verheerende Wort aus, von dem ich weiß, dass es zwischen uns in der Luft hängt: »Aber …«

Nach ein paar weiteren endlosen Sekunden kommt sie schließlich direkt vor mir zum Stehen und sieht zu mir hoch. »Aber … es ist halt nie was passiert. Und da ist mir klar geworden, wie das mit uns ist. Wir sind beste Freunde. Wir machen alles zusammen. Was ist mit den ›Freaks‹? Damit, wie entspannt immer alles zwischen uns ist? Willst du das wirklich aufs Spiel setzen?«

Mein Herz scheint ins Bodenlose zu stürzen, sich in den Asphalt unter mir zu graben. Vielleicht sitzt es auch schon längst in der U-Bahn – nur weg von hier. Denn mir ist natürlich klar, was Roxana sagen will. Dass ich irgendwie den richtigen Moment verpasst habe und die Vorstellung von uns als Pärchen es ihr nicht wert ist, unsere Freundschaft aufs Spiel zu setzen. Dass *ich* es ihr nicht wert bin.

Ich schlucke und spüre die Erschütterung bis in meine hohlen Glieder. »Tja … und was jetzt?«, sage ich, mehr zu mir selbst.

Nur dass Roxana das nicht so interpretiert. »Genau. Was jetzt, Graham?« Sie wirft die Hände in die Luft. Sie wirkt ernsthaft sauer und mit einem Mal packt mich auch die Wut. Immerhin habe ich ihr gerade mein Herz ausgeschüttet. Und sie hat mich eiskalt abblitzen lassen. Und jetzt ist *sie* sauer auf *mich*?

Ein paar Sekunden lang starren wir uns an, bis ich schließlich einen Blick auf meine Uhr werfe. »Na ja, ist jedenfalls schon halb elf«, sage ich, und meine Stimme klingt auf wundersame Weise so ruhig, als wäre sie völlig losgelöst von allem anderen, das in mir brodelt. »Wir müssen bald zum Zug.«

»Ja«, erwidert sie, eine Hand schon auf dem Türgriff. Diesmal hält der Türsteher uns nicht auf, als wir zurück in die Bar stürmen.

Als wir in unserem Raum ankommen, erkundigt sich Devin, ob alles in Ordnung ist, aber Roxana fällt ihm ins Wort. »Wir müssen unseren Zug kriegen«, sagt sie mit einem künstlichen Lächeln und sirupsüßer Stimme, die genauso haarsträubend falsch klingt wie der Mariah-Carey-Song, den Ryan gerade zum Besten gibt.

Ich stehe an der Tür, während Roxana sich von den anderen verabschiedet, und murmele ein halbherziges Tschüss. Ganz vage bekomme ich mit, wie sie sich für morgen wieder mit Devin auf der Comic-Con verabredet, aber ihre Stimmen dringen kaum zu mir durch. Alles um mich herum wirkt plötzlich wie unter Wasser.

Nachdem wir schließlich ein letztes Mal die Karaoke-Bar verlassen haben, marschiert Roxana entschlossen vor mir her, und ich versuche nicht mal, sie einzuholen, sondern folge ihren vertrauten Schritten schweigend bis zur Penn Station. Die ganze Zeit über halte ich den

Kopf gesenkt, aber die Straßenlaternen zeichnen ihren Schatten vor mir auf den Gehweg. Wenn ich alle meine schriftstellerischen Sinne beisammen hätte, könnte ich daraus mit Sicherheit eine gute Metapher basteln. Doch im Moment sorgt irgendein emotionaler Schutzmechanismus dafür, dass ich mich einfach nur hohl fühle. Oder vielleicht liegt es auch am Bier. Eigentlich hätte ich gar nichts dagegen, wenn dieser Zustand noch eine Weile anhalten würde – vielleicht ein paar Jahre oder wie lange es dauern wird, diese phänomenale Zurückweisung zu verarbeiten.

Unser Zug ist schon eingefahren, als wir den Bahnhof erreichen. Wir laufen die Treppe runter, um ihn noch zu erwischen, und das ist das einzige Mal, dass Roxana tatsächlich etwas zu mir sagt: »Ich hab Felicia geschrieben, ihr Bruder kommt uns abholen.«

Ich nicke knapp.

Dann bleibt sie stehen und lässt mich als Erstes einsteigen. Mir ist sofort klar, dass ich mir auf die Weise vor ihr einen Platz suchen muss, damit sie woanders hingehen kann.

Von mir aus. Als der Zug anfährt, wühle ich in meinem Rucksack und setze meine Kopfhörer auf. Doch als ich durch mein Handy scrolle, merke ich, dass keine Musik darauf ist, die ich im Moment hören will. Musik würde wahrscheinlich bloß all die Emotionen freisetzen, die sich gerade so gnädig im Hintergrund halten, und ein solches Geschenk will ich nicht einfach wegwerfen.

Ich behalte die Kopfhörer trotzdem auf. Die Dinger

sind ziemlich gut und blenden zumindest einen Großteil der Geräusche im Zug aus. Das Abteil ist nicht allzu voll, denn noch ist es zu früh, als dass sich die betrunkenen Horden nach dem samstäglichen Ausgehen auf den Heimweg machen würden. Aber auf ein paar der Unterhaltungen um mich kann ich auch so gut verzichten: die eines verliebten Pärchens ein paar Reihen hinter mir und den Bericht eines Mädchens, das seiner Freundin von einem großartig verlaufenen zweiten Date vorschwärmt.

Dank meiner Kopfhörer bekomme ich nicht viel mehr mit als das Rumpeln des Zugs. Ich mache die Augen zu und stelle mir vor, ich säße in irgendeinem anderen Zug, auf dem Weg irgendwo anders hin. Ich könnte mich zum Beispiel in einem Detektivroman aus den Zwanzigern befinden oder mitten in einem intergalaktischen Krieg. Außerdem könnte ich jemand völlig anderes sein. Jeder, nur nicht Graham Posner an diesem Abend im Oktober. Das wäre schon mal ein Fortschritt.

»Der Himmel verschluckte sie, und die Sterne funkelten unbarmherzig weiter – völlig ungerührt über ein einziges gebrochenes Herz auf einem einzigen unbedeutenden Planeten«, sagt Charlie ganz am Ende. »Sie strahlen und strahlen und doch bleibt alles dunkel.«

Nein. Ausnahmsweise will ich jetzt auch mal nicht Charlie Noth sein. Obwohl ich gerade das Gefühl habe, ihn besser zu verstehen als je zuvor.

Nur durch pure Willensstärke gelingt es mir, meinen Geist einigermaßen leer zu halten, während wir uns langsam Huntington nähern. Sobald irgendwas auch nur im

Entferntesten Unangenehmes an die Oberfläche steigt, bringe ich es zum Zerplatzen wie eine Blase. Oder, noch besser, versetze ihm einen saftigen Haken wie in der alten »Batman«-Fernsehserie mit Adam West. Rox-POW! Karao-BAM! Sogar Robert Zi- kassiert ein fettes KA-BOOM!

Ich bin zwar nicht komplett eingedöst, als wir endlich ankommen, aber es dauert trotzdem eine Weile, bis mir auffällt, dass der Zug stehen geblieben ist. Als ich die Augen aufmache, ist mein Abteil fast leer, und Roxana ist nirgends zu sehen. Also schnappe ich mir meinen Rucksack und wanke nach draußen.

Sie wartet auf dem Bahnsteig auf mich. Schweigend deutet sie Richtung Parkplatz und ich folge ihr zu Emiles Auto.

Felicia sitzt auf dem Beifahrersitz, also gehen Roxana und ich zu den hinteren Türen und steigen ein.

»Hi, ihr zwei!«, begrüßt uns Felicia.

»Hi«, antwortet Roxana extralaut – vielleicht denkt sie, das geht als ihre gewohnte Fröhlichkeit durch. »Vielen, vielen Dank, dass du uns noch mal abholst, Emile! Wir sind dir echt was schuldig.«

»Ja, danke«, wiederhole ich dumpf.

»Kein Problem«, erwidert Emile und fährt los.

»Und … wie war es heute?«, fragt Felicia interessiert.

»Gut«, sagt Roxana steif, und ich nicke bloß. Schweigen breitet sich im Wagen aus.

»Nur *gut?*«, hakt Felicia nach und mustert uns argwöhnisch im Rückspiegel.

»Na ja, es war super, klar«, fügt Roxana hinzu, die abermals mittels schierer Lautstärke Enthusiasmus vorzutäuschen versucht. »Halt der übliche Nerd-Kram, auf den wir so stehen. Wir wollen dich nicht langweilen.«

Felicia hat sich inzwischen zu Roxana umgedreht und erntet ein breites, aufgesetztes Grinsen. Dann wendet sie sich mir zu und auch ich zwinge meine Mundwinkel nach oben.

Ihr Blick huscht noch ein paarmal zwischen uns hin und her und schließlich zu ihrem Bruder, bevor sie sich wieder nach vorne dreht, als könne sie es kaum abwarten zu erfahren, was los ist, wolle aber vor ihrem Bruder nicht nachfragen.

»Na, klingt doch toll«, sagt sie schließlich. »Aber ihr wirkt ganz schön groggy.«

»Ja, sind wir auch«, entgegnet Roxana spürbar erleichtert.

Zehn Minuten später hält Emile vor meinem Haus. Ich bedanke mich noch mal bei ihm und Felicia, bevor ich aussteige und zur Tür stürme, den Schlüssel schon in der Hand. Ich kann diesen Toyota Prius und seine Insassen gar nicht schnell genug hinter mir lassen.

20. Kapitel

# Nach dem Super-GAU

Die seltsame Taubheit bleibt, während ich mich wie ferngesteuert bettfertig mache, und ich fange schon an zu hoffen, dass ich genauso mühelos werde einschlafen können. Dann aber fällt mein Blick auf meine Wand: Dort hängen ein paar unserer »Freaks von der Magus High«-Panels, die ich am liebsten mag. Und mit einem Mal kommt mir eine Erinnerung, wie eine Reißzwecke, die einen Ballon zum Zerplatzen bringt, und rüttelt alle meine Nerven wach – das, was Roxy über die »Freaks« gesagt hat.

Sie wollte nicht, dass sich etwas ändert, aber jetzt ist genau das passiert. Wie sollen wir jemals wieder zusammen schreiben? Oder miteinander reden? Oder überhaupt irgendwas machen, ohne dass es furchtbar verkrampft ist? Habe ich etwa auf einen Schlag alles kaputt gemacht, was ich die letzten acht Jahre aufgebaut habe?

Eine Träne rollt mir über die Wange. Hastig wische ich sie weg und kneife fest die Augen zu, damit nicht noch mehr kommen. Es dauert lange, bis ich einschlafen kann.

Nach nur ein paar Stunden unruhigen Schlafs wache ich am nächsten Morgen mit hämmernden Kopfschmerzen und roten, trockenen Augen auf. Erst als ich schon halb angezogen bin, fällt mir ein, dass ich vermutlich so was wie einen Kater habe. Kombiniert mit einem gebrochenen Herzen. Na super.

Laut unserem ursprünglichen Plan sollte Roxanas Mom Samira, Roxy und mich heute Morgen zum Bahnhof fahren, aber dagegen legt mein gemartertes Hirn sofort ein Veto ein. Also gehe ich nach unten und frage meinen Dad, ob er mich bringen kann. Er sagt Ja, und ich schicke Roxana eine Nachricht, für die ich allerdings ewig brauche, weil ich natürlich so lässig und nichtabserviert wie möglich wirken will. Am Ende entscheide ich mich für: **BRAUCHT MICH NICHT ABZUHOLEN, MEIN DAD FÄHRT MICH HEUTE.**

**OK**, schreibt sie nach fünf Minuten zurück, und ich versuche verzweifelt (und wenig erfolgreich), nicht zu viel in ihre Antwort hineinzuinterpretieren.

Auf der Fahrt erkundigt sich mein Dad, was heute auf der Con ansteht, und ich murmele irgendwas über ein paar Panels, denn, um ehrlich zu sein, ich kann mich nicht mal mehr daran erinnern, was wir heute eigentlich vorhatten.

»Klingt doch super. Vielleicht komme ich nächstes

Jahr an einem der Wochenendtage einfach auch mal mit«, sagt er.

»Ja. Vielleicht.« Nächstes Jahr. Der Gedanke daran erscheint mir gerade völlig irreal. So viele Minuten, Stunden und Tage, die noch an uns vorbeiziehen müssen, bis in einem Jahr die nächste Comic-Con stattfindet. Wie soll ich diese ganze Zeit bloß ohne meine beste Freundin und Schreibpartnerin rumkriegen? Wie unerträglich können all diese Momente werden?

Geistesabwesend starre ich auf die Hände meines Dads am Lenkrad und sein goldener Ehering funkelt mir entgegen. Plötzlich kommt mir ein Gedanke. Ich habe meinen Dad schon hundertmal nach dem Tag gefragt, an dem er meine Mom kennengelernt hat. Am Anfang ging es mir dabei nur um die beiden, um ihre Geschichte. Aber inzwischen will ich sie hören, weil sie einem hilflosen Nerd wie mir so was wie Hoffnung gibt. Die Tatsache, dass mein Dad den Mut aufgebracht hat, ein hübsches Mädchen anzusprechen, selbst wenn der Impuls dazu auf einem Missverständnis beruhte.

Aber erst jetzt fällt mir auf, dass ich gar nicht viel über den Rest weiß. Wie haben sie das Gespräch am Laufen gehalten? Wie hat er ihr gesagt, dass er sie liebt? Und ihr irgendwann sogar einen Heiratsantrag gemacht?

Es gibt nur noch eine Person, die ich danach fragen kann. Also kann ich es auch jetzt gleich machen.

»Dad?«

»Hmmm?«

»Wann hast du Mom gesagt, dass du sie liebst?«

Er guckt mich an, so überrascht von meiner Frage, dass er für eine Sekunde den Blick von der Straße wendet. Dann fängt er an zu lachen. »Bei unserem dritten Date«, gesteht er. »Ich war so ein Trottel. Ein Wunder, dass sie nicht sofort aus dem Restaurant gestürmt und nie zurückgekommen ist.«

Ich lächele schwach und denke kurz darüber nach, bevor mir noch eine Frage einfällt. »Und warst du bei eurem dritten Date auch wirklich schon in sie verliebt?«

»Na klar!«, erwidert er. »Aber ich hätte die Sache trotzdem etwas langsamer angehen sollen, weißt du? Jemand, der nicht so perfekt für mich gewesen wäre, hätte mir wahrscheinlich einen Vogel gezeigt.« Ein kleines, trauriges Lächeln umspielt seine Lippen.

»Und was ist mit Lauren? Wann hast du es ihr gesagt?«

»Tja. Na ja, als ich sie kennengelernt habe, war ich definitiv älter und klüger. Unsere Beziehung war anders, irgendwie erwachsener. Außerdem habe ich anfangs noch sehr lange um Evie getrauert, selbst bei unseren ersten Dates. Darum hat es eine Weile gedauert. Aber ich habe es ihr an unserem ersten Jahrestag gesagt, als wir übers Wochenende in den Hamptons waren. Und diesmal hatte ich alles bis ins Detail geplant.«

Ich nicke und denke im Stillen, dass es bei mir eine Art Mischung aus beidem war. Minutiös geplant und ausgetüftelt … aber gleichzeitig spontan und überstürzt.

»Aber ich liebe Lauren auch«, sagt Dad leise, und ich wende mich ihm zu.

»Ich weiß«, versichere ich ihm.

»Irgendwie denkt man ja, so was dürfte überhaupt nicht funktionieren«, fährt Dad langsam fort, den Blick auf die Straße gerichtet. »Dass man nur einmal die große Liebe erlebt und dass es, wenn man es danach noch mal mit jemand anders versucht, wie ein Verrat an der Erinnerung ist. Als ich deine Mom geheiratet habe, habe ich natürlich keinen Gedanken daran verschwendet, dass ich mich irgendwann noch mal von Neuem auf die Suche machen müsste. Und nachdem sie weg war, dachte ich auch nicht, dass ich das könnte … ich habe auch nie wirklich *gesucht* –«

Erschrocken stelle ich fest, dass es klingt, als wolle er sich rechtfertigen.

»Dad«, unterbreche ich ihn. »Ich bin froh, dass du Lauren gefunden hast. Dass wir beide sie haben.« Und das ist die Wahrheit. Lauren liebt meinen Dad, und sie war immer nett zu mir, auch wenn sie mich manchmal nicht ganz versteht. Vielleicht war mir das alles noch nicht so klar, als ich neun war, aber jetzt, da ich älter bin – und langsam eine Vorstellung davon bekomme, was Liebe wirklich ist –, ist das anders. Ich glaube, Lauren war das Einzige, was Dad jemals über den Verlust meiner Mom hinweghelfen konnte. Vielleicht nicht komplett, aber zumindest ein Stück weit.

»Ist irgendwas passiert, dass du mich auf einmal danach fragst?«, hakt mein Dad vorsichtig nach, als wir den Bahnhofsparkplatz erreichen.

Ich seufze. »Irgendwie schon, ja«, gebe ich zu. »Vielleicht erzähle ich es dir später.«

Er nickt. »Ich bin immer da, wenn du reden willst.«

Ich lächele. »Danke. Bis heute Abend.«

»Hast du eine Mitfahrgelegenheit für später?«, fragt er, als ich schon aussteige. Oh Mann, komplizierte Frage. Natürlich sollte Roxys Mom uns heute Abend auch wieder abholen.

»Äh, weiß ich noch nicht genau. Falls nein, kann ich dich dann anrufen?«

»Klar.«

Wir verabschieden uns und mein Dad fährt wieder los. Der Zug ist noch nicht da, also schlendere ich über den Bahnsteig, während mein Blick pausenlos umherzuckt, als wäre ich ein Raubtier auf der Jagd. Noch ist niemand hier, aber nach ein paar Minuten kommt Casey. Ich will gerade Hallo sagen, als ich gleich darauf ein vertrautes burgunderrotes Auto vor dem Bahnhof halten sehe. Roxana und Samira steigen aus, gefolgt von – zu meiner Überraschung – Felicia.

»Wusste gar nicht, dass Felicia heute auch kommen wollte«, fasst Casey meine Gedanken in Worte.

»Ich auch nicht«, murmele ich.

Als die drei Mädels uns erreicht haben, fragt Casey Felicia nach ihrem überraschenden Auftauchen, und Felicia erklärt, dass sie gestern Abend noch ein Tagesticket bei eBay ergattern konnte.

»Es war so lustig am Freitag, da dachte ich mir, warum eigentlich nicht?«, sagt sie fröhlich, aber mir fällt auf, dass sie meinem Blick ausweicht. Klar, Roxana muss ihr erzählt haben, was passiert ist, und jetzt ist sie hier, um ihre Freundin zu unterstützen. Oder vielleicht sogar, damit ich nicht etwa auf die Idee komme, meine Zuneigungsbekundungen zu wiederholen oder so.

Der Zug fährt ein, und wir finden einen freien Fünfersitz – drei Sitze in die eine Richtung und zwei in die andere. Der dritte Sitz auf der einen Seite ist immer etwas schmaler, mit einer ungemütlichen Metallstange anstelle der Kopfstütze. Aber nachdem Roxana sich auf den Fensterplatz fallen lässt und Samira sich neben sie setzt, nehme ich bereitwillig damit vorlieb. Auf diese Weise sitze ich Roxana wenigstens nicht gegenüber und bin einen Platz von ihr entfernt. Mehr Abstand zueinander können wir nicht halten, wenn wir gleichzeitig noch den Anschein aufrechterhalten wollen, in irgendeiner Form zusammenzugehören.

Während der Fahrt plappert Samira ununterbrochen darüber, wie sehr sie sich auf ihre allererste Comic-Con freut, und füllt damit dankbarerweise einen großen Teil des Schweigens. Felicia und Casey fallen mit ein, und selbst Roxy und ich melden uns hin und wieder zu Wort – solange unter keinen Umständen der Eindruck entsteht, dass wir *miteinander* reden. Einmal, als Samira Roxana gerade eine komplizierte Frage über die Besonderheiten einer Autogramm-Warteschlange stellt, ertappe ich Casey dabei, wie er nachdenklich Felicia mustert, und ich frage mich, ob er sie heute wohl auf die Rangliste ansprechen wird. Im nächsten Moment wünschte ich, mein größtes Problem hätte mit der Schule zu tun: Lern genug, mach dir einen Plan – und schon ist es halb gelöst. Das komplette Gegenteil von meinem verworrenen emotionalen Chaos, für das es keine logische Herangehensweise zu geben scheint.

Auch auf dem Fußweg zum Javits-Center ist es nicht allzu schwer, das Reden den anderen zu überlassen. Außerdem ist es kalt und wir haben ziemlichen Gegenwind. Es ist, als wäre wenigstens das Wetter heute auf meiner Seite, indem es uns von der Notwendigkeit befreit, die ganze Zeit zu plaudern.

Nachdem wir am Einlass unsere Pässe gescannt haben, wartet kurz dahinter Devin auf uns. Schon lustig – nach allem, was gestern passiert ist, hatte ich ihn fast vergessen. Er ruft Roxanas Namen, wird Samira vorgestellt und sagt Hallo zu allen anderen.

»Na, wieder erholt?«, fragt er mich lächelnd.

Moment mal. Plötzlich werde ich stinksauer. Hat Roxana diesem Typen etwa von meiner Megablamage gestern Abend erzählt?

»Wieso?«, schnauze ich ihn an.

Devin mustert mich verwirrt. »Dachte nur, ob du vielleicht ein bisschen verkater…«

»Graham geht's gut«, fällt Roxana ihm unwirsch ins Wort. Dann dreht sie sich zu mir um und wirft mir einen stechenden Blick zu. Als ob ich derjenige wäre, der vor ihrer kleinen Schwester was von »verkatert« erzählt hat.

»Klar. Alles wunderbar«, pflichte ich ihr bei, doch meine Stimme klingt so bitter wie Arsen. »Danke, dass du mir erklärst, wie ich mich fühle, Roxana. Das hast du echt ziemlich gut drauf.«

Ihr Mund öffnet sich ein Stück, doch ihre Augen verengen sich zu Schlitzen. Ich kann die Frage an ihrem wütenden Blick ablesen: *Sollen wir das wirklich hier und jetzt ausdiskutieren?*

Nein, sollen wir nicht, beschließe ich. »Entschuldigt mich, ich muss los zu meinem Panel«, sage ich gepresst und marschiere an den anderen vorbei den Flur hinunter. Hinter mir höre ich Sneakers quietschen.

»Warte mal«, ruft Casey, als er zu mir aufholt. »Was denn für ein Panel?« Er hat seinen Plan rausgeholt und studiert ihn verwirrt.

Ich stoße einen genervten Seufzer aus. »Keine Ahnung. Es gibt keins. Lass einfach gut sein«, brumme ich und gehe weiter.

»Was?«, fragt Casey, der jetzt ernsthaft verstört wirkt, mir aber trotzdem weiter folgt.

Ich ziehe eine Grimasse, werde jedoch nicht langsamer, sodass ich ziellos herumzustiefeln beginne, als wir die Ausstellungshalle erreichen. Dann breche ich schließlich doch mein Schweigen. »Ich hab es Roxana gestern Abend aus Versehen gesagt. Und es … ist nicht so gut gelaufen.«

»Oh«, sagt Casey bloß, und es dauert eine ganze Weile, bis ihm noch ein »Tut mir leid« dazu einfällt.

Ich winke ab und starre auf die Dutzenden farbenfroher Stände rings um uns, ohne sie wirklich wahrzunehmen. »Vergiss es. Hör mal, *gibt* es vielleicht irgendein Panel, zu dem wir gehen könnten? Oder irgendwas anderes? Egal, was.«

Casey zieht abermals seinen Plan zurate und informiert mich darüber, dass in zehn Minuten ein Panel über weibliche Superhelden anfängt, zu dem er gern wollte, weil einer seiner Lieblingszeichner dort sein wird. Na ja, und außerdem: weibliche Superhelden.

»Gekauft«, sage ich und bedeute ihm vorzugehen. Wir bekommen noch zwei Plätze im vorderen Bereich. Während wir warten, spiele ich ein Handyspiel, um mir die Zeit zu vertreiben, doch selbst nachdem die Session angefangen hat, fällt es mir schwer zuzuhören. Ich versuche krampfhaft, den gestrigen Abend auszublenden, dann das ganze Wochenende und schließlich einen Großteil der vergangenen acht Jahre meines Lebens. Was nicht einfach ist, wenn man bedenkt, dass ich mich nicht mal auf die völlig harmlose Diskussion direkt vor mir konzentrieren kann.

Irgendwann wird mir klar, dass die beste Ablenkung tatsächlich darin besteht, dem Gespräch genau zu folgen und zu versuchen, die Standpunkte aller Redner zum Thema weibliche Superhelden nachzuvollziehen. Was könnte mich mehr interessieren als Wonder Woman, Storm und Captain Marvel? Ich will *alles* darüber erfahren …

Dann aber neigt sich das Panel dem Ende zu, und als Lacey Grotowski – die ebenfalls auf dem Podium sitzt – die unvermeidliche Frage gestellt wird, wie es denn sei, eine der wenigen Frauen in dieser Branche zu sein, höre ich sofort Roxanas Stimme in meinem Kopf, was mir einen Stich versetzt. Erst diesen Sommer, als wir mit getrockneten Sauerkirschen bei ihr im Garten saßen und eine Pause vom Schreiben machten, haben wir uns darüber unterhalten, wann wir wohl eins unserer größten Ziele erreichen und zu einem Comic-Con-Panel eingeladen würden.

»Ich behaupte mal ganz optimistisch: im ersten Jahr nach unserem College-Abschluss«, sagte ich.

Sie sah mich an. »Okay, dann lass uns mal das Universum darüber informieren.« Sie wandte ihr Gesicht dem wolkenlosen Himmel zu. »Jetzt pass mal auf, Universum, Graham Posner und Roxana Afsari werden ihre erste Einladung zu einem Comic-Con-Panel bekommen, bevor sie dreiundzwanzig sind.« Und ich schwöre, dass als Antwort ein Vogel zu zwitschern anfing.

»Nicht schlecht, Schneewittchen.« Ich grinste sie an.

»Ach, und noch was, Universum«, fuhr sie fort und starrte wieder nach oben. »Was auch immer passiert, bitte sorg dafür, dass in keinem Panel der Welt jemals wieder eine ganz bestimmte Frage gestellt wird …«

Dann hielt sie inne, und ich wusste, dass ich raten sollte. »›Woher bekommst du deine Ideen?‹«

»Nein.« Sie schüttelte den Kopf.

»Dass irgendwer dich wegen eines winzigen Details fertigmacht?«

»Nein.«

»Okay, ich geb's auf.«

Sie grinste und legte erneut den Kopf in den Nacken. »Bitte lass mich niemals gefragt werden, wie es ist, eine der wenigen Frauen in der Branche zu sein.«

»Weil du hoffst, bis dahin *nicht* mehr eine der wenigen Frauen in der Branche zu sein?«

»Genau«, erwiderte Roxana. »Und außerdem, weil es einfach eine bescheuerte Frage ist. Als würde man dich fragen: Graham, wie ist es so, einer der wenigen rothaarigen Comic-Texter zu sein?«

Da kapierte ich, was sie meinte.

Während ich jetzt Lacey zuhöre, die ruhig und höflich genau diese Frage beantwortet, wird mir klar, dass sie ständig mit diesem Thema konfrontiert sein muss. Ein Thema, über das die männlichen Zeichner, die mit ihr zusammen dort oben sitzen, noch nie auch nur nachdenken mussten.

Fünf Minuten später ist das Panel zu Ende, und natürlich ist mein Plan, mich auf alles andere als meine Sorgen zu konzentrieren, spektakulär gescheitert. Ich habe ganz ehrlich keine Ahnung, wie ich Roxana aus meinem Leben und meinen Erinnerungen streichen soll.

Als wir aufstehen, vibriert mein Handy. Felicia fragt, wo ich bin. Ich antworte nicht.

»Wo willst du als Nächstes hin?«, frage ich Casey, der nach einem Blick auf seinen Plan sagt, am Hallmark-Stand gebe es eine Tombola für exklusive Fanartikel.

»Super«, erwidere ich und überlege, ob ich dort wohl ein Geburtstagsgeschenk für meinen Dad finde.

Schon wieder summt mein Handy. **SAMIRA FRAGT NACH DIR. SIE MEINT, DU WOLLTEST AUCH EIN FOTO MIT AARON DUNNING**, schreibt Felicia.

Ich seufze. Stimmt ja, ich hatte versprochen, mit ihr zusammen zu dem Fototermin zu gehen.

Ich überlege kurz, bevor ich Felicia antworte: **OK, TREFFEN UNS AN DER WARTESCHLANGE.**

Denn ich weiß, egal, was passiert ist, ich kann Samira nicht hängen lassen. Sie ist praktisch auch meine kleine Schwester.

Als mein Handy abermals vibriert, gehe ich davon aus, dass es bloß Felicia ist, die mit meinem Vorschlag einverstanden ist, doch ich liege vollkommen daneben.

**WIE LÄUFT'S SO BEI DIR, INIGO?**

Amelia.

Ich muss lächeln. Und ich habe das Gefühl, es ist das erste Mal seit gestern Abend.

**ALLES BEIM ALTEN**, schreibe ich zurück. **WUNDERMAX SUCHEN. RACHE PLANEN. DAS ÜBLICHE HALT.** Als ich die zweite Hälfte tippe, zuckt mir ein Bild von Devins Filmstargesicht durch den Kopf.

**WERDE AUSSCHAU NACH MÄNNERN MIT SECHS FINGERN HALTEN**, antwortet sie.

**JA, BITTE!**

# 21. Kapitel

## Fast wie Fan-Fiction

Casey kommt mit mir in den Autogramm- und Fotobereich und hilft mir, zuerst Aaron Dunnings Namen zu finden und dann Samira, Felicia, Roxana und Devin. Roxana und Devin sind mal wieder in ein Gespräch vertieft, aber Felicia steht bei Samira, bis sie uns kommen sieht. Sam grinst mich an und wedelt triumphierend mit einem Zettel.

»Na, aufgeregt?«, frage ich, als ich erkenne, dass es ihr Ticket für den Fototermin ist.

Sie nickt und ihre weit aufgerissenen Augen funkeln.

»Ich gehe dann kurz bei der Tombola vorbei und danach hab ich wieder ein Panel«, verkündet Casey.

»Was für eins?«, fragt Felicia.

»Ach, ähm, Dothraki für Anfänger.« Casey blinzelt.

»Dothraki«, wiederholt Felicia. »Das kommt mir irgendwie bekannt vor.«

»Eine Sprache aus ›Game of Thrones‹«, springe ich helfend ein. »Ich glaube, der Typ, der geholfen hat, sie für die Serie zu entwickeln, ist hier, oder, Casey?«

Casey nickt.

»Ist ja cool. Hast du was dagegen, wenn ich mitkomme?«, fragt Felicia.

Casey blinzelt noch ein paarmal mehr und schüttelt dann den Kopf. Wenn ich es nicht besser wüsste, würde ich sogar sagen, er wird rot.

»Wann und wo treffen wir uns wieder?«, wendet Felicia sich an mich.

»Hm … wie wär's in einer Stunde? Am DC-Comics-Stand in der Mitte der Halle?« Dort sind alle möglichen Filmrequisiten ausgestellt, die ich mir noch angucken will. Besonders ein paar aus Tim Burtons »Batman«. Amelias und meine kleine Meinungsverschiedenheit gestern hat mich nachdenklich gemacht.

»Du weißt, wo das ist, oder?«, fragt Felicia Casey.

Casey nickt wieder und murmelt diesmal sogar ein »Hmhm«.

»Super! Dann sehen wir uns später! Wo geht's lang?«

Felicia bedeutet Casey vorzugehen, und ich sehe, wie mein plötzlich verstummter, blinzelnder Freund sich in Bewegung setzt, vollkommen perplex, dass die einzigartige Felicia Obayashi ihm folgt. Vergnügt lache ich in mich hinein. Ich habe zwar keine Ahnung, was da los ist, aber auf eine bizarre Art ist es sehr unterhaltsam.

»Wir müssen jetzt auch zu unserem Zeichen-Panel, oder, Roxana?«, höre ich Devins Stimme.

»Ja …« Roxana zögert kurz und dreht sich zu Samira um.

»Geht ruhig«, sage ich in ihre ungefähre Richtung, ohne einen von ihnen direkt anzugucken. »Ich bleibe bei Sam. Wir können uns dann ja alle in einer Stunde am DC-Stand treffen.« Doch als mir nur Schweigen entgegenschlägt, muss ich wohl oder übel meine Prinzipien über den Haufen werfen und Roxana ins Gesicht sehen.

Ihr Blick huscht zwischen Samira und mir hin und her, irgendwie besorgt, und das versetzt mir einen Stich. Wie jetzt? Will sie nicht mal mehr ihre kleine Schwester mit mir allein lassen? Ist ja wohl nicht wahr.

Jetzt starre ich sie herausfordernd an, so lange, bis sie schließlich wegsieht und wenigstens den Anstand hat, einen Hauch verlegen zu wirken.

»Okay«, sagt sie dann. Kurz darauf verschwinden die beiden in der Menge, während Samira und ich dem Schild für Aaron Dunning folgen und uns in die Fotoschlange stellen. Mir fällt auf, dass hauptsächlich Mädchen in Sams Alter hier warten, aber was soll's?

»Okay, also, was ist los?«, fragt sie.

»Nicht viel. Und bei dir?«

Sie verdreht die Augen. »Nein. Ich meine, was ist zwischen dir und meiner Schwester los?«

Ich lächele sie an. »Gar nichts.«

»Das kannst du dir sparen«, entgegnet sie in dem »Mir machst du nichts vor«-Ton, den ich von ihrer Mutter kenne. »Du weißt genau, was ich meine. Also würdest du mir jetzt bitte sagen, was passiert ist?«

Mein Lächeln schwindet, und ich habe keine Ahnung, was ich erwidern soll. War eigentlich klar, dass sie meine Lüge sofort durchschauen würde – sie ist clever und hat eine gute Beobachtungsgabe, also ist es völlig ausgeschlossen, dass ihr Roxys und mein Gezanke heute Morgen nicht aufgefallen ist. Ich denke kurz nach, bevor ich antworte: »Ich hab gestern Abend ein paar Sachen zu ihr gesagt. Die kamen nicht so gut bei ihr an. Und jetzt … keine Ahnung … ist es irgendwie schwierig.«

»Du meinst, ihr habt euch gestritten?«

»So was in der Art«, erwidere ich. Ein Streit klingt immer noch besser als die Wahrheit.

Samira runzelt die Stirn. »Wow. Ich hab noch nie mitgekriegt, dass ihr zwei euch streitet.«

»Tun wir normalerweise auch nicht. Aber, na ja … manche Dinge ändern sich eben«, entgegne ich ausweichend.

Sie denkt eine Sekunde darüber nach und zuckt dann mit den Schultern. »Ist doch nicht so schlimm. Dann entschuldigst du dich eben. Oder ich rede mit ihr und bringe sie dazu, sich bei dir zu entschuldigen. Wer hat denn überhaupt angefangen?«

»Ich«, sage ich sofort, obwohl ich im selben Moment denke, dass das eigentlich nicht ganz stimmt. Schließlich habe ich mich nicht aus böser Absicht in sie verliebt. Es ist einfach so passiert.

»Dann entschuldige dich bei ihr«, wiederholt Sam nachdrücklich. »Es tut dir doch leid, oder?«

Ob es mir leidtut, dass ich mich in Roxana verliebt

habe? Tja, ich komme mir vor wie der letzte Vollidiot, und vielleicht wird es zwischen uns nie wieder, wie es mal war. Das alles tut mir natürlich schon leid. Aber wie soll ich mich entschuldigen für das, was ich für sie empfinde?

»Ich weiß nicht«, sage ich schließlich. »Ist alles ein bisschen kompliziert, Sam. Hey, hast du dir schon überlegt, ob du gleich auf dem Foto irgendeine besondere Pose machen willst oder so?« Ich zeige auf die Foto-Abholstelle, wo ein paar Bilder aus den letzten Tagen aushängen. Dort gibt es auch einen kleinen Abschnitt mit Aaron-Dunning-Aufnahmen, auf denen ein paar Leute seine berühmte Pose vom »Pterodactylus II«-Poster imitieren.

Ich sehe wieder Sam an, doch sie interessiert sich gar nicht für die Fotos. »Sag mal, seid ihr zwei etwa heimlich ineinander verliebt oder so?«

»Aaron Dunning und ich?«, witzele ich, obwohl sich mir gleichzeitig das Herz zusammenzieht.

»Nein! Roxana und du!«

»Äh …« Eine andere Antwort fällt mir nicht ein, aber Samira scheint sie vollkommen zu reichen.

»Ich meine, wen würde das wundern?«, fährt sie langsam fort. »Liest man schließlich ständig in allen Fan-Fiction-Foren. Zwei beste Freunde, die sich ineinander verlieben. Und dann wird es immer kompliziert, weil die Story natürlich einen Konflikt braucht …« Ich muss lächeln. Das war eins der ersten Dinge, die ich ihr übers Schreiben beigebracht habe, bevor sie es in ihren Foren ganz allein zu Ruhm gebracht hat. »Aber irgendwann klärt sich dann alles auf und die beiden sind glücklich bis an ihr Lebensende. Also, alles kein Problem!«, verkündet sie triumphierend. »Wir müssen nur irgendwie zu diesem ›Glücklich bis an ihr Lebensende‹-Teil kommen. Also natürlich nur, wenn du wirklich in sie verliebt bist. Und, bist du's?«

Mein Blick schweift wild durch die Gegend, während ich mein Gehirn nach einer wahren und möglichst wenig traumatisierenden Antwort für Roxanas kleine Schwester durchforste.

»Nun sag schon!«, verlangt sie.

»Ich … okay, ja. Ich bin in deine Schwester verliebt«, gebe ich schließlich zu. Es ist einfach zu schwer, mir irgendein Märchen auszudenken, solange mein verwirrtes, verdrehtes Gehirn mit meinen verwirrten, verdrehten Gefühlen zu kämpfen hat.

»Du bist in sie verliebt«, echot Samira langsam.

»So sieht's aus«, bestätige ich niedergeschlagen.

Ein Grinsen breitet sich auf ihrem Gesicht aus, und ich frage mich, ob sie eine gehässige Seite hat, die mir bisher verborgen geblieben ist.

»Das ist ja voll süüüß!«, quietscht sie dann, und ich denke, *nein, sie ist bloß ein elfjähriges Mädchen, das haufenweise Liebesgeschichten liest und schreibt.*

»So einfach ist das aber leider nicht, Sam«, entgegne ich mit einem schiefen Lächeln. »Das Problem ist, dass sie nicht in mich verliebt ist.«

»Das hat sie gesagt?«, fragt sie ungläubig.

Ich zucke mit den Schultern. »Nicht direkt. Aber es war trotzdem ziemlich eindeutig.«

»Okay. Kannst du mir erzählen, was passiert ist? Ganz genau?«, erkundigt sie sich, als wäre sie eine Ärztin, die ihren Patienten zu seinen Symptomen befragt.

Ich seufze. Jetzt ist sowieso alles egal.

Also erzähle ich ihr vom Karaoke, wobei ich den Alkohol und die Tatsache, dass Roxy ihre Eltern angelogen hat, auslasse. Ich erwähne nur den albernen Song, den ich gesungen habe, und für wie subtil und undurchschaubar ich meine Aktion gehalten habe, was sie ganz offensichtlich nicht war. »Und dann ist sie total ausgerastet und hat mich gefragt, warum ich will, dass sich alles zwischen uns ändert.«

»Uuuund?«

»Nichts, und. Danach kam nur eine total verkrampfte Zugfahrt nach Hause. Und noch eine heute Morgen. Und seitdem ist alles so geblieben: verkrampft.«

»Aber«, hakt Samira nach, »sie hat nicht gesagt, dass sie nicht auch in dich verliebt ist.«

Ich glotze sie an. »Ich fand, das kam auch so deutlich genug raus.«

Sie schüttelt den Kopf. »Nein. Vielleicht hast du sie nur auf dem falschen Fuß erwischt. Vielleicht braucht sie bloß ein bisschen Zeit zum Nachdenken.«

Ich erwidere ihr Kopfschütteln, aber zum Glück bleibt mir eine Antwort erspart, denn inzwischen haben wir den Anfang der Schlange erreicht und werden hinter einen schwarzen Vorhang geführt, wo Aaron Dunning und der Fotograf warten. Und das ist gut so, denn ich hätte auch keine parat gehabt.

Samira sagt zu dem Mädchen, das ihr Ticket kontrolliert, dass sie uns beide auf dem Foto haben möchte. Ich frage noch mal nach, ob sie auch sicher ist, und sie bejaht.

Aaron gibt uns zur Begrüßung die Hand und fragt Samira lächelnd: »Wie geht's?«, woraufhin sie feuerrot anläuft. Wenn auch noch nicht so sehr wie kurz darauf, als er ihr für das Foto den Arm um die Schulter legt. Das fällt mir aber erst ein paar Minuten später auf, als wir das fertige Bild abholen. Ihr Gesicht hat ungefähr dieselbe Farbe wie Aarons kunstvoll drapierter tomatenroter Schal, aber Samira scheint das nicht zu stören. Sie strahlt so glücklich vor sich hin, dass ich grinsen muss.

»Wohin willst du als Nächstes?«, frage ich sie.

»Das Fan-Fiction-Panel ist um zwei«, antwortet sie.

*Vielleicht gehe ich einfach mit ihr dahin*, überlege ich.

Auf dem Weg zum DC-Stand, wo wir mit den anderen verabredet sind, kommen wir wieder an der Sun-Auktionen-Bude vorbei. Ich gucke auf die Uhr. Bis zur Versteigerung sind es noch ein paar Stunden.

Als wir uns der Vitrine nähern, fühle ich mich geradezu magisch angezogen von dem kleinen Zinc-Bereich, in dem meine Seite strahlt wie die Bundeslade aus »Indiana Jones«. Oh Mann, alle meine Pläne, die ich bis ins Detail ausgeklügelt hatte, damit auch ja alles glattgeht – verpufft in einem einzigen Moment der Blödheit. Alkohol ist echt das Letzte. Nie wieder.

Anscheinend bin ich vor der Auslage stehen geblieben, denn dort stoßen schließlich auch Felicia und Casey zu uns, und Casey sieht sofort, was ich anstarre.

»Willst du die immer noch kaufen?«, fragt er, und ich starre auf die Vergegenständlichung meiner einstigen Hoffnungen und Träume.

»Ich wünschte, ich könnte die Zeit zurückdrehen.« *Wie Rewinder*, füge ich in Gedanken hinzu. Nur dass ich dann einen ganzen Tag löschen würde, nicht bloß fünfundvierzig Minuten. Also eher wie eine etwas gereiftere Rewinder – die inzwischen ihre vollen Kräfte entwickelt hat.

»Worum geht's hier eigentlich?«, fragt Felicia leichthin.

»Ach. Graham wollte die da für Roxana kaufen«, plappert Casey auf seine gewohnt unverblümte Art drauflos und deutet auf die Seite.

Die beiden Mädchen spähen in die Vitrine.

»Wow!«, sagt Felicia. »Fünfhundert Dollar für ein Stück Papier?«

»Von wegen, fünfhundert Dollar sind nur der Startpreis«, korrigiert Casey. »Am Ende geht das Ding wahrscheinlich für mindestens tausend weg.«

Felicia tritt einen Schritt vor, und mir wird klar, dass sie die Seite liest. »Aha«, sagt sie nach einem Moment. »Verstehe.«

Ich weiß, dass sie »Althena« nicht gut kennt, aber auch so dürfte sie kapieren, was in der Szene zwischen Althena und Noth passiert – zumal sie wahrscheinlich schon zwanzigseitige analytische Abhandlungen über Tolstoi oder irgendwas aus der Liga geschrieben hat. Ich höre einen kleinen verzückten Seufzer aus Samiras Richtung, der mir sagt, dass auch sie die Seite gelesen hat.

Na ja, wenigstens weiß ich jetzt, dass es ein guter Plan war.

Langsam gehe ich weiter und die anderen folgen mir. Felicia holt zu mir auf. »Wie hättest du das denn bezahlen wollen, Graham?«, fragt sie zögerlich, und ich merke ihr an, dass ihr die heikle Situation bewusst ist.

Wahrscheinlich kann ich es ihr jetzt auch einfach erzählen. »Casey hätte mir das Geld geliehen.« Ich zucke mit den Schultern. »Ich hätte mir einen Job gesucht und es ihm zurückgezahlt.«

Felicia lächelt. »Das ist echt süß«, sagt sie und hält dann kurz inne, bevor sie weiterredet, »aber dir ist schon klar, dass Roxana das nicht gewollt hätte …«

»Stimmt«, pflichtet Samira ihr bei, die jetzt auf meiner anderen Seite aufgetaucht ist. »Sie kann manchmal furchtbar unromantisch sein.«

Ich blinzele ein paarmal. Okay, was genau versuchen diese beiden mir hier gerade eigentlich zu vermitteln? Dass mein Plan von Anfang an zum Scheitern verurteilt war?

Die Wunde ist noch zu frisch, als dass mir der Gedanke nichts ausmachen würde, aber vielleicht ist genau das der Sinn der Sache. Vielleicht höre ich dadurch wirklich auf, mir Vorwürfe zu machen … irgendwann.

Als wir uns dem in der Halle geparkten Batmobil

nähern, gerät mein Herz kurz ins Stocken, als ich ein kurzhaariges Mädchen und ihren hochgewachsenen britischen Begleiter sehe, die dort auf uns warten. Und ich weiß, dass dieses »irgendwann« noch in sehr, sehr ferner Zukunft liegt.

22. Kapitel

# Elementar, Watson!

Wir bleiben eine Weile am DC-Stand und sehen uns die Filmrequisiten an. Als ich bei Michael Keatons Batman-Kostüm ankomme, beschließe ich, ein Foto für Amelia zu machen.

**GUCK MAL, DIE KUTTE VON DEINEM SÜSSEN**, schreibe ich.

**KREISCH!**, antwortet sie ein paar Sekunden später.

Einer der DC-Startexter gibt gerade eine Autogrammstunde, und eine endlose Schlange windet sich um die Glaskästen, sodass ein paar der Ausstellungsstücke nicht leicht zu erreichen sind. Fast hätte ich einen Typen mit Fauxhawk und Brille umgerannt, der neben einer der Vitrinen steht und sehnsüchtig zu dem Tisch hinübersieht, an dem der Texter mit seinen Fans plaudert. Schätze mal, er hat kein Ticket mehr bekommen. Gestern hätte ich seine Enttäuschung noch absolut nachfühlen können. Heute habe ich ganz andere Sorgen.

Anschließend schlendern wir zu sechst ein bisschen durch die Halle und stöbern an den verschiedenen Ständen und Buden. Samira will sich ein »Adventure Time«-T-Shirt kaufen, und wir warten gerade mit ihr an der Kasse, als mir ein dunkelhaariges Mädchen auffällt, das mir fröhlich von der anderen Seite des Gangs zuwinkt. Es ist Louisa, meine Leidensgenossin vom Speeddating, die ihren Schwarm eifersüchtig machen wollte. Ich lächele und winke zurück.

Sie hält Händchen mit einem dicklichen Jungen, der kaum größer ist als sie selbst und ein Blatt Papier hochhält, während er den Typen hinter dem Tresen durchdringend fixiert.

Er steht mit dem Rücken zu mir, darum traue ich mich, auf ihn zu deuten und an Louisa gewandt fragend die Augenbrauen zu heben.

Eine leichte Röte steigt ihr in die Wangen und sie grinst beinahe schulbewusst zurück und schüttelt den Kopf. *Speeddating*, formt sie mit den Lippen und hebt hilflos die Schultern.

Ich lache und mustere die beiden noch mal genauer. Nach einem Moment ertönt Applaus, und ich sehe, wie der Typ hinter dem Tresen auf Louisas neues Herzblatt zeigt und verkündet: »Die Runde geht an dich. Such dir einen Preis aus!«

Mit einem triumphierenden Lächeln dreht sich der Junge zu Louisa um. »Such du dir was aus.« Sie strahlt zurück, und ich sehe zu, wie sie sich für einen kleinen Plüsch-Ninja-Turtle entscheidet. Dann umarmt sie ihren

Begleiter und ihr lachender Blick trifft über seine Schulter hinweg meinen.

Sie ähnelt kein bisschen mehr der verzweifelten Person von vor gerade mal zwei Tagen … ich dagegen wahrscheinlich schon. Ich wette, ich wirke noch ganz genauso.

Trotzdem erwidere ich ihr Lächeln und hebe noch kurz beide Daumen, bevor ich ihr zum Abschied zuwinke. Sie tut es mir nach, und ich drehe mich wieder zu meinen Freunden und den Sorgen um, die ich, anders als Louisa, noch nicht das Glück hatte abzuschütteln.

Etwa zehn Minuten später, als Samira überlegt, ob sie zu einem »Star Wars«-Origami-Workshop gehen soll, der bald anfängt, dreht sich Devin zu Roxana und mir um. »Hey, habt ihr zwei nicht gleich euer Feedbackgespräch? Von diesem ›Fuß fassen‹-Panel gestern?«

»Ach ja … das«, sagt Roxana zögernd.

Ich starre sie an. Das war's dann wohl. Unsere jahrelange Arbeit an den »Freaks«, einfach so auf »Ach ja … das« zusammengestaucht. Wieso habe ich bloß nicht kapiert, wie recht Roxana damit hatte, dass sich zwischen uns alles verändern würde? Wie konnte ich so blöd sein zu glauben, dass das mit uns jemals hätte funktionieren können?

»Ich kann mit Samira zu dem Origami-Workshop gehen«, bietet Felicia sich an.

»Ich auch«, meldet sich Casey zu Wort, und ich starre ihn ungläubig an, denn ich bin mir hundertprozentig sicher, dass so was nirgends auf seinem Plan auftaucht.

»Wäre das okay, Sam?«, fragt Roxana.

»Klar.« Samira nickt. »Der Workshop geht bis Viertel nach eins. Was meint ihr, wann ihr fertig seid?«

»Äh … Ich glaube, unser Termin ist um Viertel vor eins«, erwidert Roxana. »Und das Ganze soll nur fünfzehn Minuten dauern.«

»Okay, dann treffen wir uns also um Viertel nach?«, schlägt Felicia vor. »Auf der Fressmeile?«

Alle sind einverstanden, und unser Plan steht, obwohl niemandem aufzufallen scheint, dass ich die ganze Zeit kein Wort gesagt habe. Sollen sie von mir aus ruhig über meine unmittelbare Zukunft entscheiden. Und – ach, was soll's? – wenn sie wollen, auch über die restliche. Ich habe sowieso nichts mehr unter Kontrolle, warum soll ich mir also irgendwas vormachen? Warum überlasse ich nicht einfach alle Entscheidungen der Willkür von jemand anderem?

Unsere Gruppe teilt sich auf, und ich schlurfe hinter Devin und Roxana her zu dem Raum, in dem unsere Besprechung stattfindet. Doch als wir in die Nähe der Rolltreppe kommen, bleibt Devin plötzlich stehen. »Ich glaube, ich gehe noch kurz zu der Signierstunde von Adam Hughes. Treffen wir uns dann auch um Viertel nach?«

»Ach so«, murmelt Roxana, sichtlich überrumpelt. »Klar.«

Devin lächelt und drückt kurz ihre Schulter.

»Dann bis gleich«, sagt er und springt auf die Rolltreppe.

Wir sehen zu, wie er davongleitet, während uns beiden wahrscheinlich gleichzeitig dämmert, dass wir auf einmal miteinander allein sind. Na ja, inmitten Tausender von Leuten. Was unserer Befangenheit allerdings keinen Abbruch tut.

Auf dem Weg zu unserem Raum vollführen wir eine Art grotesken Tanz, weil keiner von uns so wirklich neben dem anderen laufen will, es sich aber gleichzeitig seltsam anfühlt, zu weit entfernt voneinander zu gehen.

Als wir fast da sind, bricht Roxana schließlich das Schweigen: »Und, bist du nervös?«

Weswegen jetzt? Wegen uns? Wegen gestern Abend? Ich starre sie wortlos an.

»Ich meine, wegen des Gesprächs mit Donnelly und Park«, stellt sie klar, nachdem sie meinen verwirrten Gesichtsausdruck korrekt gedeutet hat.

Ach ja … das. »Klar«, antworte ich, obwohl ich, wenn ich ehrlich sein soll, keinen Gedanken mehr daran verschwendet habe, seit wir gestern unsere Arbeitsprobe eingereicht haben.

»Ich bin so gespannt, was sie sagen«, fährt sie fort, als wir den Raum betreten.

»Ja. Ich auch.«

Und in dem Moment, als ich mich kurz auf das Kommende konzentriere, wird mir bewusst, dass ich tatsächlich nervös bin. Wir haben echt hart an den Panels gearbeitet, sie immer wieder überarbeitet und verbessert, besonders in diesem Band. Ich kann ganz objektiv beurteilen, dass die Zeichnungen zu Roxanas besten gehören. Aber meine eigene Arbeit genauso neutral zu betrachten, ist unmöglich. Ich habe keine Ahnung, ob sie auch nur im Entferntesten brauchbar ist.

Eine NYCC-Mitarbeiterin kommt auf uns zu und hakt unsere Namen auf ihrem Klemmbrett ab. Dann bittet sie uns, uns hinzusetzen, bis wir aufgerufen werden. »Die beiden liegen ziemlich gut im Zeitplan, also solltet ihr so zwischen Viertel vor und zehn vor eins drankommen«, informiert sie uns.

Wir setzen uns in eine der hinteren Stuhlreihen und beobachten aus der Ferne, wie Morgan Donnelly und Brandon Park sich angeregt mit einem Typen mit Pferdeschwanz über dessen Arbeit unterhalten. Ich wippe nervös mit dem Fuß, Roxana streicht sich über den Hinterkopf. Ansonsten herrscht Schweigen zwischen uns.

»Graham?«

Ich drehe mich um und sehe Amelia, die zusammen mit einem Mädchen mit kurzen, abstehenden Rastazöpfen hinter uns aufgetaucht ist. Amelia trägt einen grünen Overall und hat sich das linke Ohr grün angemalt. Mit anderen Worten: Sie ist als Althena als Ellen Ripley aus »Alien« verkleidet. Ich grinse.

»Hi! Nettes Kostüm!«, sage ich.

Sie grinst zurück. »Das hier ist Joanna«, stellt sie Roxana und mir ihre Freundin vor, und wir sagen alle Hallo. Erst jetzt fällt mir auf, dass Amelia ein paar Zettel in der Hand hält.

»Was machst du denn hier?«, frage ich. »Hattest du dich auch angemeldet?«

Amelia nickt. »Ja, aber nur mit was Kleinem.« Sie

dreht kurz den ausgedruckten Text zu uns um und ich erkenne ein paar Korrekturen in Rot darauf.

»Ich hab dich gestern gar nicht bei der Session gesehen«, sage ich.

»Ich war bei der am Freitag«, erklärt sie.

»Ach so.« Ich deute mit dem Kinn auf die Zettel. »Und, wie war's?«

Ein Strahlen breitet sich auf ihrem Gesicht aus. »Nervenaufreibend. Aber es hat total Spaß gemacht. Die beiden haben die Sache richtig ernst genommen und das ist echt was wert. Sie haben mir ein richtig professionelles, durchdachtes Feedback gegeben und mich nicht wie ein dummes kleines Kind behandelt.«

»Das ist ja super!«, entgegne ich, obwohl ich jetzt erst recht Bammel bekomme.

»Wolltest du nicht zu der NYU-Infoveranstaltung? Die fängt nämlich bald an«, sagt Joanna zu Amelia.

»Stimmt«, erwidert die und wendet sich dann wieder an mich. »Ich schreibe dir später, vielleicht können wir uns dann ja alle noch mal treffen?«

»Gerne!« Ich lächele sie an. Sie und Joanna verabschieden sich.

Kurz darauf ertönt neben mir doch tatsächlich eine Stimme.

»Ihr scheint euch ja gut zu verstehen. Dabei habt ihr euch doch gestern erst kennengelernt, oder?«

Bitte was? Das muss Roxana gerade sagen.

»Äh, Freitag«, erwidere ich, »genau wie du und Devin.« Ganz genau.

Ihr Mund klappt ein paarmal auf und zu. »Ich meinte ja auch gar nicht …«, setzt sie an, doch in dem Moment werden wir aufgerufen und finden uns kurz darauf von Angesicht zu Angesicht mit Morgan und Brandon wieder. Unsere Körpersprache scheint Bände zu sprechen, denn Morgan macht direkt einen Kommentar dazu.

»Nicht gleich in Abwehrhaltung gehen, ihr zwei«, sagt er amüsiert. »Das hier wird ganz friedlich ablaufen, versprochen.«

Er lächelt und schlägt unsere Seiten auf, bevor er sich noch mal rückversichert, dass wir wirklich die mit den »Freaks von der Magus High« sind. Wir nicken, und dann fangen die beiden an zu reden und listen als Erstes auf, was ihnen an unserer Arbeit besonders gefallen hat. Morgan sagt, dass meine Texte knackig und witzig sind und ich ein gutes Gespür für komödiantisches Timing und glaubhafte Figuren habe. Brandon lobt Roxanas Zeichnungen, die er als frech und unverbraucht bezeichnet, und betont dann, das Beste an unserer Arbeit sei, dass das Artwork und die Texte die Story gleichermaßen transportieren, was für einen Comic ganz essentiell sei. »Ihr zwei seid ganz offensichtlich ein super Team«, schließt er.

Ich versuche, mich über das Kompliment zu freuen, ohne mich zu fragen, ob der Satz nicht eher der Vergangenheit angehört.

Dann geben die beiden uns rücksichtsvoll, aber präzise Tipps, wie wir uns noch verbessern können. Morgan findet, ich könnte eventuell das Erzähltempo steigern, indem ich ein wenig die Witze reduziere, damit sie den Plot nicht bremsen. Brandon redet ein bisschen über Roxanas Farbgebrauch und rät ihr, sich vorher bei jedem Panel genau zu überlegen, wohin sie das Auge des Betrachters besonders lenken will. Er veranschaulicht das Ganze an einem Panel, von dem er meint, dass der Fokus nicht deutlich genug wird, und erklärt, wie sie das Problem beheben kann.

Während Brandon Roxana noch seine Tipps erläutert, vibriert plötzlich Morgans Handy, und das Display leuchtet auf. »Ups, sorry!«, sagt er und tippt kurz auf einen Button. Doch bevor das Display wieder dunkel wird, erhasche ich einen Blick auf sein Hintergrundbild.

Es zeigt einen Furcht einflößenden gehörnten Dämon, der brüllend in einer Schatzkammer posiert. Ich erkenne das Bild sofort, denn ich habe in den letzten fünf Jahren ständig im Z-men-Forum danach Ausschau gehalten. Es ist das Profilbild von copper670, dem User, von dem ich felsenfest überzeugt war, dass Zinc selbst dahinterstecken musste.

Ich starre mit offenem Mund auf das Display, wo eben das Bild zu sehen war, und als Morgan uns schließlich fragt, ob wir noch Fragen haben, weiß ich, dass ich ihn darauf ansprechen muss. »Ja. Ich weiß, das klingt jetzt vielleicht komisch, aber …« Ich sehe zu ihm hoch. »Sind Sie copper670? Aus dem Z-men-Forum?«

Erschrecken zuckt über sein Gesicht, gefolgt von einem überraschten Grinsen, und er kann weder das eine noch das andere rechtzeitig verbergen. Was ihm offenbar auch selbst auffällt, denn nach einem Moment sagt er: »Wow … jetzt bin ich wohl aufgeflogen.«

»Oh mein Gott!«, quietscht Roxy, und wir starren uns an, als uns klar wird, dass wir gerade ein Mysterium gelöst haben, das uns jahrelang beschäftigt hat.

»Wir lieben Ihre Fan-Fiction!«, platzt es aus mir heraus. »Das ist die beste von allen.«

Roxana nickt. »Graham hat Stein und Bein geschworen, dass copper670 in Wirklichkeit Zinc selbst ist. Inkognito natürlich.«

Morgan lacht los. »Schön wär's!«

»Es ist einfach so gut. Ganz ehrlich!«, verteidige ich mich. »Na ja, andererseits sind Sie ja auch ein Profi. Darum war das vielleicht gar nicht so weit danebengegriffen.« Ich werfe Roxy einen triumphierenden Blick zu. Als hätte ich zumindest ein bisschen recht gehabt.

Sie lacht und schenkt mir ein kleines anerkennendes Nicken.

»Ich unterbreche eure kleine Entlarvungsrunde ja nur ungern«, schaltet sich Brandon ein, »aber ich fürchte, unsere Zeit ist um, so sehr ich mich auch amüsiere.«

»Na dann«, sage ich im Aufstehen, »vielen Dank für das Feedback. Sie haben uns total weitergeholfen.«

»Ja«, bekräftigt Roxana. »Das wissen wir wirklich zu schätzen.« Wir schütteln den beiden noch mal die Hände, und Roxana schnappt sich unsere Probeseiten, bevor wir gehen.

Auf dem Weg zur Tür mustert sie mich entgeistert. »Woher wusstest du –?«

»Ich hab das Hintergrundbild auf seinem Handy gesehen!«, antworte ich aufgeregt. »Das hat er auch im Forum als Profilbild.«

Sie lacht. »Gute Arbeit, Sherlock.« Das höchste aller Komplimente.

»Danke, John.« Ich verbeuge mich kurz.

»Tja, sieht aus, als dürfte Jail-O noch eine Weile am Leben bleiben«, stichelt sie.

Ach ja. Unsere Wette.

»Stimmt«, erwidere ich zögernd. »Die Runde geht wohl an dich. Aber ich hab ganz vergessen, welchen Einsatz du gefordert hattest.«

»Ich glaube, ich hatte mich noch gar nicht entschieden …« Roxy bricht ab und starrt kurz ins Leere. Ich frage mich, ob sie auch gerade daran zurückdenkt – wie ich sie beinahe geküsst hätte. Vielleicht sieht sie den Moment im Garten ja jetzt, nach allem, was passiert ist, in einem völlig anderen Licht.

Draußen vor dem Raum wartet Devin auf uns. »Wie ist es gelaufen?«, fragt er sofort, als er uns sieht.

Die Antwort überlasse ich Roxana.

## 23. Kapitel

# Gewinne, Gewinne, Gewinne

Auf der Fressmeile stellen wir uns in verschiedenen Schlangen an – mir ist heute mehr nach Gyros –, können uns aber zwei Tische nebeneinander sichern. Felicia, Casey und ich sitzen an einem und Roxy, Devin und Samira am anderen.

Viel Zeit bleibt nicht, bevor Samiras Fan-Fiction-Panel anfängt, zu dem Roxana sie begleiten will, also schlingen die drei in einem Affenzahn ihr Essen hinunter. Ich überlege, ob ich auch mitgehen soll, erst recht, als Devin uns eröffnet, dass er für heute Nachmittag andere Pläne hat.

»Hast du vergessen, was heute um halb drei ist?«, fragt Casey, als ich es erwähne.

»Keine Ahnung«, antworte ich.

Er starrt mich ungläubig an. »Äh, die Präsentation? Der neuen ›Star Wars‹-Figuren?«

Ach, stimmt ja. Das ist eine wichtige Geschichte, weil sie dort nämlich die Actionfigur eines noch unbekannten Helden aus dem kommenden Film enthüllen. Wofür ich natürlich schon allein genetisch bedingt verpflichtet bin, mich zu interessieren.

Nachdem ich mich vergewissert habe, dass es Samira nicht so wichtig ist, ob ich auch mit zu ihrem Panel komme, sage ich Casey für die »Star Wars«-Präsentation zu. Felicia ist auch dabei, fragt jedoch, ob wir vorher einen kurzen Umweg über die Toiletten machen können.

Während Casey und ich draußen auf sie warten, wittere ich meine Chance und spreche ihn auf die Tatsache an, dass die beiden heute ziemlich viel zusammen unterwegs sind.

»Ich versuche schon die ganze Zeit, ihre Schwachstelle zu finden!«, stöhnt er, merklich frustriert. »Ich dachte, irgendwas muss es doch geben, womit ich sie ausstechen kann. Aber nichts. Sie ist verdammt noch mal einfach perfekt!«

Ich lache. »Ach, *das* hast du also den ganzen Tag gemacht?«, frage ich und füge dann, einer spontanen Eingebung folgend, hinzu: »Sie hat mir nämlich am Freitag noch erzählt, wie witzig sie dich findet.«

»Witzig?«, wiederholt er blinzelnd. »Ach so, du meinst komisch …«

»Nein, Mann. Witzig. Im Sinne von humorvoll und unterhaltsam.«

Seine Augenbrauen kräuseln sich verwirrt. »Im Ernst jetzt?«

»Im Ernst jetzt. Ich glaube, du hast sie echt beeindruckt.« Ich kann mir im letzten Moment ein »irgendwie« verkneifen. Dann sehe ich seine skeptische Miene und fühle mich veranlasst zu fragen: »Was ist los, Case? Ich weiß, du warst total Feuer und Flamme für Callie, aber uns ist doch beiden klar, dass das eine Katastrophe gegeben hätte. Felicia ist toll, sie weiß, dass du überhaupt existierst … und scheint dich wirklich zu mögen.«

Casey tritt stirnrunzelnd von einem Fuß auf den anderen. »Das kann ich mir ganz ehrlich nicht vorstellen.«

Er wirkt so verlegen, dass es mir schließlich dämmert. Natürlich, Callie war immer unerreichbar für ihn und das war ihm klar – wahrscheinlich hat genau das den Reiz ausgemacht. Sie ist jemand, den man aus der Ferne anhimmelt. Dagegen muss der Gedanke an Felicia, die direkt greifbar ist, absolut beängstigend sein. Ein echtes Mädchen, das ihn möglicherweise sogar auch mag? Eine handfeste Chance auf Romantik? Das ist etwas, was sich komplett seiner Kontrolle entzieht.

Ein Teil von mir fragt sich, ob es nicht bei Roxy und mir genauso war. Ob mir nicht von Anfang an klar war, dass sie meine Gefühle nicht erwidert. Haben sich meine Fantasien bloß deswegen um sie gerankt? Andererseits wirkte die Vorstellung so *richtig*. Wir passten als Freunde so gut zusammen, dass es nicht allzu schwer zu sein schien, unsere Beziehung auf die nächste Ebene zu heben, genau wie Sam gesagt hat. Ich habe wirklich das Gefühl, dass ich den Ausgang dieser Geschichte nicht hätte voraussehen können – und es auch immer noch nicht kann.

Felicia kommt von der Toilette. »Fertig?«, fragt sie uns und lächelt Casey an. Er nickt und marschiert sofort eilig los, nur dass Felicia entschlossen mit ihm Schritt hält. Ich sehe, wie sie sich zu ihm rüberlehnt und ihn bittet, ihr die Bedeutung der »Star Wars«-Präsentation zu erläutern, und muss grinsen, als ich seine etwas kurzatmige Antwort höre.

Vielleicht findet ja wenigstens ein Nerd auf der diesjährigen Comic-Con die Liebe …

Mein Handy vibriert und ich lese eine Nachricht von Amelia. **HAST DU SCHON VON DER ZINC-WIEDERGUTMACHUNGSAKTION GEHÖRT?!**

Ich sende ihr ein Fragezeichen zurück, woraufhin sie mir einen Link schickt.

Ein Eintrag auf der Comic-Con-Website erklärt, dass die NYCC-Organisatoren zusammen mit dem Filmstudio beschlossen haben, eine kleine Entschädigung für die Panne bei der Zinc-Bändchenvergabe anzubieten. Es wird eine Preview der ersten zwanzig Minuten des noch nicht angelaufenen »Chroniken von Althena«-Films geben, gefolgt von einem Publikumsgespräch mit dem Regisseur, Solomon Pierce-Johnson. Tickets dafür werden ab vierzehn Uhr per Losverfahren vergeben. Jeder, der persönlich am Stand des Filmstudios vorstellig wird, bekommt ein Ticket für die Verlosung. Es sei denn, man ist Mitglied im Z-men-Forum und hat in den letzten drei Monaten dort etwas gepostet. Dann bekommt man sogar zwei Tickets.

Krass.

»Halt!«, rufe ich Casey und Felicia zu und wiederhole eilig, was ich gerade gelesen habe. »Da ist ja wohl eine Last-minute-Planänderung fällig«, sage ich zu Casey, der allen Ernstes aussieht, als müsse er darüber noch nachdenken.

Aber dann gibt er sich einen Ruck. »Ja, vielleicht hast du recht«, sagt er. Wir drehen um und hasten in Richtung des Studiostands. Auf dem Weg schreibe ich noch schnell Roxy, obwohl ich nicht glaube, dass Samiras Panel vor drei vorbei ist.

Als wir ankommen, windet sich bereits eine Warteschlange um den Stand, aber es scheint ziemlich schnell voranzugehen, und mir fällt auf, dass außergewöhnlich viele Studio- und Comic-Con-Mitarbeiter für einen reibungslosen Ablauf sorgen. Diesmal wollen sie offensichtlich auf Nummer sicher gehen.

Für die Registrierung kann man sich mit den Tablets am Stand in seinen Z-men-Account einloggen, und die Crew scheint penibel darauf zu achten, dass man auch ein echtes Mitglied ist und sich nicht erst vor zehn Minuten dort angemeldet hat. Dann scannen sie noch unsere Comic-Con-Pässe, damit niemand auf die Idee kommt, das System auszutricksen, indem er sich mehrmals registrieren lässt. Am Schluss bekommt man ein Ticket für die Verlosung oder auch zwei, je nach Qualifikation.

»Sei um fünfzehn Uhr in Raum 1C04«, sagt das Mädchen, das mir meine Tickets reicht. »Wenn eine deiner Nummern gezogen wird, darfst du zur Preview.«

Ich umklammere die beiden Zettel wie Charlie Bucket sein goldenes Ticket und warte dann auf Casey, der sich ebenfalls seine zwei holt, und Felicia, die eins bekommt. Wenn ich nur Roxys Z-men-Passwort wüsste, dann würde ich Felicia sich als sie einloggen lassen, aber leider hat sie es mir noch nie verraten.

»Wenn ich gewinne, gebe ich meins Roxana«, sagt Felicia, sobald wir den Stand verlassen.

»Danke«, sage ich.

Sie sieht aus, als wolle sie noch mehr sagen, dann aber schüttelt sie nur den Kopf. »Stellvertretend gern geschehen«, sagt sie schließlich.

Casey guckt auf seine Uhr. »Ich glaube, wir hätten noch genug Zeit, um den Rest der ›Star Wars‹-Präsentation mitzukriegen.«

Aber ich will diesmal nichts dem Zufall überlassen. »Geh ruhig«, sage ich. »Ich will lieber schon mal zum Verlosungsraum. Nur zur Sicherheit.«

»Ich glaube, ich gehe mit Graham«, meint Felicia, und ich bin ehrlich überrascht, dass sie nicht bei Casey bleibt. Aber was weiß ich denn schon? In Sachen Liebe habe ich erwiesenermaßen null Durchblick. Vielleicht sollte ich mich einfach an das halten, was ich sicher weiß.

Als wir uns zusammen auf den Weg zu Raum 1C04 machen, kommt mir plötzlich ein unangenehmer Gedanke. Aber er ist drängend genug, dass ich ihn ausspreche.

»Sag mal, Felicia, könntest du mir einen Gefallen tun?«

»Hmmm?«

»Könntest du Roxy noch mal wegen der Verlosung schreiben? Nur für den Fall, dass sie meine Nummer blockiert hat und meine Nachricht nicht angekommen ist?« Ich deute vage mit dem Kinn auf mein Handy.

»Graham«, sagt Felicia sanft. »Sie hat deine Nummer nicht blockiert.«

»Ich weiß, ist eher unwahrscheinlich«, räume ich ein, »ich will bloß sichergehen, dass sie die Nachricht auch bekommt. Ist halt gerade etwas kompliziert zwischen uns.«

Sie holt ihr Handy raus und tippt eine Nachricht. »Nur damit du beruhigt bist. Aber jetzt mal im Ernst, ich weiß, dass sie das nie tun würde.« Sie zögert kurz und wägt ihre nächsten Worte gut ab. »Es wird schon alles wieder gut. Ich glaube, sie steht nur ein bisschen unter Schock.«

»Ja«, murmele ich. Genau das hat Samira auch gesagt. »Nur schade, dass die Vorstellung, jemand wie ich könnte in sie verliebt sein, sie überhaupt so schockiert.«

»Tja, Graham, es geht hier eben nicht um jemanden *wie* dich. Sondern um *dich.* Ihren besten Freund«, widerspricht Felicia. »Ihr zwei seid einfach schon so lange eine feste Einheit und das ist ihr unheimlich viel wert. Okay, sie hat dich in eine Schublade gesteckt. Aber eine extrem wichtige Schublade. Und jetzt willst du auf einmal in eine andere umziehen und ... na ja, das ist eben schwierig.«

Ich versuche, all das, was sie sagt, so nüchtern wie möglich zu betrachten. Und ich verstehe, was sie meint.

Wenn Roxana wirklich keine Ahnung hatte, was ich für sie empfinde, und ich sie mit meiner Offenbarung komplett überrumpelt habe – dann ist es wohl kein Wunder, dass sie jetzt unter Schock steht.

»Glaubst du denn, wir können jemals wieder einfach Freunde sein? Wie vorher?«

Felicia denkt kurz nach. »Ja. Oder nein. Also, ich glaube schon, dass eure Freundschaft die Sache überstehen kann. Aber ich weiß natürlich nicht, ob wirklich alles *genauso* werden wird wie vorher. Aber komm schon, Graham, wann ist das denn jemals der Fall? Wir verändern uns doch alle ständig, entwickeln uns weiter und werden erwachsen. Du als angehender Autor müsstest das doch eigentlich wissen.«

Ich nicke, während ich ihre weisen Worte sacken lasse. Besser geht es mir dadurch trotzdem nicht, denn es ist schließlich nicht so, als könnte ich meine Gefühle für Roxy einfach abstellen. Aber sie haben mich zum Nachdenken gebracht.

»Verdammt, Felicia«, sage ich dann lachend. »Du hast echt auf alles eine Antwort, oder? Du bist wirklich perfekt.«

Ich hatte erwartet, dass sie mit den Schultern zucken oder lächeln oder noch irgendwas Tiefsinniges sagen würde, stattdessen runzelt sie die Stirn. »Wieso, wer sagt denn so was?«

Ich lache erneut. »Casey. Ich. Na ja, jeder eigentlich.«

Aber Felicia lacht nicht. »Casey auch?« Sie stößt die Luft aus. »Ich bin nicht perfekt«, sagt sie dann scharf.

Mist, da bin ich wohl irgendwie ins Fettnäpfchen getreten. »Tut mir leid …«, stammele ich.

Felicia seufzt. »Es ist nur … Ich hab das schon öfter gehört, und ich weiß, dass es ein Kompliment sein soll, aber in Wirklichkeit baut das einen Riesendruck auf. Es ist, als würden alle nur darauf warten, dass ich scheitere.«

»Felicia, bist du in deinem Leben jemals an irgendwas gescheitert?«

»Natürlich!«, entgegnet sie. »Vielleicht nicht in der Schule oder so, aber ich wurde auch schon von Freunden sitzen gelassen, in manchen Sportarten bin ich eine totale Niete, und ich war auch schon in Jungs verliebt, die mich nicht mochten …«

»Echt?«, frage ich ehrlich überrascht. Welcher Junge würde denn Felicia nicht mögen?

Felicia schüttelt den Kopf und verdreht die Augen. »Niemand ist perfekt, Graham. Ich nicht. Und Roxana auch nicht. Ehrlich, ihr Jungs müsst aufhören mit diesem Quatsch. Wenn ihr uns einfach mal als das sehen würdet, was wir wirklich sind – einfach Menschen wie ihr –, dann wärt ihr auch nicht immer so schnell eingeschüchtert. Und würdet euch nicht von vornherein selbst zum Scheitern verurteilen.«

Oh Mann! Ich behalte lieber für mich, dass allein diese Gardinenpredigt mehr als einschüchternd ist. Aber sie könnte tatsächlich recht haben.

Wir erreichen den Raum, in dem die Verlosung stattfindet, offenbar einem der größten Konferenzsäle des Javits-Centers. Drinnen gibt es keine Stuhlreihen, nur eine

Bühne mit Podium, und die Leere davor lässt den Raum schier endlos wirken. Es haben sich jetzt schon ein paar Hundert Leute versammelt und mein Blick fällt sofort auf eine sehr unwillkommene Papa-Schlumpf-Kappe.

»Ich meine, mal ehrlich. Nach der Session am Freitag hat man ja wohl keine allzu hohen Erwartungen mehr an den Film, oder?«, posaunt der Träger an seine Freunde gewandt.

Ich glaub's nicht.

Doch gerade als sich in mir der überwältigende Wunsch regt, eine Gewitterwolke direkt über der verhassten Kappe heraufzubeschwören, ertönt eine fröhliche Stimme.

»Super, du hast es geschafft!«

Als ich mich umdrehe, sehe ich Amelia mit Joanna auf uns zukommen.

»Ja!«, rufe ich und wedele mit meinen Tickets, dankbar über die Ablenkung von der himmelschreienden Ungerechtigkeit, dass dieser Typ schon wieder hier ist. »Gerade noch rechtzeitig. Tausend Dank, dass du Bescheid gesagt hast.«

»Klar doch!«, sagt sie und strahlt mich an. »Ich hoffe, du kommst diesmal rein.«

Erst dann fällt mir ein, dass Amelia und Felicia sich noch gar nicht richtig kennen, also stelle ich sie einander vor.

»Bist du auch ein Zinc-Fan?«, fragt Amelia.

»Eigentlich nicht so«, antwortet Felicia. »Aber wenn ich gewinnen sollte, kenne ich ein paar Leute, die mir einen exorbitanten Preis für das Ticket zahlen würden.« Sie zwinkert und Amelia lacht.

»Damit könntest du definitiv ein bisschen schnelles Geld machen«, kommentiert Amelia.

»Du hast recht, du bist nicht perfekt – du bist *böse*!«, sage ich zu Felicia.

»Muahahahaha«, macht sie, und ihr Schurkenlachen ist beeindruckender, als ich erwartet hätte.

»Die Besetzung ist echt ein Witz«, schallt Papa Schlumpfs penetrante Stimme wieder zu uns rüber. »Ich meine, Malcolm Vreeland? Im Ernst? Weiß doch jeder, dass Musiker miese Schauspieler sind. Und wie wollen sie überhaupt die ganzen Handlungslöcher aus der Comic-Vorlage umschiffen?«

»Meint der Typ das etwa ernst?«, fragt Amelia ungläubig.

Freut mich, dass jemand meine Empörung teilt.

»Du hast ja keine Ahnung«, stöhne ich und berichte dann, wie der Typ sich in der Zinc-Schlange aufgeführt hat, dass er das Chaos mit verursacht und dann auch noch ein Bändchen bekommen hat.

»Für den sollte es ein Extraplätzchen in der Nerd-Hölle geben«, brummt Amelia, nachdem ich mit meiner Geschichte fertig bin.

»Oh ja. Eins, an dem er bis in alle Ewigkeit von nichts als ›Althena‹-Kram umgeben ist.«

»Mit ganz vielen Handlungslöchern«, fügt Amelia hinzu.

»Und schlechten Schauspielern.«

»Nur dass er selbst leider stumm ist und kein Wort dazu sagen kann.«

»Und Arme hat er auch keine, damit er seine Lästereien nicht in irgendeinem Forum posten kann.«

»Und solche Foren gibt es dann sowieso nicht … nur welche, in denen Zinc total überschwänglich gelobt wird«, schließt sie mit einer ausladenden Geste. »Mit Millionen Emoji-Herzen!«

Ich grinse.

Ein paar Minuten später stößt Casey zu uns, der aus unerfindlichen Gründen Devin im Schlepptau hat. Es ist jetzt fast drei, aber von Roxana ist noch immer nichts zu sehen. Sie scheint wirklich bis zum Ende in Samiras Panel zu bleiben. Ich hoffe, sie hat wenigstens eine von unseren Nachrichten bekommen.

»Wie war die Präsentation?«, frage ich Casey.

Er schnaubt. »Die haben so lange gelabert, dass ich losmusste, bevor sie die Figur überhaupt enthüllt haben«, antwortet er frustriert.

Ich deute auf Devin und senke die Stimme. »Wo hast du den denn schon wieder aufgegabelt?«

Casey zuckt mit den Schultern. »Der war in dieselbe Richtung unterwegs wie ich. Bin ihm draußen auf dem Gang in die Arme gelaufen. Er meinte, er hätte gerade noch rechtzeitig von der Verlosung gehört und sich auch noch ein Ticket geholt.«

Na klar. Ich wünschte, man hätte erst mal eine Insider-Frage beantworten müssen oder so was, um zur Verlosung zugelassen zu werden. Dadurch hätten sie ganz einfach die echten Fans rausfiltern können, die es verdient hätten.

»Okay, Leute«, sagt ein älterer Mann mit einem »Althena«-Film-Shirt, der jetzt auf der Bühne am Mikro steht. »Dann bringen wir die Sache mal so kurz und schmerzlos wie möglich hinter uns. Die Preview fängt um Viertel nach drei an und wir nehmen die Gewinner der Verlosung direkt von hier aus mit.«

Er drückt eine Taste auf seinem Laptop. Ungefähr hundert Nummern erscheinen auf der Leinwand hinter ihm.

»Das hier sind die Gewinnernummern, die der Computer nach dem Zufallsprinzip ausgesucht hat«, fährt er fort. »Sie sind aufsteigend geordnet. Guckt nach, was auf euren Tickets steht. Wenn ihr zu den Gewinnern gehört, stellt euch bitte hier rechts von mir in einer Reihe auf, wo sich dann unsere Mitarbeiter um euch kümmern.« Er deutet auf fünf Leute, die, ebenfalls in »Althena«-Shirts, vor der Bühne stehen.

Überall um mich werden Seufzer und enttäuschtes Gemurmel laut, und ich stelle zufrieden fest, dass Papa Schlumpf unter den Verlierern ist. Froh, dass es offenbar doch noch Gerechtigkeit auf der Welt gibt, studiere ich wie alle anderen die Nummern auf meinen Tickets und blinzele dann hoch zur Leinwand.

Weder Amelia noch Joanna, Felicia, Casey oder Devin haben ein Gewinnerticket.

Dafür aber ich.

0389213.

Ich starre auf die Nummer in meiner Hand, dann wieder auf die Leinwand, hin und her, um ganz sicherzugehen, dass ich keine spontane Zahlenblindheit entwickelt habe. Felicia fällt als Erster auf, dass ich, nachdem alle anderen verkündet haben, nicht zu den Gewinnern zu gehören, wie zur Salzsäule erstarrt bin und ungläubig auf mein Ticket glotze.

»Hast du gewonnen?«, fragt sie.

Ich sehe zu ihr hoch und nicke langsam.

»Oh mein Gott!«, quietscht sie. »Graham hat gewonnen!« Amelia und Joanna johlen begeistert los. Casey ruft: »Cool, Alter!«, und selbst Devin klopft mir auf die Schulter.

»Super!«, jubelt Amelia. »Ich freue mich so für dich. Das hast du nach Freitag aber auch wirklich verdient.«

Ich lächele sie an, aber ich kann mein Glück noch immer nicht ganz fassen. Da ertönt hinter uns eine Stimme.

»Ich hab eure Nachrichten bekommen«, japst Roxana völlig außer Atem. »Wie ist es gelaufen? Hat einer von euch gewonnen?« Sie und Samira sehen beide aus, als wären sie den ganzen Weg hierher gesprintet.

»Graham!«, sagt Casey.

Unsere Blicke treffen sich. Ein aufrichtiges Strahlen breitet sich auf Roxanas Gesicht aus. »Wow! Das ist ja toll!«

»Du musst dich in die Schlange stellen«, erinnert mich Devin mit einer Geste in Richtung der Bühne.

Doch es ist, als wäre ich plötzlich mit dem Boden verwachsen, und ich kann nicht aufhören, Roxy anzusehen. Auch wenn alles dermaßen in die Hose gegangen ist, dieses Wochenende hatte einzig und allein zum Ziel, sie glücklich zu machen.

Ich umklammere noch immer das Ticket und sehe es an, als mir mit einem Mal etwas klar wird. So viel mir Robert Zinc auch bedeutet, so sehr ich mich für jeden Fitzel seines Œuvres begeistern kann, über jedes noch so winzige Gerücht, jede Schlagzeile, die online auftaucht, so sehr ich von jeder Winzigkeit über ihn besessen bin … ohne Roxana wäre dieses Erlebnis einfach nichts wert.

## 24. Kapitel

# Zum Ersten, zum Zweiten und zum …

»Hier, nimm du es.«

Ich greife nach Roxys Hand und drücke das Gewinnerticket hinein, bevor sie auch nur weiß, wie ihr geschieht.

Sie starrt darauf und dann wieder hoch zu mir. »Wie jetzt? Ich kann das nicht annehmen.«

»Musst du aber«, entgegne ich fest.

Sie stößt ein verwirrtes Lachen aus. »*Muss* ich aber?«

Ich nicke. Mein Entschluss ist gefasst und ich lasse mich durch nichts mehr davon abbringen. »Ja, weil ich es so will.«

Sie guckt mich an, das Ticket noch immer in der ausgestreckten Hand. »Aber wieso? Zinc ist dein absoluter Lieblingskünstler, Graham.«

»Deiner auch«, erwidere ich ruhig.

Sie schüttelt den Kopf. »Du hast gewonnen, fertig.«

Sie will es mir zurückgeben, aber ich verschränke die Hände hinter dem Rücken.

»Ist mir egal.«

»Lass den Quatsch!«, ruft sie, während sie erfolglos versucht, sich meinen Arm zu schnappen. Doch die zweiundzwanzig Zentimeter, um die ich sie überrage, zahlen sich aus.

»Wie du willst«, sage ich, die Hände erhoben, wie um zu kapitulieren. »Aber wenn du es nicht nimmst, schenke ich es irgendwem anders hier. Egal, wem. Ich mein's ernst.«

Endlich hört sie auf, nach meinen Händen zu grabschen. »Ich versteh nicht, was das soll. Warum machst du das?«

In dem Moment wird mir bewusst, dass Felicia, Casey, Samira, Devin, Amelia und sogar Joanna uns anstarren, aber ich muss einfach die Wahrheit sagen. Diesmal ohne Alkoholeinfluss und, wenn's denn nicht anders geht, auch vor Publikum.

»Ich wollte, dass du ein perfektes Wochenende hast«, gestehe ich. »Aber dann ist alles schiefgegangen. Nur diese eine Sache hier nicht. Darum bitte. Nimm es. Tu's für mich.«

Roxanas große braune Augen bohren sich in meine, und ich frage mich, ob sie ahnt, dass ich kurz davor bin loszuheulen. Was auch immer sie sieht, veranlasst sie jedenfalls dazu, einen weiteren Blick auf das Ticket zu werfen, bevor sie schließlich fragt: »Bist du ganz sicher?«

»Hundertpro.«

»Okay«, sagt sie dann und schließt endlich die Hand um das Ticket. Ich atme auf. »Aber ich … ich weiß überhaupt nicht, wie ich dir dafür danken soll …«

»Stell dich einfach in die Schlange. Na los«, dränge ich und deute auf die Reihe von Gewinnern vor der Bühne, die sich bereits in Bewegung setzt.

»Oh«, sagt sie und macht sich hastig auf den Weg. Dann dreht sie sich noch mal um und ruft mir zu: »Ich versuche, mir alles genau zu merken, damit ich es dir hinterher erzählen kann.«

»Das will ich auch hoffen. *Alles.*«

Sie nickt, und kurz sehe ich uns beide bei ihr im Garten vor mir, wo sie mir einen detaillierten Bericht abliefert. Und zwischen uns ist alles fast wieder normal. Denn fürs Erste ist das meine größte Hoffnung – dass es irgendwann wieder normal sein wird.

Bevor sie weiter in Richtung ihrer Schlange läuft, wendet sie sich noch mal an ihre Schwester: »Sam? Ist es in Ordnung, wenn du für eine Stunde bei den anderen bleibst?«

»Klar!«, ruft Samira. »Bis später!«

Roxana wirkt noch immer wie benebelt, als sie uns einen letzten Blick zuwirft und sich dann, endlich, ans Ende der Schlange stellt. Sekunden darauf kommt ein Mitarbeiter, um ihr Ticket zu scannen. Dann marschieren die Gewinner zu einer Tür am hinteren Ende des Saals hinaus.

Ich bin mir sicher, dass die anderen mich immer noch anstarren, doch die gute Felicia bewahrt mich fürs Erste davor, ihnen Rede und Antwort stehen zu müssen. »So, was steht denn als Nächstes an?«, fragt sie fröhlich.

Casey zieht seinen Plan aus der Tasche und betrachtet ihn. »Also, ich hab die nächsten fünfundvierzig Minuten Leerlauf«, sagt er. Dann holt er das offizielle Comic-Con-Programm raus und reicht es Felicia. »Gibt's irgendwas, was dich interessieren würde?«

*Nicht schlecht, Case*, denke ich, beeindruckt von der lässigen Geste … obwohl Felicia natürlich keine Ahnung hat, was es bedeutet, dass er ihr dermaßen die Kontrolle über seinen Zeitplan überlässt. Sie wirft bloß einen kurzen Blick auf die Uhr und fängt dann an, ein paar Möglichkeiten vorzulesen. »Halb drei. Also, es gibt ein WWE-Wrestler-Panel. Eins über Gender-Identität in Comics. Eins über Brettspieldesign. Außerdem fängt gleich die Sun-Auktion an …«

»Oh!«, sage ich. »Wie wär's, wenn wir da hingehen?« Felicia und Samira werfen mir eindringliche Blicke zu. Ich grinse. »Ich kaufe auch nichts, versprochen. Aber Versteigerungen sind doch immer spannend.«

»Bin dabei«, sagt Casey.

»Okay, dann los«, stimmt Felicia zu.

Ich frage Amelia und Joanna, ob sie auch mitkommen wollen, und sie sagen Ja. Im letzten Moment fällt mir ein, dass es schon ziemlich daneben wäre, nicht auch noch Devin einzuladen, der sich uns ebenfalls anschließt.

Wir sind zu viele, um in dem Gedränge zusammenzubleiben, und so teilen wir uns, ohne es zu merken, in kleinere Grüppchen auf. Felicia und Casey laufen vor

Samira und mir. Ich höre, wie Devin hinter mir Amelia und Joanna in ein Gespräch verwickelt. Natürlich.

»Das war echt lieb von dir. Das mit dem Ticket«, sagt Samira leise zu mir. »Also, wenn das eine Geschichte von mir gewesen wäre, hätte ich sie dich danach definitiv küssen lassen.«

Ich lächele. »Tja, dann wünschte ich, es wäre eine von deinen Geschichten.«

Und wer täte das nicht? Alle hier – ob nun als Aliens, Zauberer, Zombies oder Superhelden verkleidet – wünschen sich doch mehr als alles andere, in einer solchen Geschichte zu landen, Teil von etwas Logischerem und Bedeutungsvollerem zu sein, als das wahre Leben es zu sein scheint. Denn selbst Welten, in denen es Drachen und Zeitmaschinen gibt, kommen einem manchmal geordneter vor als unsere eigene. Wenn man für Geschichten lebt und einen Großteil seiner Zeit darauf verwendet, schlüssige Spannungsbögen zu konstruieren, hat man einfach oft das Gefühl, als würde man hilflos durch sein Leben stolpern, verzweifelt auf der Suche nach guten Erzählsträngen im Chaos. Was, wie ich dieses Wochenende auf die harte Tour lernen musste, ziemlich ernüchternd enden kann. Geschichten sind für die Momente da, in denen das wahre Leben einen im Stich lässt. Aber sie sind kein Ersatz dafür.

Wir erreichen die Versteigerung, die in einem weiteren großen Saal am Ende eines sehr langen Flurs stattfindet. Die vorderen Plätze sind schon fast alle besetzt, aber im hinteren Teil gibt es noch ein paar freie Reihen, und eine davon nehmen wir in Beschlag. Ich lande zwischen Samira und Amelia.

Es werden die verschiedensten Objekte versteigert, alles von alten Zeichnungen über Originalskizzen aus der Ausstellungshalle bis hin zu Requisiten und exklusiven Fanartikeln. Ein Stuhl vom »Star Trek: Voyager«-Set kommt für einen Tausender unter den Hammer. Dagegen ist die kleine, aber wunderschöne Harley-Quinn-Zeichnung von Jim Lee für hundertfünfzig Dollar geradezu ein Schnäppchen.

Einmal stößt mir Amelia den Ellenbogen in die Seite und deutet aufgeregt auf das, was als Nächstes dran ist: eine kleine Sammlung von Zinc-Originalen.

Ich nicke ihr zu und weiß, dass wir beide gleichermaßen von Neid zerfressen werden, als ein Hagel von Geboten und Gegengeboten für die zwei Cover niedergeht, bis das bekanntere davon schließlich für achttausend Dollar verkauft wird und das andere für fast viertausend.

»Glaubst du, wenn ich dem Typen da zwanzig Dollar gebe, darf ich das Cover mal für fünf Sekunden in die Hand nehmen?«, flüstert Amelia mir zu.

»Das weißt du erst, wenn du ihn fragst«, flüstere ich zurück.

»Du bist so weise.«

Schließlich ist das letzte Stück aus der Reihe dran, und ich kann nur zusehen, wie fünf Leute sich ein Kopf-an-Kopf-Rennen um etwas liefern, von dem ich gestern noch überzeugt war, es selbst bald zu besitzen. Der erste Bieter treibt den Preis direkt auf siebenhundertfünfzig

Dollar und innerhalb von dreißig Sekunden sind wir bei dreitausend. Nach und nach scheiden immer mehr Leute aus, und unsere Köpfe schnellen hin und her, während eine rundliche ältere Dame und ein dürrer Hipster mit Fu-Manchu-Bärtchen die Sache bis zum bitteren Ende untereinander ausfechten.

Eine Weile geht es so weiter und im Saal herrscht gebannte Stille, alle halten den Atem an. Schließlich aber gibt der Hipster klein bei und die Dame sichert sich das Zinc-Original für siebentausendsiebenhundertfünfzig Dollar.

Stürmischer Applaus bricht los. Beide Kontrahenten sind knallrot im Gesicht und verschwitzt, aber die Siegerin hat ein breites Lächeln auf den Lippen.

Casey lehnt sich über Samira hinweg und sagt zu mir: »Ist schon alles gut so. Das hätte ja eine Ewigkeit gedauert, bis du mir das zurückgezahlt hättest!«

Damit hat er wohl recht, aber ist jetzt wirklich alles gut?

Vielleicht. Und vielleicht werde ich das eines Tages auch selbst so sehen können.

»›Manchmal ist alles, was uns bleibt, das Wissen, dass in diesem Universum etwas Großartiges existiert, auch wenn es uns selbst verwehrt bleibt. Manchmal muss uns das genug sein‹«, zitiert Amelia Althena.

Meine Kinnlade klappt runter, und ich frage mich, ob ich wirklich so leicht zu durchschauen bin. Erst als sie einen wehmütigen Blick zu der Gewinnerin hinüberwirft, wird mir klar, dass sie von der »Althena«-Seite redet.

Dabei hätte sie genauso gut Roxana und mich meinen können.

Irgendwie habe ich einen völlig neuen Sinn in Robert Zincs Worten erkannt. Und eine Weile kann ich nur darüber staunen. Schließlich kommt es nicht alle Tage vor, dass man tief in seinem eigenen Fan-Herzen eine neue Kammer zum Durchstöbern findet.

25. Kapitel

# Eine neue Hoffnung

Die Versteigerung ist noch immer in vollem Gange, als Casey uns über ein Panel informiert, das um vier anfängt. »Sie zeigen die Pilotfolge für eine neue Serie, ›Mr Advantageous‹, mit anschließender Podiumsdiskussion.«

»Oh!«, meldet sich Samira zu Wort. »Das ist die mit Tim Fisher, oder? Kommt der auch?«

Casey wirft einen Blick auf seinen Plan. »Sieht so aus.«

»Dann bin ich dabei«, verkündet Samira, und ihre Augen leuchten, wie es nur die einer Elfjährigen können.

»Ich auch«, schließt sich Felicia an, und mir fällt auf, dass in ihrem Blick ein ganz ähnlicher Glanz liegt.

»Okay«, sagt Casey und wendet sich dann an mich. »Was ist mit dir?«

Ich wollte sowieso gerade vorschlagen, langsam aufzubrechen, wenn auch nicht wegen »Mr Advantageous«. »Ich glaube, Roxanas ›Althena‹-Preview ist gleich zu

Ende. Vielleicht warte ich vor dem Verlosungsraum auf sie, damit sie mir gleich alles berichten kann.«

»Oh, das klingt super! Was dagegen, wenn ich mitkomme?«, fragt Amelia.

»Überhaupt nicht.«

»Ich komme auch mit«, schließt sich auch Devin an, und mir entgeht keineswegs, dass er nicht mal fragt.

Joanna sagt, dass sie nach Hause muss, um für einen Mathetest zu lernen, und wir verabschieden uns am Ausgang von ihr, bevor wir uns ein Stückchen weiter den Flur hinunter von Casey, Felicia und Samira trennen.

Amelia und ich marschieren voraus, aber ich spüre die ganze Zeit Devin hinter mir.

»Okay, Graham«, beginnt Amelia. »Ich muss dich jetzt mal was fragen.«

»Was denn?«

»Kann sein, dass das etwas sehr direkt rüberkommt, aber, tja, ich bin halt eine echte Stadtgöre. Also, läuft da irgendwas zwischen dir und Roxana?«

Ich zucke zusammen. Damit hatte ich nicht gerechnet. Ich starre Amelia an, die geduldig auf meine Antwort wartet, und lache nervös, bevor ich erwidere: »Nein. Gar nichts.« Denn das ist schließlich die Wahrheit.

Amelia zögert kurz. »Und *hättest* du gerne, dass da was läuft?«

Einen Moment lang bin ich sprachlos. Außerdem habe ich das Gefühl, dass Devin, der hinter uns mit seinem Handy beschäftigt war, plötzlich sehr interessiert lauscht.

»Nicht mehr«, gebe ich schließlich zu.

»Kein bisschen?«, hakt Amelia nach.

»Na ja, doch«, korrigiere ich nach kurzem Nachdenken. »Aber das wird sowieso nicht passieren, da bin ich mir ziemlich sicher. Ich versuche gerade, damit klarzukommen.« Mit einem angedeuteten Schulterzucken lächele ich sie an.

Sie mustert mich durchdringend, bevor sie wieder etwas sagt. »Danke, ich weiß deine Ehrlichkeit zu schätzen.«

»Ach ja, ich und meine Ehrlichkeit. Das ist mein Kryptonit.«

»Wenn *ich* jetzt mal ehrlich sein soll, weiß ich eine ganze Menge Dinge an dir zu schätzen, Graham«, fährt Amelia fort.

»Ja?«

»Klar«, sagt sie, ohne mich im Gehen aus den Augen zu lassen. »Du bist schlau und witzig und verdammt talentiert. Und wir haben total viel gemeinsam. Mal ganz davon abgesehen, dass du ziemlich gut aussiehst.«

Ich bleibe stehen und mein Mund klappt auf. Devin läuft mir von hinten in die Hacken, aber das ist mir egal. »Du findest mich … Moment, was?«

Also, das habe ich nun wirklich nicht kommen sehen. Ich starre das Mädchen – dieses *wunderschöne* Mädchen – vor mir an, das mir gerade eröffnet hat, dass es mich gut aussehend findet, und die nächsten zehn Sekunden warte ich ganz ernsthaft darauf, dass ich aus diesem Traum aufwache, der zu schön ist, um wahr zu sein.

»Na, was denkst du denn?«, fügt Amelia schmunzelnd hinzu. »Leuchtend blaue Augen. Schwarze Nerd-Brille. Du sendest totale Clark-Kent/Superman-Vibes aus.« Sie grinst mich an, und ich hebe unwillkürlich die Hand an meine Brille, voller Staunen darüber, dass sie tatsächlich ihren Zweck zu erfüllen scheint. »Willst du mir wirklich weismachen, dass du es nicht merkst, wenn ein Mädchen dich mag?«

Ich lache kurz auf. Wenn sie wüsste, wie sehr sie mit dieser Bemerkung den Nagel auf den Kopf trifft. »Ich glaube, ich kann mit Fug und Recht behaupten, dass ich gar nichts weiß – genau wie Jon Snow.« Ich lächele schüchtern.

»Okay, also um es ganz klarzumachen … ich mag dich, Graham.«

Wir sind mitten auf dem Gang stehen geblieben, aber ich bin zu perplex, um auch nur einen Gedanken an meine guten Manieren zu verschwenden. Die Leute strömen um uns herum wie um einen Felsbrocken in einem Fluss, und wenn ein paar von ihnen fluchen oder uns anrempeln, bekomme ich es zumindest nicht mit.

Wen interessiert *wunderschön*? Amelia hat auch noch echt Mumm. Ich habe drei Monate, Unmengen von Alkohol und einen nervigen Briten gebraucht, um der Person, die ich auf der Welt am allerbesten kenne, zu sagen, dass ich in sie verliebt bin. Und dieses Mädchen redet gleich mit einem völlig Fremden Klartext.

»Also, jedenfalls wollte ich dich fragen, ob du irgendwann mal mit mir ausgehen willst«, fügt sie hinzu.

Ich starre sie an, dieses Mädchen, das nicht Roxy ist. Ich kenne sie kaum. Ich weiß nicht, was ihr Lieblingsessen oder ihr Hassfach in der Schule ist. Ich weiß nicht, welchen Film sie sich anguckt, wenn sie traurig ist, oder ob sie das überhaupt macht. Ich habe keine Ahnung, wie viele Sommersprossen sie auf der Nase hat.

Und sie weiß genauso wenig über mich – ich bin schließlich nicht ihr bester Freund. Andererseits bin ich aber auch nicht wie ein Bruder für sie. In dieser Schublade bin ich bei ihr noch nicht gelandet, wie Felicia es ausdrücken würde.

Und jetzt wartet sie auf eine Antwort. »Ich … ja. Irgendwann gerne«, sage ich ohne viel Nachdenken. Ich bin erstaunt über meine eigenen Worte, aber gleichzeitig weiß ich, dass es genau die richtigen sind. Ja, irgendwann mal, eines Tages, und zwar eines nicht so fernen, werde ich dafür bereit sein, Amelia besser kennenzulernen. In dem Bewusstsein, dass sich möglicherweise mehr als Freundschaft zwischen uns entwickeln könnte. Was für ein ungewohntes Konzept.

Sie lächelt zu mir hoch, und wir sind einander so nah, dass ich die Sommersprossen auf ihrer Nase zählen kann. Es sind sieben.

»Das klingt doch mal nach einer ehrlichen Antwort. Siehst du, in Wirklichkeit ist das nämlich deine Superkraft.«

Sie streckt die Hand aus und berührt damit leicht meine, und ich bin überrascht, wie *fremd* dieses Gefühl ist – warm und ein bisschen kribbelnd. Instinktiv streiche ich ihr mit dem Daumen über den Handrücken. Und auch das fühlt sich ziemlich gut an.

Wir grinsen uns an, ohne zu bemerken, dass ein Stück weiter den Gang runter eine Tür aufgegangen ist und Leute herausströmen. Ich sehe nicht mal das Mädchen mit den kurzen dunklen Haaren, das schnurstracks auf uns zukommt, bis Roxana direkt neben mir steht.

»Oh mein Gott, Leute.« Sie ist vollkommen außer Atem. »Althena. Wie sie aussah. Fiona Ruthers ist *genau* die richtige Besetzung für sie. Und Noth. Ich weiß, wir waren alle nicht so überzeugt von Malcom Vreeland, aber er hat mich echt überrascht. Es war der Wahnsinn …« Sie bricht mitten im Satz ab, und ich merke ihr an, dass sie die Lage zu sondieren versucht. Amelia und ich sind zwar hastig auseinandergewichen und berühren uns nicht mehr, aber vielleicht liegt es daran, wie nah wir noch immer beisammenstehen.

Irgendwann bin ich wieder zurechnungsfähig genug, um uns allesamt an den Rand des Flurs zu bugsieren.

»*Tell me more, tell me more*«, singt Devin an Roxana gewandt, und sie blinzelt zu ihm hoch. Als hätte sie ihn vollkommen vergessen. Dann guckt sie wieder mich an und ihr Blick ist fragend.

Ich setze ein Lächeln auf. »Genau, na los. Du hast versprochen, mir alles zu erzählen.« Mein Tonfall ist sanft, aber ein kleiner Vorwurf schwingt trotzdem darin mit: Du hast versprochen, *mir* alles zu erzählen …

Wieder denke ich an uns beide im Garten, wie schon unzählige Male vorher, und mir wird klar, dass das

Traumbild, zusammen mit all den anderen Szenen, die ich mir ausgemalt habe, verschwunden ist. Es wird nie dazu kommen und das sollte es auch nie.

»Erzähl *uns* alles«, rudere ich schließlich zurück, um den Schaden ein wenig zu begrenzen.

Roxy mustert mich, und einen Moment lang habe ich das Gefühl, dass sie es auch sieht – das Bild von uns beiden in ihrem Garten, das sich plötzlich in Luft auflöst.

Aber dann fängt sie an zu reden. »Also, Malcolms Rockstar-Appeal passt echt gut zu Noth«, beginnt sie mit dem Schauspieldebüt des Musikers. »Weil Noth ja wirklich so geheimnisvoll und überheblich rüberkommen *soll.* Und nach ein paar Minuten hab ich aufgehört, jedes Mal vor Angst die Zähne zusammenzubeißen, wenn er den Mund aufgemacht hat. Er wirkt total glaubwürdig. Und die Kostüme und das Set – alles absolut genial. Fast genauso, wie ich es mir vorgestellt hatte.«

»Und wie war die Fragerunde mit Solomon Pierce-Johnson?«, fragt Amelia. »Er hat einem noch mal richtig Vertrauen in den Film gegeben, oder?«

Roxana betrachtet Amelia kurz, bevor sie antwortet. »Ja, stimmt. Das trifft es ziemlich gut«, pflichtet sie ihr schließlich bei. »Er ist definitiv ein ›Althena‹-Fan und hat echt was drauf, darum hatte man von Anfang an das Gefühl, dass das Projekt bei ihm in guten Händen ist. Ach so! Und sie haben ein bisschen was am zeitlichen Ablauf geändert. Die Szene mit Althena und der Eistüte kommt schon in den ersten zehn Minuten.« Sie blickt mich erwartungsvoll an.

Ich denke kurz nach. »Hmmm. Klingt erst mal schwer nachvollziehbar, wenn man die Geschichte in- und auswendig kennt, aber … ich kann mir schon irgendwie vorstellen, dass das funktionieren könnte, oder? Um direkt zu Anfang die ezulanische Art der Kommunikation einzuführen?«

»Ja, genau!«, sagt Roxana. »Zuerst war ich auch total überrumpelt, aber als ich dann später darüber nachgedacht habe, ist mir klar geworden, warum sie es so gemacht haben. Oh Mann, ich wünschte, ich könnte gleich auch schon den Rest des Films sehen. Jetzt bin ich noch viel gespannter als vorher.«

»Wow, das klingt aber echt vielversprechend«, bemerkt Amelia. »Gerade von dir.«

»Absolut«, stimme ich ihr zu, und während ich mit einem Ohr weiter dem Rest der Unterhaltung über den Film lausche, bin ich mir gleichzeitig der total seltsamen Situation bewusst, in der ich mich befinde: Vor mir steht das Mädchen, dem ich gestern noch meine Liebe gestanden habe, und direkt daneben das Mädchen, das mir gerade eröffnet hat, in mich verliebt zu sein. Da kann so einem armen Geek schon mal das Hirn heiß laufen.

## 26. Kapitel

# Das wirkliche Leben: unendliche Weiten

Ich sage es ja nur ungern, aber ich muss jetzt los«, verkündet Amelia, nachdem wir uns alle gebannt Roxanas Preview-Bericht zu Ende angehört haben. »Joanna ist nicht die Einzige, die noch für den Test morgen büffeln muss. Eigentlich war ich immer gut in Mathe, aber seit diesem Jahr ist irgendwie der Wurm drin.«

»Ja, oder? Die Elfte ist echt kein Spaziergang.«

»Das kannst du laut sagen.«

»Viel Glück«, wünscht Roxana Amelia.

»Danke«, erwidert Amelia fröhlich und wendet sich dann mir zu. Doch bevor sie auch nur den Mund aufmachen und schon wieder die Initiative ergreifen kann, lächele ich sie an.

»Ich melde mich dann später bei dir«, sage ich.

Ihr Grinsen wird breiter. »Okay, macht's gut, Leute!« Sie winkt Roxana und Devin zu und streicht mir dann kurz über die Schulter, sodass ich selbst durch mein T-Shirt dieses elektrisierende Kribbeln spüre. Ich sehe ihr nach, als sie sich vom Strom der Leute Richtung Ausgang treiben lässt.

»Wo sind denn Samira und die anderen?«, fragt Roxana.

»Die wollten zur Vorstellung von ›Mr Advantageous‹, so einer neuen Serie«, sage ich. »Ich glaube, die geht bis fünf. Also noch ungefähr eine Dreiviertelstunde«, füge ich nach einem Blick auf meine Uhr hinzu.

»Okay, gut … und was machen wir jetzt solange?«, fragt Roxana.

Devin holt sein Handy raus, öffnet die NYCC-App und wischt sich durchs aktuelle Programm. »Als Nächstes steht hier was von ›Wie man eine Zombie-Apokalypse überlebt‹. Oder ›Harry-Potter-Zauberstabduelle‹.«

»Oooh, zeig!« Roxana tritt neben Devin, bis ihr Gesicht quasi in seiner Armbeuge liegt, und sie starren zusammen auf das kleine Display.

*Jetzt bin ich wohl das fünfte Rad am Wagen*, drängt sich mir ein unwillkommener Gedanke auf. Und wie sehr ich mich auch das ganze Wochenende gegen diese Vorstellung gewehrt habe, so sieht eben die Realität aus, und die muss ich wohl oder übel akzeptieren. Devin hat sich nicht einfach ungebeten an uns drangehängt – Roxana wollte ihn ganz eindeutig dabeihaben und scheint sein Interesse zu erwidern. Ich will mir immer noch nicht vorstellen, wie Roxana und Devin allein über die Comic-Con schlendern, wie sie Gemeinsamkeiten entdecken, sich ineinander verlieben oder – Gott bewahre – sich küssen. Aber ich kann es eben auch nicht verhindern, indem ich blöd danebenstehe. Dieses Eingeständnis ist doch schon mal ein Schritt in die richtige Richtung, oder? Okay, ich geb's zu, Devin. Gegen dich komme ich nicht an.

»Ach, wisst ihr, was? Ich glaube, ich warte einfach um fünf vor dem ›Mr Advantageous‹-Raum auf euch. Ich würde gerne noch ein bisschen was schreiben«, sage ich.

»Schreiben?«, fragt Roxana verwirrt.

»Ja, ich hatte gerade eine gute Idee für einen Handlungsentwurf, und die würde ich lieber gleich aufschreiben, bevor ich sie wieder vergesse. Du kennst mich ja.«

Das stimmt. Roxana weiß, dass ich, wenn ich eine Idee habe, sofort einen Stift oder ein Tablet oder irgendwas anderes finden muss, um mir wenigstens ein paar Stichpunkte zu notieren, sonst kann ich mich gleich von dem Gedanken verabschieden. Wie oft hat Roxy mich schon mitten im Unterricht über mein Notizbuch gebeugt gesehen, mit sehr viel mehr Begeisterung, als ich für eine Chemiestunde jemals aufbringen könnte. Wie oft halte ich mitten im Gespräch auf einmal inne und öffne die Notizen-App auf meinem Handy. Und genauso ist es auch jetzt. Was mir jedoch erst klar wird, nachdem ich es ausgesprochen habe. Ich muss tatsächlich etwas aufschreiben, vielleicht nicht unbedingt einen Comic-Text, aber … etwas anderes.

»Ich glaube, der Saal, in dem die Verlosung stattgefunden hat, ist gerade leer«, fahre ich fort, »da kann ich mich bestimmt gut konzentrieren.«

»Soll ich mitkommen?«, fragt Roxana. »Damit wir direkt drüber sprechen können?« Fast klingt es, als wolle sie das wirklich gern, anstatt endlich mal wieder ein bisschen mit Devin allein sein zu können.

Ich schüttele den Kopf. »Nee. Ist alles noch ganz vage. Aber ich erzähle dir dann später davon.«

Sie starrt mich an, seltsam betroffen. »Okay, klar.« Ihr Tonfall klingt beinahe vorwurfsvoll. Oder eher geknickt? Schwer zu sagen.

»Gut«, erwidere ich. »Dann bis später.«

Ich drehe mich um und gehe den Flur hinunter, endlich allein mit meinen Gedanken und bereit, mich ihnen zu stellen. Ich hatte recht mit dem Verlosungsraum. Gerade findet keine offizielle Veranstaltung darin statt, aber ein paar andere Leute hatten offenbar dieselbe Idee wie ich. Mehrere Grüppchen sitzen plaudernd auf dem Boden und erholen sich vom Con-Chaos. Andere tippen schweigend auf ihre Laptops oder Handys ein. Es gibt drei Stromanschlüsse im ganzen Raum, wo sich die meisten Leute versammelt haben, um ihre diversen unverzichtbaren Geräte aufzuladen.

Ich suche mir ein ruhiges freies Fleckchen an der Wand und setze mich auf den Teppich. Ein paarmal atme ich tief durch, dann öffne ich meinen Rucksack und hole mein ramponiertes Notizbuch und einen Stift raus. Eine Weile blättere ich durch die schon beschriebenen Seiten – einige davon voller Mini-Ideen, aus denen nie etwas geworden ist, andere mit kompletten Konzepten für neue »Magus High«-Plots –, bis ich schließlich das erste freie Blatt finde. Dann nehme ich den Stift und warte darauf, dass mein Gehirn den ersten Gedanken in Worte fasst: »Hierin trage ich mein wahres Ich«, erklärt Althena im allerersten Band Noth.

Dann setze ich den Stift aufs Papier und lasse meinen Worten freien Lauf.

»Ich habe über Althenas grünes Ohr nachgedacht«, schreibe ich. »Darüber, wie es Dinge geben kann, die selbst außerirdische Gestaltwandler nicht an sich ändern können. An mir gibt es auch Dinge, die ich nicht ändern kann. Ich werde mich mein Leben lang mit sechzehn zum ersten Mal unsterblich verliebt haben. Und ich weiß jetzt schon, dass das für immer ein wichtiger Teil meines Selbst sein wird.«

Ich schreibe mir das gesamte Gewirr widersprüchlicher Emotionen von der Seele. Jede Emotion, die ich im Laufe dieses Wochenendes verspürt habe: von Eifersucht über Entschlossenheit und bittere Enttäuschung bis hin zu unerwarteter Euphorie. Ich schreibe über zerplatzte Hoffnungen und Überraschungsmomente, darüber, wie das Leben einem vorgaukelt, man wäre auf einem ganz bestimmten Pfad unterwegs, nur um einen im nächsten Moment durch eine Falltür plumpsen zu lassen, gerade als man glaubte, das Ziel vor sich zu sehen. Wie spontane Entscheidungen alles verändern und jemandes Dasein beeinflussen können wie diesen rotierenden Hotelflur aus »Inception«.

Und dann, bevor ich mir dessen bewusst werde, fange ich an, ein Figurenkonzept zu entwerfen. Eine neue Figur für »Magus High«. Ein Junge mit gebrochenem Herzen, der an eine neue Schule versetzt wird, nachdem er seine erste große Liebe durch seine eigenen (noch nicht näher definierten) Kräfte verloren hat. Er schwankt zwischen Schuldgefühlen und Verzweiflung. Was nach außen hin wunderbar grüblerisch und mysteriös wirkt. Denn das ist, wie einem jeder Comic-Fan bestätigen wird, die ultimative Formel für einen unwiderstehlichen neuen Superhelden.

Vorsichtshalber mache ich ihn zur Waise, denn, na ja, ich kann ihn ja nicht komplett mir selbst nachempfinden, ohne dass es komisch wirkt. Außerdem bekommt er keine roten Haare und ein Geek ist er auch nicht. Trotzdem weiß ich, dass dieser Charakter durch das, was ich gerade erlebt habe, komplexer werden wird. Ist das nicht genau die Art, wie Autoren arbeiten sollten? Erst mal Lebenserfahrung sammeln und diese dann in ein Kunstwerk umwandeln? Hat Zinc es nicht genauso gemacht, als seine Autorenkarriere stagnierte?

Ich überlege gerade, was für eine verstärkte Superkraft ich meinem neuen Helden verpassen soll, als ein Schatten auf mein Notizbuch fällt. Ein Schatten, der mir ziemlich vertraut vorkommt. Noch bevor ich hochgucke, weiß ich, dass es Roxana ist. Und sie ist allein.

»Wie läuft's?«, fragt sie.

Ich werfe einen Blick auf die Seite vor mir. Sie ist fast voll. Dann blättere ich zurück, und mir wird klar, dass ich über drei Seiten hektisch vollgekrakelt habe. »Gut«, antworte ich. »Ich hab gerade irgendwie 'nen Run.«

»Sieht ganz so aus.«

Ich will aufstehen und merke, dass meine Beine eingeschlafen sind, nachdem sie wer weiß wie lange reglos auf dem Boden vor mir ausgestreckt waren. Als ich mich schließlich hochstemme, stampfe ich ein paarmal mit den Füßen auf, um die Durchblutung wieder anzuregen.

»Graham, warum hast du das gemacht?«, fragt Roxana leise.

Ich gucke sie an. »Was?« Doch dann wird mir klar, was sie meint. Sie will wissen, warum ich gestern Abend gesagt habe, was ich gesagt habe. Ich seufze. Als hätte ich mich nicht den ganzen vergangenen Tag lang dasselbe gefragt. Dieses Gespräch war längst überfällig.

Dann aber überrascht sie mich. »Warum hast du mir das Ticket für die Zinc-Vorstellung geschenkt?«

Ich bin verblüfft. Diese Frage wiederum hatte ich nicht erwartet, denn ich dachte, die Antwort läge auf der Hand.

»Es hätte sich einfach nicht richtig angefühlt, ohne dich hinzugehen, darum wollte ich lieber, dass du es bekommst«, erkläre ich. »Überrascht dich das wirklich?«

Ihre Antwort kommt zögerlich. »Das ist es ja«, entgegnet sie schließlich. »Es überrascht mich kein bisschen. Aber dann saß ich da in der Preview und habe zugeguckt, wie Althena und Noth sich zum ersten Mal begegnen. Wie ihre Geschichte anfängt, genau wie wir sie kennen, und da dachte ich plötzlich – genau in dem Moment, als ihr Raumschiff auf der Erde aufsetzt, ich schwöre –, warum überrascht es mich eigentlich nicht? Warum nehme ich es einfach als selbstverständlich hin, dass du mich immer an die erste Stelle stellst und der beste Freund der Welt bist? Kann es sein, dass ich das gar nicht mehr richtig würdige?« Sie sieht mir geradewegs in die Augen, als suche sie dort nach ihrer Antwort.

»Das glaube ich nicht«, widerspreche ich wahrheitsgemäß. »Du bist nämlich auch eine tolle Freundin, weißt du? Meine allerbeste.«

Doch sie schüttelt den Kopf. »Ich hab mich nur gefragt, ob ich dir umgekehrt auch mein Ticket gegeben hätte. Und … ich weiß es nicht. Ich kann ganz ehrlich nicht mit Gewissheit sagen, dass ich es gemacht hätte.« Jetzt blickt sie zu Boden. »Das ist so egoistisch«, murmelt sie.

»Kannst du denn mit Gewissheit sagen, dass du es nicht gemacht hättest?«

Sie überlegt kurz. »Auch nicht, glaube ich.«

Ich lächele sie an. »Na, siehst du? Vielleicht bist du ja gar nicht so egoistisch, wie du denkst. Vielleicht wärst du genauso unglaublich großzügig gewesen wie ich«, witzele ich, und es gelingt mir, ihr ein Lächeln zu entlocken. »Und nur damit du es weißt: *Ich* glaube, du hättest es gemacht.«

Ihr Lächeln wird breiter. »Vielleicht hältst du mich einfach für einen besseren Menschen, als ich bin. Aber davon mal abgesehen – in dem Punkt hattest du recht: Es hat sich absolut falsch angefühlt, ohne dich diesen Film zu gucken.«

»Dann lass uns einen Deal schließen.« Ich strecke ihr

die Hand entgegen. »Wenn das nächste Mal Karten für einen Robert-Zinc-Film verlost werden, gewinnen wir einfach beide.«

»Abgemacht«, sagt sie und ergreift meine Hand. Sie drückt sie noch einen Moment, bevor sie wieder loslässt, als würde sie sich im Stillen von etwas verabschieden. Vermutlich von derselben Sache, die loszulassen ich selbst noch eine Weile brauchen werde.

»Müssen wir uns schon mit den anderen treffen? Ich hab irgendwie ganz das Zeitgefühl verloren«, sage ich mit einem Blick auf die Uhr. Es ist 16:45 Uhr.

»Ja, gleich, aber bevor wir gehen, wollte ich noch mit dir über unsere Wette reden.«

»Welche Wette?«

»Die über copper670. Dass dahinter nicht Robert Zinc steckt. Was mich zur Gewinnerin macht.«

»Ach so, ja«, sage ich. »Also darf Jail-O weiterleben. Verdammt.«

»Sieht aus, als müsstest du dir noch ein paar Möglichkeiten einfallen lassen, Gefängniszellen in die Handlung einzubauen.«

»Tja, Schicksal.« Dann werde ich plötzlich misstrauisch. »Okay, also was sollte noch mal deine Siegerprämie sein? Wir müssen jetzt aber nicht Spearfingers killen, oder?«

»Ich weiß gar nicht mehr, was ich damals gesagt habe.« Wieder sieht sie mir in die Augen und irgendetwas an ihr wirkt verändert. Ihr Blick ist eindringlich, aber darüber hinaus kann ich ihren Gesichtsausdruck absolut nicht deuten. Es ist, als käme plötzlich eine Facette von Roxy zum Vorschein, die ich noch überhaupt nicht kannte. »Aber was ich mir wirklich wünschen würde, ist, dass du mir verzeihst. Ich möchte mich bei dir entschuldigen, dafür, wie ich mich dir gegenüber gestern Abend verhalten habe. Und heute Morgen.«

Ich bin so geplättet, dass mir ein kleines Lachen entweicht, vermutlich aus purer Anspannung. »Ach, komm. Für so einen Quatsch willst du doch wohl nicht deinen Gewinn verschwenden«, entgegne ich bemüht unbeschwert.

Sie schüttelt den Kopf. »Das ist kein Quatsch. Es ist das Wichtigste überhaupt. Ich halte es einfach nicht aus, dass du sauer auf mich bist. Oder dass ich dir wehgetan habe …« Ihre Stimme bricht und – apropos nicht aushalten: Gerade mache ich mir ernsthaft Sorgen, dass sie jeden Moment zu weinen anfängt.

»Roxy«, sage ich sanft. »Da gibt es nichts zu verzeihen. Und ich bin auch nicht sauer. Oder, na ja, doch, aber nicht auf dich. Ist ziemlich … kompliziert.«

»Ja«, sagt sie. »Aber ich hab trotzdem total blöd reagiert. Ich war einfach so …«

»Schockiert?«, schlage ich vor.

Sie nickt. »Ja. Obwohl ich das nicht hätte sein sollen. Aber allein der Gedanke, dass unsere Freundschaft in die Brüche gehen könnte, ist der pure Horror. Es gibt nichts, was mir mehr bedeutet. *Niemanden*, der mir mehr bedeutet als du.« Sie greift nach meiner Hand. »Ich hab dich lieb, das weißt du doch, oder?«

Ich lächele schwach. »Ich weiß. Nur eben nicht *so*.«

Sie sieht auf unsere Hände hinunter und schüttelt den Kopf. »Ich weiß nicht. Ich weiß nicht, *wie* genau ich dich liebhabe. Einfach … als Graham.« Sie sieht wieder zu mir hoch. »Ich will dich in dreißig Jahren nicht aus den Augen verloren haben. Ob Devin dann noch da ist oder irgendwelche anderen Typen – keine Ahnung. Aber du … ein Leben ohne dich kann ich mir einfach nicht vorstellen.«

Ich blicke sie an und atme tief ein, und obwohl mir die Luft beinahe im Hals stecken bleibt, stoße ich sie ganz langsam wieder aus und mit ihr entweicht ein Teil von mir. Ich hebe Roxanas Hand an die Lippen und küsse sie sanft. Dann lasse ich sie wieder los.

»Ich werde da sein, Roxana«, verspreche ich. »Es wird schon alles wieder gut.« In dem Moment wird mir klar, dass alle, ob nun Felicia oder Samira, an diesem Wochenende mir genau das versichert haben – jeder mit seinen eigenen Worten – und dass es wahr ist. Gebrochene Herzen können heilen, dafür ist mein Dad der lebende Beweis. Und auf gewisse Weise kann ich mich sogar glücklich schätzen, denn Roxana wird weiter zu meinem Leben gehören, und das hoffentlich noch für sehr lange Zeit.

Ich habe das Gefühl, jetzt gibt es nur noch eine Sache zu klären: »Treffen wir uns Dienstag zum Schreiben?«

Roxy nickt und diesmal schimmern eindeutig Tränen in ihren Augen. »Ja. Bitte«, krächzt sie.

»Ich hab mir gerade eine neue Figur ausgedacht«, sage

ich, während ich anfange, extraumständlich meine Sachen zusammenzupacken, damit Roxy sich unauffällig die Augen wischen kann.

»Echt? Bist du darum hierhergekommen?«, fragt sie nach einem Moment und deutet auf mein Notizbuch, das gerade zurück in meinen Rucksack wandert.

Ich nicke. »Mit ein paar Details bin ich mir noch nicht ganz sicher. Aber Dienstag. Dann besprechen wir alles.«

»Dienstag«, wiederholt sie mit einem kleinen, erleichterten Lachen und wischt sich noch ein paarmal über die Wangen, bevor sie tief Luft holt und weiterredet. »Außerdem wollte ich dir noch was Wichtiges zeigen. Ich nehme mal an, du warst seit einer Weile nicht bei Twitter?«

Sie holt ihr Handy heraus und beginnt, auf das Display einzutippen.

»In den letzten Stunden nicht, nein«, antworte ich verwirrt.

»Dann guck selber«, sagt sie und hält mir ihr Handy hin.

In ihrem Browser ist eine Profilseite geöffnet: @robert_zinc. Daneben ist ein kleines blaues Häkchen zu sehen, was bedeutet, dass es sich um eine offizielle Seite handelt. Das Profil hat jetzt schon 83.458 Follower. Dabei ist nur ein einziger Tweet zu sehen, und zwar von vor ein paar Stunden.

»Der Junge hat mal Stil«, steht dort, gefolgt von einem Video-Retweet mit dem Hashtag #InigoMontoya-Klatsche.

»Oh … mein … Gott … Ist das … das kann doch

nicht …« Ich kriege keinen geraden Satz mehr raus, sondern kann nur noch auf das leuchtende Display in meiner Hand starren, als wäre ich ein Zeitreisender, der noch nie ein Smartphone zu Gesicht bekommen hat.

Das Grinsen in Roxanas Gesicht könnte gar nicht mehr breiter werden. »Und ob. Das ist wirklich Robert Zinc. Und in seiner ersten Botschaft an die Öffentlichkeit geht es um *dich*.«

Ich sehe sie an. »Das ist doch ein Fake, oder?«, flüstere ich.

Sie schüttelt zufrieden den Kopf. »Nein, ich glaube nicht.« Sie beobachtet mich noch ein paar Sekunden dabei, wie ich lautlos ausflippe, bevor sie hinzufügt: »Dir ist hoffentlich klar, was das bedeutet, oder? Robert Zinc weiß, dass es dich gibt.«

*Verehrtes Internet. Ich liebe dich.*

Das ist der einzige Gedanke, zu dem ich fähig bin.

Roxana gewährt mir noch ein paar Minuten mehr mit dem Tweet, bevor sie mir lachend den Ellenbogen in die Seite stößt. »Okay, du Internetsensation. Sollen wir uns dann mal auf die Suche nach den anderen machen?«

Ich sehe sie an und nicke zögerlich, dann gebe ich ihr das Telefon zurück. Meine Hände zittern noch immer ein bisschen.

»Willst du dir noch irgendwas Bestimmtes angucken?«, fragt Roxana. »Ich glaube, ansonsten gibt es auch ein paar After-NYCC-Events in der Umgebung.«

Ich schüttele den Kopf, immer noch wie benebelt, und mir wird klar, dass ich nicht den leisesten Schimmer habe, was für heute noch auf dem Programm steht. Ich räuspere mich und gebe mir Mühe, was einigermaßen Normales rauszubringen.

»Lass uns erst mal die anderen suchen«, sage ich schließlich. »Und dann überlegen wir zusammen.«

»Was so viel heißt wie: Wir machen das, was Caseys Zeitplan vorschreibt«, scherzt Roxy.

»Vermutlich. Ach, aber wo du gerade Casey erwähnst«, sage ich, als ich mir meinen Rucksack über die Schulter schlinge und mir klar wird, dass ich ihr auch eine ganze Menge zu erzählen habe. »Woran denkst du, wenn du die Namen Casey Zucker und Felicia Obayashi in ein und demselben Satz hörst?«

»Ähm … die zwei Schlausten aus unserem Jahrgang?«, erwidert Roxana mit einem fragenden Schulterzucken.

»Mmm-hmm«, mache ich und wackele vielsagend mit den Augenbrauen.

»Moment mal. Was? Nein«, platzt es aus ihr heraus. Dann kann ich regelrecht sehen, wie es in ihrem Kopf anfängt zu rattern. »Im Ernst jetzt?«

Ich hebe die Hände. »Ich hab natürlich keinerlei Beweise. Nur meine persönlichen, haarscharfen Beobachtungen der letzten Tage.«

»Oh Mann. Und du glaubst wirklich … Verdammt. Das würde sogar irgendwie passen. Auf eine total verrückte Art.«

»Ja, auf eine total verrückte ›Die Kinder der beiden würden das Universum regieren‹-Art. Ich sag nur Supergene …«

»Diese Kinder wären Mutanten. Waschechte Bilderbuchmutanten.«

Als wir den Saal verlassen, vibriert mein Handy in meiner Hosentasche, und als ich es raushole, sehe ich, dass ich eine Nachricht von Amelia bekommen habe. **HAST DU SCHON DEN TWEET GESEHEN?!**

Ich grinse, bevor ich schnell eine Antwort tippe und dann zu Roxana aufhole, die schon im Flur ist, wo wir uns unter die Massen von Superhelden und -schurken mischen. Und zum ersten Mal kann ich all diese Figuren ansehen, ohne sie um die Fantasiewelten zu beneiden, aus denen sie stammen. Ich bin mit meiner Realität ganz zufrieden, so chaotisch und unvollkommen sie auch sein mag. Gut, ich weiß vielleicht nicht, was als Nächstes kommt, aber mal ganz ehrlich: Ist das nicht sowieso das Beste am Geschichtenschreiben?

Und vielleicht ist es sogar das Beste am wirklichen Leben.

# Danksagung

Ich bin meiner fantastischen Lektorin, Zareen Jaffrey, unglaublich dankbar, die sich von Anfang an so sehr für dieses Buch, Graham und mich eingesetzt hat. Ich bin dein absoluter Superfan.

Ein Haufen von Herz-Emojis an das wunderbare Team von Simon & Schuster, mit dem ich das Glück habe, zusammenarbeiten zu dürfen: Ksenia Winnicki, Mekisha Telfer, Justin Chanda, Anne Zafian, Jenica Nasworthy, Katy Hershberger, Chrissy Noh und KeriLee Horan. Und, natürlich, den kitschigsten Valentinsgruß aller Zeiten an meine Agentin Victoria Marini.

Mehr als je zuvor bei einem meiner Bücher wurde dieses von ein paar der besten Beta-Lesern der Welt geformt und gelenkt. Allen voran muss ich mich bei Billy Henehan bedanken, dafür, dass er sein enormes Comic-Con-Wissen und unzählige Geschichten mit mir geteilt hat (und dafür, dass er mich dazu ermutigt hat, der Convention selbst mal einen Besuch abzustatten). Und bei Sarah Skilton, die mir geholfen hat, das passende Ende für die Geschichte zu finden, als ich allein keins sah. Ich glaube, ohne euch zwei gäbe es dieses Buch gar nicht.

Vielen Dank auch an Julie Henehan, Katie Blackburn und Jenny Goldberg, die mir aus so mancher erzählerischen Zwickmühle geholfen haben und jederzeit mit ihrem unschätzbar wertvollen und scharfsinnigen Feedback zur Stelle waren.

Wie jeder Nerd, der was auf sich hält, bestätigen wird, ist im Hinblick auf Fakten *absolute* Detailtreue geboten, und ich möchte mich bei einigen Experten bedanken, die mir mit vielen wichtigen Einzelheiten ausgeholfen haben: Andrew Lobel, Gina Rosati und Jerry Rosati. Danke auch an Nicholas Doyle, der eine Real-Life-(und-absolut-einzigartige-)Version von »Something on the Quiet« geschrieben hat.

Eine Riesenportion entzückter Dankbarkeit geht an Dave Henehan, dafür, dass er sich auf der letzten NYCC als Graham verkleidet hat.

Danke an Nora Ephron, Cameron Crowe, Amy Heckerling und natürlich John Hughes für ein Leben voller Inspiration und authentischer, unvergesslich romantischer Geschichten.

Danke an die Killers für Musik, zu der man so gut schreiben und träumen kann.

Besonders dankbar bin ich meiner Mom für all ihre

Begeisterung und Unterstützung über die Jahre und fürs Babysitten, damit ich schreiben konnte. Was mich auf meinen geliebten Sohn bringt, der dieses Buch auf seinem Weg in die Welt knapp geschlagen hat, und meinen Mann, Graig. Ich liebe Euch beide all die versteckten Geheimgänge von Hogwarts rauf und wieder runter.

FSC
www.fsc.org
MIX
Papier aus verantwortungsvollen Quellen
FSC® C083411

CPI
Mehr Bäume.
Weniger $CO_2$.
www.cpibooks.de/klimaneutral

Natürlich magellan©

*Säurefreies und chlorfrei gebleichtes FSC®-Papier*
*Klimaneutral produziert*
*Dispersionslack auf Wasserbasis*
*Klebstoff lösungsmittelfrei*
*Zellophanierfolie ohne Weichmacher*
*Hergestellt in Deutschland*

1. Auflage 2016

Die Originalausgabe erschien 2016 unter dem Titel
»The Geek's Guide to Unrequited Love«.
Aus dem Englischen von Sandra Knuffinke und Jessika Komina
Umschlaggestaltung: Christian Keller unter Verwendung eines Motivs von Shutterstock / happy_fox_art
ISBN 978-3-7348-5027-1

*www.magellanverlag.de*